TOTA UNA VIDA PER RECORDAR

Editorial Planeta organitza i atorga
el Premi de les Lletres Catalanes Ramon Llull.

Aquesta obra ha obtingut el Premi de les Lletres
Catalanes Ramon Llull 2020, concedit pel següent jurat:
Carles Casajuana, Francesca Cristoffanini,
Pere Gimferrer, Gemma Lienas, Isona Passola,
Carme Riera i Emili Rosales.

NÚRIA PRADAS

TOTA UNA VIDA PER RECORDAR

Premi Ramon Llull 2020

Columna

COL·LECCIÓ CLÀSSICA
PRIMERA EDICIÓ: MARÇ DEL 2020

AV. DIAGONAL, 662-664 - 08034 BARCELONA
ISBN: 978-84-664-2632-9
DIPÒSIT LEGAL: B. 3.310-2020
FOTOCOMPOSICIÓ: GRUP62

www.columnaedicions.cat

Per a tu, Clàudia.
Gràcies a tu, moltes coses han estat possibles.
Aquesta novel·la n'és una.

«Ginger Rogers va fer tot el que va fer Fred Astaire. Enrere... i amb talons alts».

Bob Thaves

Abril del 1932
Setembre del 1934

PERSEGUINT UN SOMNI

«Qualsevol que vulgui dedicar centenars d'hores i milers de dibuixos per fer algunes pel·lícules és benvingut a formar part del club».

WINSOR MCCAY

Capítol I

Els oblidats

El paisatge desfilava veloç davant els ulls de la Sophie, que el veia passar amb el cap repenjat a la finestrella del tren.

L'aire dins del vagó ronsejava tebi i humit.

Va aclucar els ulls i es va deixar acaronar pel sol que entrava a pleret a través del vidre. A l'instant, tot d'imatges li van llampeguejar al cervell. Imatges d'aquell futur tan desitjat que havia anat bastint en els seus somnis nit a nit, durant mesos, i que de mica en mica s'havia convertit en una obsessió en què s'estancaven tots els seus pensaments.

Sabia que per assolir el seu objectiu li calia renunciar a moltes coses. Estava disposada a abandonar el redós de la llar familiar, els amics i, en definitiva, la seguretat de la ciutat coneguda i estimada. El bressol dels seus records.

I tant que havia dubtat i que havia tingut por. Per descomptat que la incertitud l'havia mantinguda en vetlla moltes nits. Però havia aconseguit afrontar els dubtes i havia exorcitzat la incertesa i els temors. I, aleshores, un cel diàfan s'havia obert davant seu i havia tingut la seguretat que allò era el que volia. Per damunt de tot i costés el que costés. Estava disposada a qualsevol sacrifici, fins i tot a aquell, el primer, el llarg viatge de Nova York a la costa Oest. I és que per arribar a Los Angeles calia passar tres llargs dies, amb les interminables nits, en un tren sorollós i calorós, menat per una locomotora de vapor que ho empolsegava tot.

La Sophie no comptava, però, amb la duresa de les setmanes prèvies a la seva marxa. I encara que la distància que marcava el ritme constant del tren engrunava els records i els deixava enrere, tot el que havia viscut, sobretot les darreres hores, li tornava al cap i l'enfondia en una sensació de buidor que se li clavava al pit com un fibló esmolat.

«Aquests temps infeliços demanen la construcció de plans que descansin sobre els oblidats, sobre els desorganitzats, unitats indispensables del poder econòmic; plans com els del 1917, que es construeixen de baix a dalt i no de dalt a baix, que posen la seva fe en l'home oblidat, en la part inferior de la piràmide econòmica...».

Aquella tarda del 7 d'abril del 1932, des d'Albany, Nova York, el governador de l'estat i candidat a la presidència dels Estats Units, Franklin D. Roosevelt, difonia a través de les ones sonores un missatge a la nació. El candidat, a diferència de l'actual president Hoover, prometia afrontar els reptes de la gravíssima crisi que afectava tots els sectors econòmics del país aportant solucions que posessin remei a la tràgica situació de les capes socials més desafavorides socialment, les que estaven patint més en la seva pròpia pell el crac econòmic.

El matrimoni Simmons, fidel als seus costums inalterables, seia —com cada tarda a la mateixa hora— a la sala d'estar de casa mentre esperaven l'arribada de les filles per sopar en família. Com cada tarda, també, en Joseph Simmons ocupava la butaca d'orelles encarada a la llar de foc tot llegint *The New York Times* amb la remor de l'aparell de ràdio de fons, mentre la seva dona, la Vera, seia al sofà de tres places col·locat d'esquena a la galeria amb les agulles de fer mitja a les mans.

Els Simmons i les seves dues filles, l'Elionor i la Sophie, vivien a 74 Street, gairebé a la cantonada amb l'Amsterdam Avenue, en ple Upper West Side. L'edifici formava part d'una filera de cases, una típica *townhome* de pedra marró, una construcció dominant al barri i que, com altres edificacions d'aquest estil tan comú als barris històrics de Nova York, havia estat construïda en les primeres dècades del segle XX per allotjar una classe mitjana creixent.

La casa dels Simmons, en concret, era un agradable habitatge d'estil angloitalià. Com a les cases veïnes, s'accedia a la porta d'entrada per una escala amb baranes de ferro forjat. A sota de l'entrada principal, s'ubicava l'accés a un soterrani anglès. A la primera planta, on s'obrien grans finestres arquejades, hi havia un ampli vestíbul d'on arrencava l'escala que menava als pisos superiors. A banda i banda de l'escala hi havia dues sales, on, fins feia dos anys i mig, en Joseph Simmons, un metge molt conegut i sol·licitat entre els veïns, hi tenia el despatx i el consultori.

Sens dubte, la joia de la casa era la galeria de ferro colat que adornava la gran sala del primer pis. A la sala de la galeria, com sempre l'havien anomenat els Simmons, la família hi feia vida. Allà hi havia la llar de foc, l'aparell de ràdio, els còmodes sofàs i butaques, i les flonges catifes on durant anys s'havien aplegat per llegir, parlar, rebre les visites i celebrar els dies especials. Aquell espai lluminós era l'escenari de la vida familiar i social dels Simmons, que, fins feia molt poc, havia estat plena i força brillant.

Però tot havia canviat després que aquell Dijous Negre de memòria infausta, el 29 d'octubre del 1929, capgirés la vida de milers i milers d'americans.

Només una setmana després del crac, la Borsa havia perdut els guanys de tot un any. Unes pèrdues que rondaven els divuit bilions de dòlars i que ni la intervenció de la banca, ni dels gegants financers com els Rockefeller ni els ànims que mirava d'insuflar a la població el president Hoover no havien pogut aturar.

A la primera onada de suïcidis d'inversors que havien perdut autèntiques fortunes en poques hores, hi va seguir la falta de crèdits. Els creditors que havien vist com les seves inversions es volatilitzaven no podien pagar els préstecs i els bancs no podien cobrar. Van minvar les reserves bancàries, i això va repercutir en els petits estalviadors i les empreses més febles, que van començar a tancar en cadena.

Després del crac de la Borsa, el doctor Simmons no tan sols havia perdut els estalvis de tota una vida, sinó gran part dels seus pacients, que ara acudien a ell només en cas de necessitat extrema. La seva activitat professional havia quedat reduïda a fer escadusseres visites a domicili i, per aquest motiu, s'havia vist obligat a tancar el consultori, que només li comportava despeses. Era per això que el món de la Vera Simmons, abans tan ple i brillant, de sobte semblava colgat per una llum somorta que amarava la seva vida d'incertesa. I potser per això s'havia aixoplugat darrere d'un sòlid mur d'indiferència. S'entrenava cada dia en l'art de simular que tot seguia igual i poques vegades expressava amb paraules la seva amargor. S'havia fet forta en aquella sala i feia l'impossible per conservar-la inalterable, inassequible a la decadència que s'anunciava. Allà, en efecte, res no havia canviat. A l'ampit de la galeria, les torretes amb azalees, peònies i, per descomptat, roses novaiorqueses perfumaven la sala com ho havien fet sempre. Com en els millors temps. I les cortines de puntes garbellaven la llum i distanciaven la Vera d'aquell món convuls que no entenia.

En Joseph havia plegat el diari, que reposava ara a la seva falda, i tenia tota l'atenció posada en el que deia el governador de l'estat:

> «Hi ha persones que suggereixen que una despesa enorme de fons públics per part del govern federal i dels governs estatals i locals podria resoldre completament el problema de l'atur. Però és evident que encara que poguéssim recaptar milers de milions de dòlars i invertir-los en obres públiques no podríem donar feina als entre set i deu milions de persones que avui no en tenen...».

I, aleshores, va arribar la Sophie. La resplendor del sol que es filtrava a través de les cortines blanques de la galeria va semblar que la sortia a rebre. Tota la sala va quedar immersa en una claror rosada com les seves galtes. Li brillaven els ulls.

En Joseph va apagar la ràdio.

La Sophie estava a punt de graduar-se a la Washington Irving High School. S'havia especialitzat en disseny; tenia ànima d'artista. Ho havia demostrat des de ben petita i a la Washington Irving havia destacat pel seu talent com a dibuixant. Aquest fet omplia d'orgull en Joseph, que gaudia amb tot el que feia la seva filla; n'era el principal admirador. En canvi, havia deixat la Vera pertorbada.

La Vera era una dona que necessitava entendre les coses: per què passaven, d'on venien, on conduïen... Si les podia preveure, millor que millor. Per a ella, era del tot lògic i entenedor que la seva filla gran, l'Elionor, fos infermera i treballés en un hospital. Per a això l'havia educada: perquè tingués una feina seriosa, útil i pràctica amb què guanyar-se la vida i assegurar-se el futur. Què podia ser més lògic, més previsible, més entenimenttat que el fet que la filla d'un metge fos infermera?

En canvi, allò de la petita, de la Sophie, tot

aquell desfici per omplir papers de ninots, passar-se tardes senceres al zoològic observant els animals i dibuixant-los, allò, pensava, no era una autèntica pèrdua de temps? Tenia clar que bona part de la culpa la tenia el seu marit perquè sempre havia estimulat les fantasies en la noia. La Sophie era, de llarg, la preferida d'en Joseph, la nineta dels seus ulls, i aquella dèria artística que a ella tant l'angoixava, tenia en Joseph corprès i meravellat.

Posats a repartir responsabilitats, la Vera també culpava els professors de la High School de les inclinacions de la Sophie perquè, segons ella, havien atiat aquella rara vocació de la seva filla. N'hi havia un en especial, en Bob Waldman, que segons la Vera havia exercit una gran influència en la Sophie i havia contribuït de manera decisiva a omplir-li el cap de pardals. Va ser, en part, gràcies al professor Waldman que la seva petita s'havia decantat per aquella especialització en art, una cosa que li era incomprensible.

En aquell moment, però, la Sophie semblava del tot aliena a les reflexions que omplien el cap de la seva mare i a totes aquelles preguntes que es feia i per a les quals no trobava respostes. I és que la Sophie, aquella tarda en què els carrers semblava que bullien de somnis i somriures primaverals, amagava al damunt una bomba a punt d'explotar.

—Me'n vaig a Los Angeles.

Va deixar anar la Sophie, de cop en sec, sense saludar ni besar els seus pares, ni tan sols treure's el barret.

Sí, ho va dir, i tot seguit va sentir que s'havia tret un gran pes del damunt i va respirar alleujada. Les seves paraules, però, havien quedat surant en l'aire, com perdudes, i ho havien sumit tot en un gran silenci. La Vera, que feia mitja enredada en les seves cabòries, va alçar els ulls de la feina que feia i se la va quedar sotjant tan intensament que la noia es va sentir forçada a desviar la mirada. La dona, d'una revolada, va deixar la labor de punt damunt del sofà. Alguns punts es van escapar. Allò era inaudit i no presagiava res de bo.

—Em pots repetir el que acabes de dir? —va aconseguir demanar la Vera.

En Joseph es mirava la seva filla amb una mirada encuriosida i una mica inquieta.

—He dit que me'n vull anar a Los Angeles —va repetir la Sophie amb una veueta prima com un fil. De seguida, però, va semblar que recuperava l'aplom i va afegir tot somrient il·lusionada—: He aconseguit una beca al Chouinard Art Institute! Començo al setembre.

Va fer una pausa i es va quedar esguardant els seus pares de fit a fit, intentant copsar-ne les reaccions. A en Joseph, li brillaven els ulls. Els de la Vera, en canvi, seguien fredament clavats en ella.

Com que cap dels dos no deia res, la Sophie va creure oportú donar alguna explicació més:

—Fa uns mesos la vaig sol·licitar. El professor Waldman m'hi va animar. El Chouinard és l'escola d'art més prestigiosa...

—Què estàs dient, Sophie? De què parles? —la va interrompre la Vera amb els llavis premuts en una ganyota de decepció.

—Mamà, és una gran oportunitat, què no ho entén? El Chouinard Art Institute forma tant professionals de les belles arts com artistes comercials. Em donarà la formació necessària per poder entrar a treballar en uns estudis d'animació.

Se li va estroncar una mica la veu mentre la mirada de la Vera se li continuava clavant com un trepant.

—És el meu somni. Vull ser animadora.

—El teu somni, dius? Que potser no has pensat en la situació que es viu en aquesta casa? —va dir la Vera, pronunciant cada síl·laba amb amargor. Havia desviat els ulls cap al marit, com si ell fos el veritable culpable del crac de la Borsa. Després, els va tornar a clavar en la Sophie, i va afegir amb una veu més greu, més d'acord amb aquella dolorosa urpada que sentia enmig de l'ànima—: Potser has oblidat que el teu pare ha hagut de tancar el consultori?

—Vera... —va mirar d'interrompre-la en Joseph.

—Potser no t'adones de l'esforç que fa la teva germana per ajudar en l'economia familiar? —va seguir, sense atendre la súplica d'en Joseph—. O és que creus que el seu somni és passar-se tot el dia en un hospital a l'altra punta de la ciutat?

La Sophie havia perdut fins a l'última espurna de coratge. Així i tot, va fer el cor fort per contrarestar els arguments de la seva mare:

—Ja sé que hauré de treballar per mantenir-me. Hi compto, mamà. No pretenc pas ser una càrrega per a vostès. Ho tinc tot previst. He estalviat els diners de les classes de dibuix que he estat impartint aquest curs. En tinc prou per al bitllet i per als primers dies. El professor Waldman m'ha escrit una carta de recomanació. Coneix un animador de Disney Studios i creu...

—El professor Waldman? Sempre el professor Waldman! Per què no es fica en els seus assumptes, el professor Waldman? —va alçar la veu la Vera, mentre es removia al sofà indignada i es dirigia directament al seu marit, com si la Sophie no hi fos.

—Però tu la sents, Joseph? L'estàs sentint? No penses dir res?

—Jo crec que l'hauríem d'escoltar, Vera.

—Doncs jo crec que ja l'he escoltada prou. Té disset anys, Joseph! I vol anar sola a Los Angeles.

Sola! En els temps que corren. Què no ho veus? No sap com guanyar-se la vida. Només sap fer dibuixos en un paper! I vol travessar el país per anar a treballar... en uns estudis!

La Vera va callar i una calma de vidre es va instal·lar a la sala. Va girar el cap i va desviar els ulls cap a la finestra, per on entrava una llum que, de cop, se li havia tornat ingrata.

—Sempre he volgut dedicar-me a l'animació, mamà. Per a mi, els dibuixos animats són màgia. És un art, mamà. Vostè...

—Jo res! Prou de parlar d'aquest tema.

La Vera va tornar a agafar les agulles. Va rebufar quan va veure els punts escàpols. La Sophie es va quedar fitant el seu pare amb una mirada muda d'auxili. Ell li va tornar un gest eloqüent. Un gest que demanava paciència, temps i, també, serenitat.

Quan l'Elionor va entrar a la sala, encara vestida amb l'uniforme de feina, va ensopegar amb aquell mur de silenci espès.

—Què passa? —va preguntar, intuint que darrere del silenci s'amagava alguna cosa més. Alguna cosa, va pensar, que devien haver provocat les excentricitats de la seva germana, que tant exasperaven la mare.

—Quina una n'has fet, ara?—va preguntar a la Sophie amb veu agra.

La Vera es va alçar, i ara sí, va desar amb molta cura la labor i va anunciar:

—Soparem d'aquí a un quart d'hora. Noies, aneu a arreglar-vos. Elionor, si us plau, canvia't de roba. Fas una fila horrible.

L'Elionor es va contenir. Sabia que era inútil discutir amb la seva mare quan adoptava aquell to feridor. Tampoc no creia que fos possible fer-li entendre que poca cosa podia fer pel seu aspecte després d'una dura jornada de feina a l'hospital i de recórrer mig Nova York en metro per tornar a casa enmig de tota aquella gent que feia olor de treball, de cansament i, a vegades, de misèria.

Es va treure amb ràbia el casquet rodó, que va deixar al descobert els seus rínxols rossos, i va sortir de la sala darrere de la Vera.

En Joseph es va acostar a la Sophie, que s'havia assegut en una butaca amb la mirada perduda en els dibuixos geomètrics de la gran catifa que cobria el terra. La va agafar pel colze i, amb suavitat, la va obligar a alçar-se.

—Filla, després de sopar voldràs explicar-me això de la beca?

La Sophie va somriure i els ulls grisos se li van tornar a il·luminar, plens d'esperança.

Van ser més de dos mesos d'amenaces contínues. De malestar i de discussions. De silencis feridors que caminaven com ombres al costat de la Sophie quan entrava a casa.

De nit, quan s'ajeia al llit, exhausta després d'haver mantingut aquella contínua batalla amb la seva mare, les llàgrimes se li desbordaven dels ulls sense que intentés ni tan sols controlar-les. Altres vegades, amb els ulls secs, una ràbia vermella li inflava el cor i li impedia pensar amb claredat.

La Vera ho havia deixat molt clar: era menor d'edat i no se'n podia anar de casa sense el permís dels seus pares. Si ho feia, la faria tornar. L'avergonyiria. Faria el que calgués per treure-li allò del cap.

El que calgués!

I el seu pare semblava haver llançat la tovallola.

Fins que va comprendre que un somni com aquell de cap manera podia sortir-li debades. Havia d'arriscar-se. I es va disposar a fer-ho. Encara que les classes a l'institut d'art no començarien fins al setembre, la Sophie va decidir marxar immediatament després de la seva graduació per poder establir-se a Los Angeles amb tranquil·litat i posar-se en contacte amb els estudis d'animació. Estava disposada a tot per fer realitat el seu somni. Potser no aconseguiria feina en uns estudis de seguida, però tenia dues mans i les podia fer servir per rentar plats i servir taules, si calia.

Va comprar un bitllet només d'anada amb destinació a Los Angeles. El dia de la partida va sortir de casa en silenci, sense acomiadar-se, com una fugitiva. Era molt d'hora encara; els raigs de sol més matiners just començaven a llepar els carrers de la ciutat quan va abandonar l'única llar que havia conegut.

Va arribar a la Gran Estació Central amb molt de temps.

Nerviosa.

Havia estat vagarejant per la ciutat amb la maleta en una mà i el portafolis amb els seus treballs sota l'altre braç. A la fi, cansada, s'havia dirigit cap a l'estació, que, malgrat l'hora, ja vibrava de gent que anava amunt i avall, en totes direccions.

Va passar pel costat del taulell d'informació. Va admirar un cop més el sostre blau amb les constel·lacions celestes pintades amb traços daurats. Es va acomiadar en silenci de les grans aranyes lluminoses, de les galeries situades sobre el vestíbul principal, del terra de marbre que brillava sempre impol·lut malgrat els milers i milers de peus que el trepitjaven a cada moment.

No sabia quan tornaria a Nova York. A aquella estació. A casa.

Ni tan sols sabia si tornaria.

I, aleshores, va sentir la pressió d'una mà damunt de l'espatlla i va pensar que el seu somni acabaria abans de començar. Es va girar a poc a poc, amb el cor que li galopava a la desbandada. I va veure el rostre somrient del seu pare.

Van seure en una de les cafeteries de l'estació. Es van agafar les mans davant de dues tasses de cafè. En Joseph va donar a la Sophie un sobre amb diners.

—Papà, no ho puc acceptar..., vostès...

Ell no la va deixar acabar.

—Agafa'ls. I estigues tranquil·la. Ja saps que hem hagut de vendre alguns objectes valuosos per tenir líquid. Són pocs diners, però són ben teus. Els necessitaràs, creu-me.

La Sophie va desar el sobre a la bossa. Li tremolaven les mans d'emoció mentre ho feia.

—Però la mamà... Si ho sabés.

—No pateixis per ella. La teva mare és molt previsible. M'ho faré venir bé. Li faré veure que val més que t'estiguis a Los Angeles estudiant i buscant el teu camí que fer-te tornar per la força i armar un gran escàndol. Li parlaré de les grans famílies que porten els seus fills al Chouinard. Ja ho veuràs, d'aquí a un mes estarà explicant a les amistats que té una filla artista amb una beca al millor institut d'art d'Amèrica.

—Però no els dirà que la seva filla vol treballar en uns estudis d'animació.

Van riure. Còmplices, com sempre.

—Saps què has de fer, en arribar?

—Primer presentar-me a l'institut i buscar un lloc senzill per viure-hi les primeres setmanes, fins que trobi una feina. Ja li vaig dir que tinc una carta de recomanació de Bob Waldman, el meu professor. Ell coneix personalment un animador que treballa a Walt Disney Studios. M'hi he d'adreçar i ensenyar-li els meus dibuixos. Crec que si hi vaig recomanada tot serà més fàcil. És possible que m'acceptin per treballar a mitja jornada. El senyor Waldman m'ha comentat que Walt Disney té una gran debilitat pels estudiants de l'Art Institute.

Es va reclinar a la cadira i va deixar escapar un sospir ensomniat.

—Papà, aquesta beca és una de les millors coses que m'han passat a la vida. I seria un somni fet realitat poder treballar amb en Disney. Si la mamà ho pogués entendre...

—Te'n sortiràs.

Pare i filla es van sentir units pel silenci que va seguir a aquelles paraules d'ànim. En Joseph es va mirar la Sophie amb una intensitat estranya; amb l'enyorança de la separació imminent i amb orgull, tot barrejat. Ella va semblar que es girava endins, com si busqués al seu interior tots els instants de felicitat viscuts amb el seu pare, que desava al cor. Sobretot el record d'aquella tarda màgica que la va dur al cinema i va poder veure per primera vegada dibuixos en moviment.

—Es fa tard. He d'anar a passar un parell de consultes —va dir en Joseph amb una mirada tendra, però cansada.

Es van aixecar tots dos i es van fondre en una abraçada intensa.

—Sigues sempre tu, petita. Passi el que passi, sigues tu i no renunciïs als teus somnis.

La veu d'en Joseph era poca cosa més que un xiuxiueig que acaronava l'orella de la seva filla. Amb recança, se'n va separar i va començar a caminar cap al gran vestíbul. La Sophie va sentir una gran pesantor al pit, però es va esforçar a redreçar l'esquena i va respirar fondo. Ara no seria covarda. No ho seria.

Seria una filla digna del seu pare.

Capítol 2

2719 Hyperion Avenue

La roba havia quedat estesa i oblidada damunt del llit. Bruses, faldilles, jaquetes i algun vestit estiuenc esperaven amb paciència que unes mans generoses els col·loquessin a l'armari.

La Sophie es refrescava la cara al bany de l'hotel mentre la banyera s'omplia entre renecs de canonades. Només feia unes hores que havia arribat a Los Angeles, després de deixar enrere el desert de Mojave i una encara endormiscada Pasadena. Havia baixat del tren i havia arrossegat maleta i portafolis per l'estació, sense esma.

La calor d'aquell final de juny era sufocant.

Havia pujat a un taxi i havia demanat al conductor que la dugués a un hotel senzill però no gaire allunyat del centre. Havia estat de sort. Los

Angeles no semblava que tingués secrets per a aquell home xerraire i servicial que, a més d'estar disposat a dur-la a un hotel que complís les seves expectatives, li havia fet de guia dels llocs que travessaven amb un orgull i un entusiasme encomiables.

La Sophie mirava el paisatge que desfilava davant dels seus ulls i, malgrat l'entusiasme del taxista, només veia una mena de desert depriment ple de solars buits. A mesura que s'acostaven al centre, els carrers semblava que s'animaven amb la presència d'uns quants magatzems, edificis d'oficines —molts de buits— i molt lloc per aparcar. No tenia res a veure amb el lloc bigarrat i cosmopolita d'on ella venia.

El taxi es va detenir en una avinguda ampla, Adams Boulevard, que, segons li va dir, pertanyia al West Los Angeles i que tenia més d'un quilòmetre i mig de llargada. Un quilòmetre i mig ple de petites cases victorianes, intercalades amb altres residències més grans, que discorria com un riu cap al centre de la ciutat i cap als barris que s'estenien al sud. Al 127 East Adams Boulevard, s'alçava una d'aquestes cases que anunciava amb un rètol que s'admetien hostes.

Un cop el taxi va haver marxat, la Sophie es va quedar palplantada davant del casalot de parets esgrogueïdes, rematat per dues altes teulades de dos aiguavessos de teules verdes, al qual s'accedia travessant un jardí descurat que arribava fins al petit porxo d'entrada. No va poder evitar pensar en com el pas del temps marceix la bellesa de totes les coses.

Va donar un cop d'ull als voltants. De fet, es va reafirmar: feia molt de temps que la decadència s'havia instal·lat en aquell veïnatge com un resident més. Un veí que no semblava que tingués gens de pressa per marxar.

L'Elionor mirava de fit a fit la Sophie des de l'altra banda del mirall. I la Sophie li va tornar la mirada. La seva germana era tota una bellesa. Tenia el cos espigat i esvelt. En això s'assemblava a la Vera, la seva mare. Bé, en això i en moltes altres coses. La bellesa de la Sophie, en canvi, era més accessible. El seu rostre era agradable, en forma de cor, i tenia la pell pàl·lida i suau. I ella era menudeta, com el seu pare, prima i proporcionada, però no tenia el port elegant de la Vera i l'Elionor.

Els cabells de l'Elionor eren del color del blat i la seva cabellera llarguíssima havia desaparegut feia poc; ara, li arribava fins als omòplats com la moda semblava que imposava. La Sophie no havia volgut tallar-se els cabells abundosos, rinxolats i castanys. Sabia que els cabells curts no li quedarien bé perquè els tenia cresps i bastant indomables, i només aconseguia mantenir-los en ordre si se'ls recollia.

Les dues germanes tenien els ulls grisos, com els d'en Joseph. En això s'assemblaven. O potser no. Perquè els de la Sophie eren ulls plens de curiositat.

I vius.

I tendres, sovint.

A vegades, fins i tot, hi brillaven guspires atrevides.

Els de l'Elionor tenien fulgor de navalla.

És clar que la Sophie era posseïdora d'un tresor únic a la família: aquells dos clotets riallers que li amorosien les galtes. La Vera no es cansava mai de dir-li que no sabia d'on havien sortit.

Sí que eren ben diferents, les germanes Simmons. En els gestos, en les paraules, en la manera de comportar-se de l'Elionor sempre hi havia un punt d'altivesa i una certa fredor. La Sophie, en canvi, era fràgil, i la bondat se li reflectia als ulls, que transmetien serenitat i confiança.

Les seves maneres de ser, tan oposades, els seus interessos diferents, les havien mantingut sempre allunyades. Mai no havien estat gaire amigues, encara que la Sophie sempre havia desitjat allò de bo que creia que hi havia d'haver en la relació entre germans. En créixer, les diferències de caràcter s'havien accentuat. Les germanes Simmons avançaven per camins molt diferents. Per això, la Sophie no acabava d'entendre per què, ara que se n'havia separat, no feia sinó pensar en l'Elionor. Però el cert era que, només tres dies i mig després d'haver marxat de casa, enyorava fins i tot el somriure de suficiència que la seva germana acostumava a dur encimbellat als llavis.

Potser l'amor entre germans era això: trobar a faltar el bo.

I, també, el menys bo.

La Sophie va fer llengotes al mirall i la imatge de l'Elionor, tan arrogant per sota la capa de la seva bellesa, es va anar diluint fins a desaparèixer, i ella va recuperar el seu propi reflex mentre es despullava indolent. Se sentia bruta i enganxifosa després d'haver passat tres dies i mig en un vagó de tren. Va començar a recollir-se els cabells en un monyo alt per no mullar-se'ls. Es va submergir dins de l'aigua calenta de la banyera i va gemegar de plaer. Va tancar els ulls i va deixar que aquella sensació delitosa li recorregués tot el cos.

L'endemà al matí, la Sophie va sortir al carrer amb energies renovades, els ulls brillants i les galtes enceses d'emoció. S'havia mudat amb el seu millor vestit d'estiu. Era de xantung rosa, encara que ja tenia un parell d'anys. A ella li agradava perquè se li cenyia a la cintura com un guant, estilitzant-la. S'havia fet un recollit informal del qual s'escapaven alguns rínxols rebels que intentava amagar sota la petita boina de punt rosa com el vestit.

Agafava amb la mà dreta el portafolis amb els seus treballs, la seva veritable carta de presentació. De l'espatlla esquerra penjava la petita bossa dins de la qual descansava la carta del seu professor i aquella adreça:

Walt Disney Studios
2719 Hyperion Avenue

La Sophie havia somiat en aquells estudis; els havia pintat de moltes i diferents maneres en la seva imaginació. Però cap d'aquells retrats imaginaris coincidia amb la buidor d'un barri sense cases on les males herbes envaïen les voreres i es feien mestresses de cada racó.

Va mirar a banda i banda. El carrer, a aquella hora del matí, estava gairebé desert. Es va fixar en el petit edifici que tocava a una estació de servei. Davant hi havia dos cotxes aparcats. Els dos únics cotxes aparcats en tot l'ample carrer.

Va pensar que s'havia equivocat. No podia ser. Sens dubte que s'havia embolicat amb el Yellow Car, el tramvia que recorria Los Angeles de punta a punta, i havia anat a parar lluny de l'adreça que cercava. La preocupació se li va entortolligar a l'estómac i, per uns moments, es va sentir perduda. Lentament es va acostar a l'edifici del costat de la benzinera. Era blanc i verd, amb un sostre de teules vermelles i una bonica parcel·la de gespa al davant. Li va semblar la caseta d'un conte. Quan va ser-hi a prop, va poder llegir el rètol que hi havia a la porta:

Walt Disney Studios

Va empassar-se la saliva per dominar la por i els nervis i va empènyer la porta dels seus somnis.

La Sophie es va trobar dins d'una gran sala que s'havia dividit amb un envà. A banda i banda del petit vestíbul de l'entrada hi havia dos despatxos tancats. En va llegir les plaques de les portes. El despatx de la dreta era el d'en Roy Disney. El de l'esquerra, el d'en Walt. El cor li va fer un doble salt mortal.

Com que ningú semblava que s'hagués adonat de la seva presència, va avançar pel passadís que s'obria davant seu. A l'esquerra, una porta oberta mostrava un gran espai on les taules s'amuntegaven aprofitant cada racó. Entre la calitja del fum dels cigarrets va poder distingir les siluetes d'un grapat d'homes que treballaven abocats a les taules de dibuix.

Va tancar els ulls, uns segons. Va escoltar amb delit la dolça cançó dels llapis acaronant els papers mentre creaven mil històries que aviat es mourien.

Màgia pura. Un somni fet realitat.

Una veu a la seva espatlla li va fer obrir els ulls:

—Et puc ajudar?

La veu pertanyia a una noia jove, rossa i amb els llavis pintats d'un vermell corall esclatant. La Sophie no s'havia adonat que hi era. Va haver de fer un esforç per tancar la boca i aterrar de nou a la realitat.

—Jo... Veuràs, busco en Tom Kinney. Duc una carta de presentació i els meus treballs —va dir, assenyalant el portafolis amb la mirada.

La jove va treure el nas per la porta de la sala on treballaven els homes.

—En Tom no ha arribat. No crec que trigui, encara que, si he de ser-te sincera, la puntualitat no és una de les seves principals virtuts —va dir, i tot seguit va deixar anar una riallada sorollosa.

—Jo... potser el podria esperar aquí.

—És clar, cap problema, si no et fa res esperar de peu. No tenim gaires cadires, saps? —li va picar l'ullet—. Em dic Carol.

Un cop es va haver presentat, la Carol va fer un moviment despreocupat d'espatlles i va anar a seure a la seva taula. La Sophie la va seguir amb la mirada. Llavors es va adonar que a la dreta, al costat d'uns grans finestrals que omplien la sala de llum natural, en taules de dibuix fetes a mida que duien incorporats uns prestatges alts i espaiats al davant per guardar els dibuixos a l'abast de la mà, hi treballaven unes quantes noies.

La Carol s'havia assegut a la seva taula, que estava tocant al passadís, i s'havia submergit en la seva feina. La Sophie s'hi va acostar sigil·losament. Es va passar una bona estona en silenci, com hipnotitzada, contemplant bocabadada com la noia treballava. Fins que, vencent la timidesa, li va preguntar:

—Amb quina mena de full treballes?

La noia no va aixecar el cap de la feina per respondre.

—És un *cel*, un full de cel·luloide transparent. No n'havies vist mai cap?

La Sophie no va dir res. De fet, ni havia sentit la pregunta. Estava del tot absorta mirant com la Carol pintava sobre aquell full transparent. Va notar que noves preguntes li burxaven la boca i ja no va poder aturar-les.

—I per què pintes el dibuix per la part del darrere?

—Cal girar el *cel* i pintar sota la línia entintada del dibuix per no deixar-hi rastres de pinzellades.

Ara sí que la jove va alçar la mirada fins a la Sophie i la va obsequiar amb un somriure murri.

—És així com es fa.

La Sophie només va ser capaç de fer un tímid gest d'afirmació mentre pensava en tot el que ignorava sobre aquella feina meravellosa i tot el que li caldria aprendre d'ara endavant.

Tot d'un plegat, la porta de l'estudi es va obrir i un home alt i corpulent es va materialitzar darrere del núvol de fum del seu cigarret. La Sophie va tenir la impressió que era una aparició.

—Aquesta senyoreta et busca, Tom —va dir la Carol alçant uns segons el cap de la feina.

L'home es va acostar a la Sophie allargant la mà.

—Bon dia, senyoreta...

—Soc la Sophie Simmons, de Nova York. He vingut a Los Angeles per estudiar. He aconseguit una beca al Chouinard Art Institute.

—Una beca al Chouinard? Caram! —va dir l'home, amb un somriure admirat que va animar la Sophie a continuar.

—També voldria començar a treballar en animació, sap? Bé, totes les hores que els meus estudis em deixin lliure. Jo..., bé, aquí tinc els meus treballs, i una carta de recomanació d'en Bob Waldman...

—Ah!, coneix en Bob.

—Va ser professor meu a la High School; de dibuix. M'ha ajudat moltíssim —va respondre una atrafegada Sophie que semblava que no tenia prou mans per mostrar a en Kinney tot el que li volia ensenyar.

—Vingui, entrem al despatx.

La Sophie va seguir en Tom Kinney cap al despatx de Walt Disney. Les papallones de l'estómac, entossudides, no deixaven de voleiar. En entrar-hi, es va trobar en una gran sala presidida per una taula de noguera i diverses cadires; també hi havia un còmode sofà amb un llum de peu al costat i unes quantes prestatgeries.

En Kinney es va deixar caure a la butaca d'en Disney, darrere de la taula, amb els dibuixos de la Sophie a les mans. Amb una mirada la va convidar a seure en una cadira davant seu.

Mentre l'home repassava amb interès la seva feina, els ulls de la Sophie es van fixar en la paret que tenia al davant. Només hi havia tres fotografies emmarcades, que semblaven perdudes en aquella blancor buida. Des de la del mig, somreia una dona bonica. Dos Mickey Mouse, un a cada costat, la custodiaven com a fidels soldats.

Se li va escapar un somriure en pensar en *Steambot Willie*, la primera pel·lícula d'aquell ratolí bon jan que havia vist a Nova York li semblava que feia tant de temps. Una pel·lícula d'animació amb banda sonora! Aleshores, el 1928, ella només era una nena de tretze anys a qui li agradava omplir papers i més papers de dibuixos i que es delia per anar a veure pel·lícules animades al cinema. Aquella petita obra mestra de l'animació havia contribuït a reafirmar-la en els seus somnis, com si el petit Mickey hagués sortit de la pantalla per xiuxiuejar-li a cau d'orella que aquell era el seu camí. I ara era allà, asseguda al despatx de Walt Disney i amb en Mickey que l'observava des de la paret de davant fent-li l'ullet.

La Sophie va tenir la seguretat que l'univers estava de part seva.

—Veurà, senyoreta...

—Simmons.

—Senyoreta Simmons, sí...

Un quart d'hora després, la Sophie baixava per aquella avinguda empolsegada, trista, solitària i plena d'herbotes amb els ulls espurnejants de llàgrimes i un sabor metàl·lic de fracàs a la boca.

L'entrevista s'havia acabat de seguida. Amb amabilitat, en Kinney li havia exposat que el moment pel qual passava l'estudi era de contenció econòmica i que, encara que les expectatives eren bones gràcies a l'èxit creixent de les pel·lícules d'en

Mickey, en Disney tenia molt clar que no es podia permetre contractar més personal. I encara menys a mitja jornada.

—De moment... —havia afegit en Tom Kinney abans d'allargar-li la mà i treure-se-la del damunt.

—I ara què, somiatruites?

Es va preguntar la Sophie en veu alta mentre caminava, gairebé trotava, avinguda avall, no sabia ben bé cap a on.

Estava tan enrabiada que no es va adonar del cotxe que circulava arrambat a la vorera, seguint-la. De sobte, es va aturar i de dintre en va saltar un jove molt atractiu.

—Senyoreta!

La Sophie es va girar, sorpresa. Amb la mà que la carpeta li deixava lliure es va eixugar una llàgrima indiscreta. Es va quedar mirant el jove, sense acabar d'entendre qui era, què hi feia, allà, i què volia.

—Perdoni, però l'he vista sortir de l'estudi d'aquesta manera i he pensat que potser necessitava un cop de mà. Jo hi treballo, sap?

—Vostè és animador de Walt Disney Studios? —va preguntar la Sophie amb un fil de veu.

—Sí.

Ell es va quedar mirant la noia amb intensitat. Tenia una mirada intel·ligent i pertorbadora que la Sophie no va poder sostenir. Va abaixar els ulls a terra.

—Jules Beck, senyoreta —es va presentar el jove tot allargant-li la mà.

—Sophie Simmons.

—Em permet que l'acompanyi al centre? O on vostè vulgui. Tal com va, temo que aviat es trobarà ben perduda.

La Sophie va escombrar el desolat paisatge amb els ulls.

—Oh!, no m'hi havia fixat.

En Jules va tornar cap al cotxe. Era un model descapotable, quadrat i compacte, que ja tenia alguns anys, però que es veia impecable. Un cop a dins va obrir la porta de l'acompanyant i va convidar la noia a pujar-hi.

Al cap d'una estona, en Jules i la Sophie seien en una taula al Henry's amb vistes a Hollywood Boulevard. El Henry's era un popular *delicatessen* molt proper a la intersecció amb Vine Street. En Jules havia demanat dues tasses de cafè i una esplèndida porció d'un pastís casolà de fruits vermells per a la Sophie que ella es dedicava a esmicolar amb la forquilla.

—No és agradable sentir-se rebutjat —va dir en Jules amb l'ànim de trencar el silenci glacial que s'interposava entre ell i la noia.

La Sophie va alçar els ulls i, d'una revolada, els

va tornar a abaixar cap al plat. Va continuar torturant el pastís.

—Però no s'ho prengui com un fracàs, senyoreta Simmons —va fer una pausa—. Li puc dir Sophie?

Ella va afirmar amb el cap, amb desgana.

—No té res a veure amb les seves capacitats, cregui'm. És més, en Tom ha comentat, quan vostè ha marxat, que els seus dibuixos són d'una gran qualitat artística. També ens ha dit això de la beca al Chouinard.

La Sophie va experimentar una reconfortant onada de plaer davant d'aquell compliment. Els seus ulls van tornar a brillar amb una petita espurna de llum.

—Això ha dit?

—Hauria de tastar el pastís. És deliciós.

La Sophie va agafar-ne una porció amb la forquilla i se la va posar a la boca sense gaire entusiasme.

—Si de debò vol treballar en uns estudis, Sophie, ha d'entendre com funciona aquesta indústria.

—No hi treballaré mai, en uns estudis. He estat una ingènua.

En Jules la va obsequiar amb un somriure encoratjador.

—Coneix els curts d'Oswald?

—És clar.

—Gairebé van arruïnar els estudis.

—Com? No pot ser. Són molt famosos. Jo creia que...

En Jules va alçar la mà, com si demanés la paraula.

—Quan ja feia un any que en Disney es dedicava amb èxit a aquest personatge, Winkler Pictures, la productora, va voler forçar en Walt a treballar només a canvi d'una paga avançada per cada curt.

—Com pot ser? El personatge era d'en Disney.

—Ho era. I per això en Walt s'hi va negar. Però Winkler havia venut els drets a la Universal. El seu personatge ja no era seu. No li pertanyia.

—Com pot ser que passi una cosa així? És horrorós! És injust! —es va escandalitzar la Sophie.

—En Charles Mintz, amo de Winkler Pictures, va establir, llavors, el seu propi estudi d'animació per produir els curts d'Oswald. Però no en va tenir prou, amb això. Es va endur la majoria dels animadors de Walt Disney Studios amb ell. Només es van quedar un parell amb en Walt; els més fidels.

La Sophie va semblar que oblidava per uns segons el fracàs que acabava de viure i que li repicava a les temples com un martell implacable. Ara escoltava les paraules d'aquell jove gairebé sense respirar.

—Vostè ja treballava a Disney, llavors?

—No. Jo vaig entrar a Disney una mica després, ara fa dos anys. El 1930.

—Quina sort! —va mormolar la Sophie, tot esbossant un somriure cohibit i una mica trist.

—L'equip de Disney es va anar refent gràcies a...

—... en Mickey?

—Sí, a en Mickey. Cregui'm, Sophie, que els estudis estaven arruïnats. No hi entraven diners i els animadors no cobraven. Però en Walt no és un home que es rendeixi amb facilitat. Va dissenyar i animar un parell de pel·lícules d'en Mickey sense gaire sort.

En Jules va fer un glop de la tassa de cafè. Els llavis se li van contraure en una ganyota. S'havia refredat.

—Però després va arribar *Steamboat Willie*. Es va estrenar a finals de l'any 1928.

Els ulls de la Sophie es van animar amb un somriure.

—L'he vista. És meravellosa!

—I ara sí! La pel·lícula va ser tot un èxit. Era la primera vegada que es posava banda sonora a un curt d'animació. En Walt sempre diu que en Mickey va néixer en aquesta pel·lícula, i no en les dues anteriors. Va ser un gran pas endavant. Llavors van contractar nous animadors, la majoria sense experiència. Com jo.

En Jules es va quedar pensarós, absort, perdut en els records d'aquells dies que acabava de rememorar. La Sophie va pensar que hi havia alguna cosa en la seva mirada difícil d'interpretar.

El noi de seguida es va refer i va afegir:

—En aquests moments estic treballant en un nou curt d'en Mickey: *The Klondike Kid.* —Va fer una pausa, i es va deixar acaronar per l'expressió del tot admirada de la noia—. Ara mateix, les expectatives a l'estudi són bones. El ritme és frenètic però, així i tot, no hi ha gaires beneficis. Tot el que es guanya s'inverteix en noves produccions per aprofitar la tirada d'en Mickey. En Roy, el germà d'en Walt, que és qui porta els comptes, el té molt collat econòmicament. No vol tornar a passar per una situació de fallida. En aquest moment no es fa més contractació de personal.

Va fer un altre glop del seu cafè fred.

—Per això no l'han agafat. No perquè vostè no pugui fer aquesta feina, sinó perquè la indústria té les seves pròpies regles.

La Sophie es va tirar enrere i va relaxar l'esquena, que havia mantingut tensa mentre en Jules parlava. Va deixar caure les mans a la falda en un gest vençut. Els seus ulls grisos mostraven una gran decepció.

—Ho entenc. Però...

Es va haver d'aturar. Se sentia patètica, allà asseguda, fent esforços per empassar-se la saliva i no plorar davant d'aquell jove que es preocupava per ella, encara que no entenia per què.

—Té la beca. Dediqui's a formar-se i després...

—No podré quedar-me a Los Angeles si no treballo!

Havia estat una resposta sobtada, i la Sophie no va poder evitar ruboritzar-se. Se sentia molesta. No volia entrar en aquell terreny. Es tractava d'un autèntic desconegut i, per descomptat, no tenia cap intenció de destapar davant d'ell els seus problemes familiars, ni de parlar de les estretors econòmiques d'aquells darrers anys. Que potser hi havia paraules per explicar l'angoixa que sovint emboirava els ulls del seu pare? O els retrets silenciosos i punyents de la seva mare?

—Potser m'hauria d'haver quedat a Nova York i haver buscat una feina. Hauria estat el més enteniment en els temps que corren, però... —va clavar damunt d'en Jules una mirada brillant de llàgrimes, plena del rastre de totes aquelles il·lusions que es negaven a abandonar-la— vull seguir estudiant. Vull fer realitat el meu somni de ser animadora, i és una decisió que no pot recaure en la meva família, ho entén?

—I és clar! —va respondre en Jules, i la veu se li va tornar més greu mentre mirava els ulls grisos de la Sophie, que desprenien aquell estrany fulgor.

La Sophie va esbufegar mentre deixava vagar la mirada més enllà de la vidriera. Però les paraules d'en Jules van provocar que la tornés a clavar en ell.

—També hi ha altres estudis a Los Angeles. Pocs, és cert. Però no tots estan en la mateixa situació que els Disney.

Es va treure un llapis de l'infern de l'americana. Va mirar al voltant per sobre l'espatlla i va veure un diari a la taula del costat. El va agafar. Va escriure un nom i una adreça en un dels fulls de l'interior, el va arrancar i el va allargar a la Sophie.

—Dick Davis?

—Sí, Dick Davis. És un gran amic. Treballa a Graphics Studios. Però treballava a Disney quan jo vaig començar. Ens vam fer molt amics. Vagi a veure'l, Sophie. Ensenyi-li els seus dibuixos i digui-li que hi va de part meva.

Un bonic somriure es va obrir pas enmig de la pal·lidesa trencadissa del rostre de la Sophie mentre parpellejava per evitar la coïssor de les llàgrimes.

—Per què ho fa, això?

En Jules ja s'havia aixecat. L'expressió del rostre se li va tornar més ombrívola quan va dir:

—Tots hem hagut de començar de zero.

Li va apartar la cadira i li va agafar amablement el colze mentre es posava el barret.

—He de tornar a la feina. On vol que la deixi?

Van sortir al carrer i van pujar al cotxe. Quan en Jules el va posar en marxa, la Sophie va tancar els ulls, es va agafar la petita boina amb la mà perquè no li volés, va recolzar el cap al seient i va respirar profundament, empassant-se tant d'aire com va poder.

Al cap d'una estona ja s'havia acostumat a aquella sensació de velocitat, i fins i tot la trobava agradable. Va obrir els ulls i els va deixar vagar per Broadway Boulevard. Es va adonar que l'avinguda era plena d'edificis elegants i d'hotels amb jardins ben cuidats, de restaurants i de botigues de luxe.

Potser Los Angeles també tenia el seu encant.

Va girar el cap per mirar en Jules, que ara conduïa en silenci, amb la mirada atenta a la circulació. Va advertir que, malgrat que devia passar dels vint-i-cinc, tenia un aire juvenil, amb aquella cara tan atractiva, els ulls intensos i negres, els llavis seductors, amb un bigotet negre al damunt que li donava un aire sofisticat, i el cos àgil i elegant.

A més, en Jules posseïa alguna cosa intangible que feia que una dona no pogués apartar-ne la mirada. La Sophie no va saber què era. Tampoc no sabia per què l'havia seguida, ni per què l'ajudava. No sabia res d'ell.

Qui era en Jules Beck?

En Jules Beck havia nascut a Laredo, a l'estat de Texas, el 1906.

El seu pare, l'Elias Beck, era un home brutal que havia desgraciat la vida de la seva mare, la Wilma, i també la d'ell i la del seu germà petit, en Tyler. Per molts anys que visqués, per molts quilòmetres que posés de distància, en Jules no podria oblidar mai les mans rudes del seu pare quan descarregaven la seva ira damunt d'ell. El simple record li eriçava la pell.

L'Elies Beck era un homenàs sense ofici ni benefici que subsistia gràcies als tripijocs. De jove, quan la Wilma el va conèixer, era un jove morè i enèrgic, amb una perfecció de trets poc freqüent en un noi. Tenia un rostre atractiu amb barbeta de lluitador, i els ulls negres i penetrants de mirada tempestuosa. Totes les noies li anaven al darrere. Durant anys, la Wilma es va preguntar per què el destí li havia fet la mala jugada de concedir-li a ella, i no a qualsevol d'aquelles noies, l'estrany privilegi de ser l'escollida per compartir la vida de l'Elies.

Perquè la felicitat va ser tan breu que a la Wilma no n'hi va quedar ni el record. L'Elies va començar a beure ben aviat per compensar les misèries d'una vida de privacions de la qual culpava a tothom menys a ell mateix. Pensava que els dos fills que havia tingut amb la Wilma, en Jules i en Tyler, eren els responsables que no aixequés el cap. La dona s'esborronava tota quan descobria en el seu home aquella mirada ferrenya i li sentia dir l'eterna cantarella:

—Massa boques per alimentar. Aquest és el problema! Massa boques per alimentar...

I mentre la pobra dona es deixava la pell netejant escales i es desvivia perquè els seus dos petits poguessin anar a escola, l'Elies se submergia en les bromes de l'alcohol i desapareixia de casa dies sencers i, a vegades, setmanes.

Aquells espais breus de solitud eren oasis de felicitat per a la Wilma i els seus dos fills. Encara que tornés a casa tard i del tot exhausta de tant treballar, sempre sabia trobar un espai de tendresa per dedicar a en Jules i en Tyler que els compensés de tantes misèries. Sopaven junts. Parlaven. I reien. Com reien quan l'Elies no hi era! Els dos nens ensenyaven a la mare els dibuixos que havien fet i el cor de la Wilma s'omplia d'orgull.

De nit, quan la casa dormia, la pobra dona es ficava al llit, ajuntava les mans i pregava a aquell Déu que semblava que s'havia oblidat d'ella. Li demanava que el seu marit no tornés mai més, encara que després corria a confessar-se perquè sabia que desitjar allò no estava bé. I també li donava les gràcies per haver concedit als seus dos nens el do de l'art amb què potser podrien fugir d'aquella vida tan negra. Perquè la Wilma estava convençuda que els seus fills eren uns artistes. Que tenien un do.

Però l'Elies tornava. Sempre tornava. I amb ell les pallisses, els plors dels petits i la por. I els nens havien de deixar d'anar a escola perquè el pare els enviava a vendre diaris de matinada. I els dibuixos quedaven amagats. Ben amagats. Perquè qui sap què podia passar si l'Elies descobria que els seus fills perdien el temps fent dibuixos.

La Wilma va morir d'una pneumònia l'hivern del 1928. En aquell moment, en Jules era un jove de vint-i-dos anys. Ell i en Tyler eren tan atractius com ho havia estat el seu pare de jove; alts i fibrats; d'ulls negres lluents com brases. En Tyler, de dinou anys, era més alt i més prim que el seu germà. Però en Jules tenia una elegància natural que ni la humil vestimenta desmereixia.

Després d'enterrar la mare, en Jules va parlar amb el seu germà.

—Ja no hi fem res aquí, Tyler. Fotem el camp.

El noi li va clavar al damunt aquells immensos ulls foscos amb una mirada una mica espantada.

—No, esperem una mica.

—No deus pas patir per aquell.

—Pel pare...? No, no. Però ara tinc uns quants estalvis i, per fi, puc anar a classes de dibuix.

—Podràs anar a classes de dibuix a qualsevol altre lloc.

—Però i la Viola?

En Jules va fer un gest prenyat d'impaciència.

—Pots tenir totes les noies que vulguis. Per què t'has de quedar aquí enganxat a aquesta Viola?

En Tyler era molt jove i n'estava molt enamorat. I en Jules no el va voler deixar sol amb el seu pare. Es va armar de paciència i es va posar a treballar en el que sortia, com havia fet sempre.

Estalviant.

Esperant.

Fins a aquella nit.

Qui era en Jules Beck i per què no podia deixar de mirar-lo de cua d'ull?, es preguntava la Sophie asseguda al cotxe. Potser era per com parlava i es movia? O pel que deia? Per aquella seguretat que emanava de cadascun dels seus gestos? O era a causa d'aquells cabells negres que ara el vent li despentinava donant-li un aire una mica canalla?

La Sophie es va obligar a apartar els ulls d'en Jules i els va fixar en les mans que descansaven damunt la falda. Es va adonar que premien amb força el paper que ell li havia donat. Hi havia escrit només unes lletres: un nom i una adreça. Però a ella li donaven una nova esperança.

Capítol 3

Chouinard Art Institute

L'edifici art-déco del Chouinard Art Institute havia estat construït l'any 1921 a la 743 Grand View Street, al districte de Westlake, al centre de Los Angeles. Al barri, a més de les mansions elegants i els destacats comerços, s'hi concentraven les tres escoles d'art més importants de la ciutat, ja que, a més del Chouinard, hi allotjava l'Otis Art Institute i l'Art Center School of Design.

El Chouinard estava, sens dubte, més arrelat que els seus competidors directes en l'entramat cultural i educacional de Los Angeles. L'Otis feia massa poc que havia obert i l'Art Center era una escola molt més grisa que el dinàmic Chouinard, on acudien la majoria dels joves que es volien formar, ja fos com a professionals de les belles arts o com a artistes comercials, tot i que l'eix on s'articulaven totes les disciplines era el dibuix.

La Sophie va trepitjar l'institut d'art per primera vegada un migdia de principis de juliol de cel blau i sol intens. Tot i que el curs ja havia acabat, hi havia força estudiants als patis: uns pintaven a la fresca, altres xerraven i reien feliços de submergir-se en aquell estiu picant i dolç, ple de promeses. Els ulls de la Sophie brillaven esbatanats. Es va haver d'esforçar per contenir aquell doll d'eufòria que l'embargava i que amenaçava a desbordar-se.

Frisava per ser una alumna del Chouinard!

I li semblava que faltava una eternitat perquè arribés el setembre!

Es va dirigir a la secretaria del centre per solucionar els tràmits administratius de la beca. S'hi va passar una bona estona, però va sortir amb la matrícula complimentada i amb l'horari del primer semestre a la mà. No podia apartar els ulls d'aquell paper que contenia els detalls del seu futur immediat. Llegia una vegada i una altra les disciplines que cursaria a partir del setembre: dibuix, pintura, disseny, color, composició... Havia de fer esforços per no saltar d'alegria, ni cantussejar. No volia que la prenguessin per boja, encara que allà ningú semblava fixar-se gaire en el que els altres feien o deixaven de fer.

En sortir al carrer, va alçar els ulls cap al cel. Ni un núvol enteranyinava aquell blau brillant, com tampoc cap núvol enfosquia l'alegria que ella sentia. Perquè si uns dies abans li havia semblat que el món se li enfonsava sota els peus en rebre la negativa de Walt Disney Studios, ara tot havia canviat.

El record d'en Jules, aquell jove atractiu que havia aparegut amb el seu cotxe com un príncep galopant un cavall, se li va fer ben present. Els colors li van pujar a les galtes només de pensar en ell. Va arrencar a riure com una beneita.

—Déu, meu! És seductor com un pecat! —va dir en veu alta, i en adonar-se'n, amb la rialla estroncada, va mirar al voltant per sobre de l'espatlla tement que algú l'hagués sentit.

Va començar a enfilar el carrer a pas lent, sense rumb fix, mentre un llampec de pensament li creuava per davant dels ulls: «L'he d'anar a trobar. L'he d'anar a veure», s'anava repetint. I aquella idea va fer que li vinguessin ganes d'amagar-se sota l'ala del seu barret de feltre.

I és que aquella nit gairebé no havia dormit pensant en allò. S'havia passat la nit sospesant-ne els pros i els contres. Prenia una decisió i, de sobte, es feia enrere. Però, a la fi, abans que la son la vencés del tot, la Sophie havia arribat a la conclusió que ho havia de fer: havia de tornar a Walt

Disney Studios per donar les gràcies a en Jules per la recomanació i per comunicar-li que tenia feina a Graphics Studios. Quina mena de persona seria si no ho feia?

La Sophie va esbufegar empipada i es va encongir d'espatlles. Per què tenia tants dubtes?, es va preguntar. No era propi d'ella donar tantes voltes a les coses.

Es va començar a allunyar del Chouinard caminant sense gaire esma; s'aturava davant de cada aparador que li sortia al pas. La idea de retrobar-se amb en Jules li feia martellejar el cor, però també li paralitzava els peus. Va decidir prendre's una treva per anar a dinar.

La tarda ja escombrava les voreres d'aquell barri atrotinat quan la Sophie, amagada a la benzinera des d'on dominava l'entrada dels Walt Disney Studios sense cridar l'atenció, es va disposar a complir el seu propòsit. El que ni ella mateixa acabava d'entendre era què hi feia amagada a la benzinera en lloc d'entrar als estudis o d'esperar en Jules davant de la porta.

És clar que no era l'única cosa per a la qual no trobava una explicació lògica; perquè, quina explicació tenia aquella mena de tempesta que rugia dins seu? No ho sabia. Ni tampoc sabia per quin motiu sentia els nervis tensos com cordes de violí. Ni per què les cames se li van tornar de mantega quan va veure sortir dels estudis en Jules Beck tot parlant animadament amb la Carol i els seus llavis de corall. I, ja posats a no entendre res, encara va trobar més inexplicable la inesperada mossegada de gelosia que va sentir enmig del cor en aquell moment.

La Sophie va pensar que el més prudent era batre's en retirada abans de trobar-se en una situació incòmoda. Ho va intentar i, fins i tot, li va semblar que, en efecte, els peus l'obeïen i feien un parell de passes enrere. Però, aleshores, en Jules la va veure, va somriure, la va saludar tocant-se l'ala del barret, es va acomiadar de la rossa i la va anar a trobar.

D'esma, la Sophie es va posar una mà al pit. Tenia el cor desbocat.

Els cors de les noies galopaven quan ell els somreia. En Jules se n'adonava i se n'aprofitava. Ell no era com en Tyler, tan enamorat d'aquella Viola que no li deixava alçar el vol. Ell no es volia enamorar. No es volia lligar amb ningú. Preferia deixar-se estimar i no complicar-se la vida. Volia volar de flor en flor.

En Jules no deixava de fer plans de futur mentre esperava amb resignació que en Tyler estigués preparat per marxar. Sabia que era important aconseguir tenir estalvis per tirar endavant els seus projectes. Encara que per la gran crisi econòmica la feina escassejava cada vegada més, havia tingut la sort de col·locar-se com a cambrer en un restaurant i hi treballava a les tardes fins ben entrada la nit. Guanyava força diners en propines i coneixia gent. Li agradava la feina, encara que no s'hi volia lligar més del compte. Tenia clar que allò era només una espera, un parèntesi abans de marxar i començar de nou ben lluny d'allà.

Quan arribava a casa després de treballar, de matinada, en Jules solia trobar en Tyler embrancat en els seus dibuixos. I encara que sovint el cansament el baldava, no podia evitar anar a buscar els seus estris i posar-se a dibuixar amb ell. En Tyler li ensenyava tècniques noves que aprenia a l'escola i en Jules s'oblidava del tot de la fatiga. També li parlava de la Viola. Dibuixant i xerrant, els dos germans se n'anaven a dormir quan les darreres estrelles es fonien i l'alba treia el nas per l'horitzó.

L'Elies no hi era mai.

Fins a aquella nit. La nit de la sang que rajava per la cara d'en Tyler i els dibuixos esmicolats, trinxats, escampats pel terra d'aquell menjador miserable on tots dos s'havien fet grans. I el puny, el seu puny, esclatant a la cara d'aquell home a qui ja mai més anomenaria *pare*.

En recordar-ho, la mirada d'en Jules es tenyia

encara de vermell i el cor se li tornava a trencar fet bocins escapçats de ràbia i odi.

Van marxar aquella mateixa nit. Era una nit d'estiu i el cel estava taponat de núvols; no es veia ni una sola estrella. L'endemà, els dos germans van agafar el primer tren que anava cap a Los Angeles. Tots dos tenien el cor glaçat.

En arribar, en Jules va llogar una habitació gràcies als estalvis que havia aconseguit reunir. Era un lloc sòrdid amb una sola obertura, una finestra rònega que donava a un pati ornat per dotzenes d'estenedors plens de roba interior que feien filigranes de finestra a finestra.

En Tyler no era ell. No es recuperava. Es passava dies i dies sense pronunciar ni una sola paraula; sense sortir d'aquella habitació llardosa. En Jules va pensar que li havia de donar temps. Que tot s'arreglaria. Perquè ell era allà per tenir-ne cura.

Un dia, poc després de la seva arribada, en Jules va llegir a la premsa que a Walt Disney Studios buscaven dibuixants. Va pensar que era una oportunitat que ni en Tyler ni ell podien desaprofitar. Les coses no anaven bé aquell 1930. Trobar feina en aquells moments de crisi era gairebé impossible. Era un miracle que uns estudis d'animació n'oferissin mentre la gent vagava pel carrer sense saber on caure morta, o feia cua davant dels menjadors populars per poder fer un àpat calent al dia.

Decidit a agafar aquella oportunitat al vol, en Jules va anar a buscar en Tyler. Estava molt esperançat. Creia, volia creure, que els agafarien. Si més no, en Tyler. El seu germà era un gran dibuixant. El millor de tots dos. Allò l'obligaria a aixecar-se del llit, a arreglar-se; recollirien els seus dibuixos i es presentarien a l'adreça de l'anunci. Però el que va veure en Jules en arribar a l'habitació li va glaçar la sang. En Tyler dormia espatarrat a la màrfega abraçat a una ampolla de ginebra.

No va saber reaccionar perquè era més del que podia suportar. Com podia ser que en Tyler caigués en el mateix infern que els havia destrossat la infantesa i l'adolescència? Protegir-lo no servia de res, va pensar. I no podia, no volia, tornar a passar per allò.

Va deixar uns quants bitllets damunt la màrfega, va fer la maleta, va agafar els seus dibuixos i se'n va anar. A partir d'aquell moment, el seu germà s'hauria de buscar la vida, com feia ell. Potser així reaccionaria.

En Mickey Mouse s'estava convertint en un fenomen a tot el món. A Disney, la producció s'incrementava i es necessitava augmentar la plantilla. En Jules s'hi va presentar amb els seus dibuixos sota el braç. No tenia cap mena de formació artística, però, en canvi, tenia talent natural i moltes ganes de treballar. El van contractar al Departament d'Animació, com a intercalador. Era una feina avorrida, però se la va agafar amb ganes i ben aviat va aprendre la tècnica de l'intercalat.

Sis mesos després, va ser promogut per al programa de formació de Disney a partir del qual un animador veterà es feia càrrec d'un petit grup de principiants. Va estar de sort. Li va tocar estar sota el mestratge d'en Ben Sharpsteen. En Ben era un professor dur, però just. No deixava mai cap pregunta sense respondre i ajudava els alumnes quan es quedaven encallats en la feina. Els insistia a tenir cura en l'elaboració dels dibuixos, en una bona posada en escena i en una anàlisi de l'acció. La seva recepta per assolir l'èxit en aquella professió era molt senzilla:

—No hi ha cap drecera. Simplement n'heu d'aprendre. Heu d'aprendre a fer-ho bé!

Aquells mesos de formació no estaven pagats i els horaris eren incompatibles amb qualsevol altra feina dins o fora dels estudis. En Jules estirava els diners que havia estalviat treballant com a intercalador tant com podia. Només feia un àpat al dia. I, de vegades, ni això.

Un matí, en Ben el va trobar marejat damunt la taula de dibuix.

—Què tens, noi?

—Res, no res. No es preocupi. Vaig a mullar-me la cara.

En Ben no es va acabar d'empassar les excuses d'en Jules, i va anar a parlar amb en Walt:

—Hi ha nois que ho estan donant tot, Walt. Els hauríem de correspondre pagant-los un mínim perquè puguin anar tirant. No podem permetre que els nostres nois passin gana.

Quan en Walt Disney en persona va cridar en Jules al seu despatx i li va comunicar que a partir d'aquell moment cobraria dotze dòlars setmanals durant el període de pràctiques, va estar a punt de plorar d'emoció.

Des d'aquell moment, va treballar de valent, i l'any 1932 ja era assistent d'animació. Per a ell, Walt Disney Studios era l'única família que tenia. Per sempre més va veure en en Ben la figura paterna que no havia tingut mai.

I al cor va guardar un sincer sentiment d'agraïment i lleialtat cap a en Walt Disney.

En Jules i la Sophie van tornar al Henry's de Hollywood Boulevard. Aquesta vegada, però, era la noia qui, amb la seva desimboltura natural, portava el pes de la conversa mentre es cruspia amb força gana un tros de pastís de gerds.

—El senyor Davis va ser amabilíssim amb mi, sap?

—Ja li vaig dir que la tractaria bé.

La Sophie va seguir parlant i parlant. Les paraules li sortien de la boca com un riu cabalós i desbocat. Parlava sense aturador, com si li fes por no disposar de prou temps per explicar-li tot el que li volia explicar. Les mans li voleiaven inquietes reforçant cada idea i cada sensació, i els clotets de les galtes no paraven de somriure. En Jules la contemplava entre admirat i divertit. Aquella Sophie que tenia davant no tenia res a veure amb la lànguida senyoreta Simmons, vençuda i derrotada, que havia conegut feia una setmana.

—M'incorporo dilluns. De moment, i fins que comenci les classes al setembre, hi aniré tot el dia. M'han posat a pintura. Bé, potser el fet de passar-me tantes hores pintant dibuixos no és el somni de la meva vida. Jo, sap?, m'esperava una feina... com dir-ho?, que entrés més en el terreny de l'animació, m'entén? Més que pintar els dibuixos, esperava poder-los animar. Bé, o aprendre a fer-ho —va riure. Se sentia feliç—. Però és un començament, no troba?

Va fer un glop llarg de la tassa de cafè per recuperar forces.

—El senyor Davis em va presentar la Marion Altwell. És una noia que té molta experiència pintant, i estaré sota la seva supervisió. Crec que n'aprendré molt amb ella.

Va sospirar i va aprofitar per acabar-se la darrera engruna de pastís sota la mirada divertida d'en Jules, que ja s'havia resignat a no poder ficar cullerada en aquell monòleg.

—Em va semblar una noia extraordinària, cregui'm. Vam estar parlant una estona, sap? Em va dir que les noies sempre fan aquestes feines: entintar o pintar. És una mica preocupant, no troba? És clar que jo penso que no ho fan perquè siguin noies. També hi ha homes fent aquesta mena de feines. Tot depèn del que valgui cadascú, oi? Si tens talent, amb temps i esforç has de poder arribar on vulguis arribar. Tant és que siguis home o dona. I jo vull arribar a animar. Vostè, què n'opina?

En Jules va fer un somriure ple de suficiència i, negant amb el cap, seriós, va sentenciar:

—No n'hi ha, de dones animadores, Sophie.

—Què vol dir? Que el món de l'animació està vetat per a les dones?

—No he dit ben bé això. És clar que hi ha dones a l'animació. I grans artistes. Però no hi ha animadores.

A la Sophie li havia desaparegut el somriure dels llavis.

—I per què, si es pot saber?

—En Walt sempre diu que les dones no tenen l'habilitat de crear accions fluides en els seus dibuixos a l'hora d'animar.

—I vostè s'ho creu?

En Jules no va respondre. No l'escoltava. Un darrer raig de sol d'aquella tarda que s'extingia va estavellar-se a la vidriera darrere de la qual seia la parella. Els cabells castanys de la Sophie es van encendre per uns segons. La mirada d'en Jules se li va clavar al damunt, de fit a fit, i ella va sentir com se li encenien les galtes. Li havia caigut un rínxol indòmit al front i en Jules es va haver de prémer les mans amb força per reprimir l'impuls d'apartar-l'hi dels ulls.

Tots dos es van remoure inquiets a les cadires. Ell va estossegar i va buscar un nou tema de conversa, com si tingués por que un silenci incòmode s'instal·lés entre tots dos.

—D'on li ve l'afecció pel cinema d'animació?

La Sophie va girar el cap i va fixar la mirada més enllà del finestral, cap al brogit de Hollywood Boulevard, que, com si fos una fera adormida que comencés a despertar de la letargia de les hores més caloroses del dia, començava a omplir-se de passejants, de cotxes i de soroll.

—Em ve de petita. Recordo que el meu pare sempre es reservava una tarda a la setmana per treure'ns a passejar, a la meva germana Elionor i a mi, per Nova York.

Els records van fer sospirar la Sophie.

—L'Elionor aviat se'n va cansar. Ella tenia altres interessos: anava a classes de piano, de dansa... Passejar l'avorria molt. Però a mi m'entusiasmava conèixer la ciutat de la mà del meu pare. A vegades, pujàvem als tramvies elèctrics que circulaven i...

Va alçar la mirada de cop i va clavar els seus ulls grisos en en Jules. Alhora, els ulls d'en Jules es van enroscar en els seus.

—Una tarda, el pare em va portar al cine. Era un que estava a prop de la Fifth Avenue, al carrer 110, si no ho recordo malament. Abans del passi de la pel·lícula van projectar un curt i després una pel·lícula de dibuixos animats. Estàvem asseguts a la primera fila d'una balconada i encara ara no sé com no vaig caure al pati de butaques. Li juro que em va anar de ben poc. Allò que veia... No m'ho podia creure! Els dibuixos tenien vida! —La Sophie es va enretirar els rínxols rebels de la cara—. Des d'aquell moment l'animació es va convertir en el meu somni. Vaig estudiar art i va arribar un moment que no feia altra cosa que dibuixar. Però jo volia que els meus dibuixos es belluguessin. Els volia veure vius en una pantalla. Els vull veure vius!

Es va tapar la boca en un gest ple de timidesa.

—Ai!, com ho sento, Jules. No tinc dret a entretenir-lo més.

La Sophie es va alçar i va començar a recollir el barret i la bossa. En Jules, en canvi, no es va moure.

—He estat pensant en una cosa que podria ser del seu interès.

Ella va tornar a seure, encuriosida.

—L'altre dia, quan ens vam conèixer i la vaig acompanyar a l'hotel... —va fer una pausa mentre encenia un cigarret—. Digui'm, no deu pensar a quedar-s'hi gaire temps en aquell hotelet, oi, Sophie?

—No, és clar, però de moment no tinc altre remei que estar-m'hi una temporada. No sé si l'hi he comentat, però el sou que cobraré als estudis és espantosament baix. No vull ni pensar què passarà quan només faci mitja jornada. I encara que tinc uns quants estalvis, no puc pensar en despeses d'habitatge de moment. L'hotel és molt senzill, ja ho va veure. Només és una casa d'hostes. Però és molt més barat que llogar un apartament. He d'estalviar.

En Jules va deixar escapar un núvol de fum. Els ulls li brillaven amb picardia.

—Li diria que es tracta d'això mateix: d'estalviar.

—Què vol dir?

—Tinc una coneguda que busca una companya de pis per compartir despeses. Es tracta d'un apartament moblat. Res de l'altre món, no es pensi.

—Em sembla molt interessant.

—Vol que li escrigui el nom i l'adreça?

—En un full de diari?

Es van mirar divertits. I van esclatar a riure.

L'apartament era a prop del Beverly Hills Institute. En aquella zona hi havia molts apartaments, tots moblats, perquè Los Angeles era una ciutat de pas on contínuament arribava gent a la recerca de feina i fortuna, i d'on en marxava d'altra que retornava a les seves ciutats d'origen, sovint sense haver vist acomplerts els seus somnis.

Per sort, la zona era agradable i estava força concorreguda en aquelles hores del matí, sobretot pels joves estudiants de l'institut que hi aparcaven els seus cotxes. La Sophie es va sorprendre de comprovar que gairebé tots aquells adolescents tenien cotxe propi. Li va semblar que provenien de bones famílies. També es va sorprendre de veure que no semblava que tinguessin gaire pressa per assistir a les classes, sinó que havien convertit el carrer en un lloc de reunió on es xerrava, es fumava i, segons li va semblar percebre, també es bevia alcohol d'amagat.

La decepció la va fuetejar en arribar davant del número on era l'apartament. Va comprovar l'adreça dues o tres vegades i va haver d'acabar acceptant que el pis superior d'aquell desballestat garatge de reparacions de cotxes es corresponia, en efecte, amb l'adreça que duia anotada en un paper.

Va entrar per una porta escanyolida que s'obria a l'esquerra del garatge. De mala gana, va començar a pujar l'escala estreta i de graons desgastats que duia fins a l'única porta del primer pis. Tot pensant que aquesta vegada no tindria res a agrair a en Jules Beck, va pitjar el timbre.

I, aleshores, la porta es va obrir i uns ulls verds i ametllats que brillaven com els dels gats li van donar la benvinguda.

Era la Lissette.

—Ets la Sophie? Entra, dona. Entra.

La Lissette era d'aquella mena de noies que no passen desapercebudes. Alta, esvelta, amb els cabells llargs i rinxolats de color caoba encès, i aquells ulls tan grossos i tan verds com brots tendres. Duia una bata d'estar per casa de teixit sedós i estampat oriental que li acabava de donar un aire de bellesa exòtica.

La Sophie es va quedar amb la boca oberta en veure-la.

—Soc la Lissette Lefevre! En Tyler m'ha parlat de tu...

—En Tyler?

—Sí, el meu ex... Ai!, espera, que em sembla que em va dir que tu eres amiga del seu germà Jules, oi?

La Lissette parlava de pressa. De fet, tot en ella tenia un cert aire d'acceleració: la parla, el caminar, els gestos.

—Vine, passa, que t'ensenyaré l'apartament. Després ja tindrem temps de parlar d'aquell parell.

La Lissette no va trigar gens a ensenyar-li el pis a la Sophie. Era minúscul. La peça més gran, a la qual s'accedia en entrar, feia de cuina, menjador i sala. Estava moblada amb una taula bastant gran, tres cadires i un sofà. En un racó hi havia un parell d'armaris, una pica i una cuina econòmica. Un passadís estret desembocava en una habitació on només hi havia espai per a un llit de matrimoni, un armari amb mirall i una tauleta de nit. Tenia un bany petit al costat.

—Però només hi ha un llit —va exclamar la Sophie en acabar el ràpid recorregut.

—No t'ho pensis. El sofà es converteix en un llit enorme. Molt més còmode que el de l'habitació, no en tinguis cap dubte.

La Lissette va deixar escapar una sonora rialla-da i la Sophie se la va quedar mirant amb els ulls molt oberts. S'havia quedat sense paraules. Però la noia va semblar que no se n'havia adonat i seguia cantant les excel·lències de l'allotjament.

—Aquí hi ha un armari. L'he buidat perquè hi puguis desar la teva roba —va dir mentre obria la porta d'un minúscul armariet dissimulat en un racó.

Tot seguit, va assenyalar la taula que ocupava tota la part central de la sala. La fusta relluïa, neta i polida. Hi havia una fruitera al mig que descan-sava sobre un cobretaula estampat amb una tela molt acolorida i alegre.

—Sempre tinc la taula ocupada amb les meves rampoines. Soc modista, saps? I aquesta taula és el meu lloc de treball.

Va abaixar la veu.

—Avui l'he netejada. Com que sabia que vin-dries...

—Ah!

—En Tyler m'ha dit que ets dibuixant. Ell tam-bé ho és, saps? —va fer una pausa i un gest que la Sophie no va saber com interpretar—. Si necessi-tessis treballar a casa, aquí, entre la cuina i la porta del distribuïdor potser hi cabria una taula petita. O unes lleixes. El que vulguis. Tot es pot arreglar, no trobes?

La Sophie es va quedar mirant aquelles quatre parets en silenci, aprofitant que la Lissette també havia callat i la mirava expectant. Era cert que l'apartament era molt petit, un cop de puny. Però semblava confortable. Estava segura que s'hi sentiria millor que a l'hotel. Havia de reconèixer que la noia ho tenia tot espectacularment net i ben ordenat. No hi havia res fora de lloc i tots els espais estaven ben aprofitats. Les finestres del menjador estaven vestides amb unes boniques cortines de flors que devia haver fet ella mateixa. Damunt de la tauleta de nit de l'habitació hi havia vist un gerro amb flors. I, per descomptat, la Lissette li semblava molt afectuosa. Era gairebé segur que seria una bona companya de pis.

La noia seguia mirant-la de fit a fit.

—Aleshores... et quedes?

Abans de respondre, durant uns segons, la imatge de la seva habitació a casa dels seus pares, de la sala de la galeria, de la cuina amb prou espai per seure-hi tota la família a esmorzar, va travessar per la ment de la Sophie com un llamp. Va somriure en imaginar la cara que faria la seva mare si veiés el lloc on viuria a partir d'aquell moment.

—Sí. Em quedo —va dir.

I la Lissette se li va llançar al coll, feliç.

La Lissette Lefevre tenia vint anys i havia nascut a San Francisco. Es guanyava la vida arreglant peces de roba o confeccionant models que copiava de les *boutiques* de luxe per a la seva minsa clientela, encara que la seva aspiració era poder treballar com a dissenyadora per a la indústria cinematogràfica i vestir les grans estrelles de la pantalla. Com la Sophie, també ella havia arribat a Los Angeles amb tot de somnis empaquetats a les maletes. Uns somnis que no eren fàcils d'aconseguir.

Des del crac de la Borsa, l'ambient d'austeritat impregnava la vida del país. Era tot un repte per a una modista aconseguir prosperar malgrat les estretors econòmiques. I també ho era crear una moda glamurosa com ho havia estat la de la dècada anterior, aquells anys en què els armaris de les dones s'havien omplert de llibertat i modernitat. Però la Lissette sabia molt bé que el refinament que volia aconseguir amb les seves creacions ja no l'havia d'anar a buscar a Europa, sinó en l'ascendència d'un Hollywood que començava a brillar amb llum pròpia i amb el seu *star system*. Les seves fonts d'inspiració eren les deesses de la pantalla vestides de setí platejat. Perquè, en aquells moments de crisi, dones de totes classes socials estaven assedegades d'aquells drames amb gran càrrega emocional i d'aquells musicals extravagants que podien contemplar a les pantalles dels cinemes. Necessitaven aquestes estones d'evasió que els permetien perdre's durant un parell d'hores en un món més sofisticat, com aquell on vivien les seves estrelles preferides, que volien emular. I la jove modista amb la moda que creava o que copiava de les pantalles i d'aquells paradisos inassolibles que eren les botigues de luxe oferia a les seves clientes la transformació desitjada. Una transformació que es basava en una dona més femenina que les andrògines *flappers* dels anys vint; una dona esvelta, però amb corbes, que lluïa vestits elegants fins a mitja cama i que es pentinava amb una mitja cabellera arrissada de color ros platí, com la Carole Lombard.

A més dels seus somnis i les seves conviccions pel que feia a la moda, la Lissette era una treballadora infatigable que tenia un do natural per crear i confeccionar moda. La taula d'aquell petit apartament que aviat compartiria amb la Sophie Simmons era sempre plena de peces a mig cosir: jaquetes amb muscleres amples, bruses amb mànigues bollonades o de papallona, vestits amb pinces, peces de punt que seguien la petja que la Coco Chanel havia imposat feia alguns anys, vestits de nit amb afegits de bijuteria a l'escot... Algunes d'aquestes peces les cosia per encàrrec; altres les feia amb l'esperança de trobar compradores. Fos com fos, ella no estava mai desocupada.

Per a moltes dones que havien caigut en una economia precària, fins i tot per a antigues clientes de l'alta costura i també per a algunes aspirants a actriu que necessitaven un armari ben proveït, bones cosidores com la Lissette, creatives i econòmiques, significaven la salvació.

I era així com, de mica en mica, la Lissette Lefevre anava fent-se una clientela.

La Sophie i la Lissette havien connectat de seguida. Totes dues tenien un caràcter extravertit, alegre i expansiu, encara que en la Lissette aquests trets prenien una intensitat torrencial. Era difícil no contagiar-se del seu entusiasme.

Feia una setmana que vivien juntes i la Sophie ja sabia força coses de la seva companya de pis. Per exemple, que Lissette no era el seu veritable nom.

—En aquest ofici meu —li havia dit la jove—, tenir un nom francès hi ajuda molt. I Lissette és un nom ben bonic. I dolç.

—Però tu com et dius, realment?

La jove va arrufar les celles i es va posar seriosa.

—Em dic Margaret Larson. T'ho imagines? Margaret Larson! N'hi ha prou per ensorrar la carrera de qualsevol.

—Trobo que exageres. Margaret Larson sona molt bé.

—Ho dius perquè no saps com funcionen les coses a la indústria del cinema. Margaret Larson ho tindria molt malament per treballar com a dissenyadora de vestuari en uns grans estudis. En canvi, Lissette Lefevre... no trobes que desperta totes les expectatives?

La Sophie anava a respondre però no va tenir ocasió de badar boca perquè ja l'assenyalava amb un dit amenaçador:

—M'has de prometre que no diràs mai a ningú el que t'acabo de confessar. M'enfonsaries la carrera.

La Lissette era així: radiant, bonica, incapaç de silenci. Abrandada. La Sophie va pensar que exagerava, però va optar per no discutir-hi i li va prometre discreció absoluta.

Una altra sorpresa per a la Sophie va ser el fet d'assabentar-se que la Lissette havia estat vivint gairebé un any amb en Tyler Beck en aquell apartament.

—Quan ho vam deixar, em vaig adonar que em seria molt difícil pagar el lloguer tota sola. Però en Tyler, que és encantador, es va oferir a buscar-me algú que ocupés el seu lloc. Va parlar amb el seu germà perquè donés veus i... ara et tinc aquí! —va picar-li l'ullet—. Els germans Beck són així. Irresistibles, com ja deus haver comprovat amb en Jules.

La Sophie es va apressar a dur la conversa a un altre terreny:

—Per què ho vau deixar, amb en Tyler?

Les dues noies seien a la taula del menjador tot acabant de sopar. La Lissette va deixar la poma que estava pelant al plat i va sospirar de manera teatral. El rostre se li havia enfosquit. La mirada era lànguida com la de les heroïnes de la pantalla que tant admirava. Tot en ella era histriònic, teatral. O potser era millor dir *cinematogràfic*?

—Vaig adonar-me que en Tyler es tornava insensible a mesura que s'esvaïa la màgia del primer enamorament. —Va fixar els ulls en la Sophie per comprovar l'efecte d'aquelles paraules que semblava tenir estudiades, i va tornar a la càrrega mentre s'acabava de menjar la poma—: A més, encara que jo pugui semblar una dona alliberada, sempre he cregut que una relació de parella és una relació de dues persones: ni de tres, ni de quatre. De dues!

—Vols dir que en Tyler t'enganyava?

—Contínuament, estimada.

La Sophie s'havia quedat atordida i confosa, sense saber què dir. La Lissette es va alçar per començar a desparar la taula. L'alegria de sempre tornava a brillar-li als ulls. No era d'aquella mena de persones a qui agrada adelitar-se amb els records pesarosos. Quan va haver acabat la feina, va tornar a seure, es va ficar la mà a la butxaca de la bata, en va treure un portacigarrets i va oferir un cigarret a la Sophie, que va refusar. Després en va encendre un per a ella i es va posar a fumar.

—Però no t'amoïnis gens. La nostra relació no va funcionar perquè no havia de funcionar. El més probable és que no estiguem fets l'un per l'altre. No voldria que et formessis una mala opinió d'en Tyler.

La Lissette va exhalar una llarga espiral de fum mentre la Sophie la contemplava embadalida.

Els ulls se li van tornar malenconiosos quan va dir:

—En Tyler és un bon noi.

Capítol 4

Sindicats

Nadal s'acostava a passes de gegant. Era el primer que la Sophie passaria a Los Angeles lluny de la seva família, i el veia arribar amb l'ànim tan ombrívol com el que planava pels carrers de la ciutat. De fet, poca gent podia pensar amb alegria en el Nadal que arribava. El país travessava els anys més durs de la Depressió. No hi havia feina. Es passava gana. Les grans indústries, els comerços, l'economia en general, estaven, encara, en estat de xoc. Que lluny que quedaven aquells anys en què tot semblava possible i les joves i alegres *flappers* ballaven al ritme del jazz sense preocupar-se pel demà!

La Sophie arrossegava, a més, un gran cansament. Des que havia començat el curs a l'institut d'art, travessava la ciutat de punta a punta per anar a classe al matí i a treballar als estudis a la tarda. Quan arribava a casa de nit estava exhausta. A més, els dissabtes treballava tot el dia en una jornada que, a vegades, s'allargava fins a la mitjanit. El seu anhel de perfecció la mantenia en un estat d'alerta constant. Als matins es deixava l'ànima en les classes de dibuix al natural, d'impressió, de cartellisme, de disseny... Assistia a tantes conferències com podia. I a les tardes intentava aplicar-ne els aprenentatges a la feina. Gràcies al mestratge de la Marion i, sobretot, al seu talent natural, s'estava convertint en una excel·lent pintora de *cels*. Però això no la satisfeia. No del tot. Perquè el fet era que no veia cap horitzó de canvi ni cap oportunitat de futur per a ella als estudis. Cap porta que pogués empènyer per seguir buscant el somni que l'havia duta a Los Angeles.

De fet, aquests temors feia setmanes, potser mesos, que formaven un núvol espès de preocupació dins seu. Però s'havien convertit en una tràgica certesa la tarda que, per atzar, havia sentit una conversa entre l'amo dels estudis i en Dick Davis, l'home que li havia donat la feina. La porta del petit i destarotat despatx estava oberta potser perquè els dos homes tenien la seguretat que ja no hi quedava ningú treballant, a l'estudi. Però la Sophie havia tingut problemes amb uns esbossos que li havien arribat a darrera hora per pintar i s'hi havia quedat una estona més. Les hores extres eren freqüents a Graphics Studios i, evidentment, no estaven pagades.

—No ens en sortirem si no contractem nou personal. Tothom està fent més hores de les que li pertoquen i, així i tot, es fa difícil complir els terminis de la productora. Tenim poca feina i si no complim amb la que tenim la situació pot esdevenir molt complicada.

En Dick Davis va fer una pausa. La Sophie s'havia quedat quieta al passadís, sense atrevir-se a creuar per davant de la porta oberta del despatx per por de ser descoberta.

—I el cas és que no disposem de gaire líquid. Les empreses petites com la nostra estem pagant els plats trencats d'aquesta terrible crisi. Haurem d'abaixar uns sous que ja són massa baixos. Qui voldrà treballar per un sou de misèria?

El director va trencar el silenci amb la seva veu rasposa.

—Dones.

—Com dius?

—Que contractis dones. Ara que els marits es queden sense feina, treballaran pel sou que els vulguem donar. I ja saps que les dones fan qualsevol feina, fins i tot les més empipadores. No es queixen i treballen millor que els homes. I si tenen fills o estudien s'avenen a fer mitja jornada. Encara en tens dubtes?

La Sophie va retrocedir com si li haguessin acabat de donar un cop al pit. Es va haver de recolzar a la paret per refer-se. Així que va poder, va lliscar com una ombra per davant del despatx i va córrer pel passadís fins a arribar a la taula de treball. Un cop allà, va amagar el cap entre els dibuixos que havia de pintar aquella nit i es va posar a plorar llàgrimes d'indignació.

L'endemà va explicar a la Marion Altwell el que havia sentit.

—No em sorprèn gens el que dius. És la política de tots els estudis. L'únic que ha fet el director és expressar-ho en veu alta.

—Cada dia que passa odio més aquests estudis decrèpits. Que no ho veus? Els mobles semblen comprats en un mercat de segona mà i no entra llum per enlloc. I aquesta catifa! Quin fàstic! Un dia es posarà a caminar tota sola —va esclatar la Sophie, recorrent amb una mirada indignada i fastiguejada la sala on es passava tantes hores treballant. L'expressió se li havia enfosquit amb una ira mal continguda—. No em quedaré aquí treballant dia i nit per un sou de misèria!

La Marion seguia abocada a la seva feina, en aparença sense fer gaire cas de l'explosió de ràbia de la Sophie. Va deixar que la seva companya es calmés una mica. Al cap d'uns minuts, va alçar el cap del dibuix que pintava, la va mirar de reüll i li va dir:

—Llançar la tovallola és la sortida fàcil. Hem de lluitar.

—Lluitar? Com?

La Marion se li va acostar més i va abaixar molt la veu. Instintivament, la Sophie va donar una ullada al voltant. Tenia la impressió que estava a punt de descobrir-li un gran i perillós secret que ningú podia escoltar.

—Sindicats!

La Marion Altwell tenia vint-i-quatre anys, era prima i esvelta, i lluïa una cabellera frondosa i rinxolada de color castany intens que li feia joc amb els ulls violetes i grossos en els quals es podia llegir la determinació del seu caràcter ferri. Era severa en els gestos, encara que generosa en el comportament. Solia dir que la solteria no era per a ella un estat sinó una decisió.

Quan la Sophie la va conèixer a Graphics Studios, la Marion ja feia anys que tenia experiència acumulada en diferents estudis d'animació. En aquell moment, a més de treballar, estudiava Història Social del Teatre i col·laborava amb el Contemporany Theatre de Los Angeles.

Així doncs, la Sophie sentia una gran admiració i respecte cap a la Marion. De fet, era amb la companya amb qui més s'avenia i amb l'única amb qui havia establert una certa relació, encara que no havia sobrepassat els límits de la feina.

Aquell matí, la Marion havia escoltat amb atenció les queixes de la Sophie. Després havia acostat la boca a l'orella de la noia i havia pronunciat aquella paraula:

—Sindicats!

—Què? —va preguntar la Sophie, sorpresa i intrigada.

—Quan no es tenen sindicats, això és el que passa —va insistir la Marion, i va afegir—: Vaig al lavabo. Vine d'aquí a cinc minuts.

Tancades al lavabo i parlant entre xiuxiuejos, la Marion va exposar a una innocent i astorada Sophie quina era la situació laboral dels estudis d'animació en aquells moments a Hollywood.

—Pel que m'ha semblat veure ja t'estàs adonant de com van les coses aquí. I aquests estudis no en són cap excepció. Tot ha canviat amb la crisi, i no només a la indústria del cinema. Molts americans se senten traïts, saps?

—Traïts?

—Sí. Traïts. Fins ara ens havien fet creure que el treball dur era la clau per aconseguir el triomf personal i econòmic. Però, ara, aquesta terrible crisi a què ens han abocat demostra que aquesta idea no té cap sentit. Només era un engany. Una fal·làcia.

La Sophie no va poder evitar pensar en els seus pares i en tot el que havien viscut aquells darrers anys. La Marion no s'equivocava en el que deia. En Joseph, el seu pare, havia reaccionat a la crisi econòmica traient pit i intentant subsistir. Però la seva mare s'havia enfonsat. I amb ella, s'havia enfonsat tot allò en què creia.

La remor de les paraules de la Marion li va fer alçar el cap.

—... la depressió econòmica ha anivellat gran part de la societat, perquè la crisi afecta des d'obrers manuals fins a escriptors. Ara tothom sap que són els qui tenien el poder els que ens han arruïnat. I, per primera vegada, els americans han començat a creure en solucions radicals.

La Marion va fer una pausa. Va obrir una mica la porta del lavabo. A fora no se sentia res. Però aviat les trobarien a faltar. La va tornar a tancar amb cautela. La Sophie l'observava sense entendre gaire per què es comportava d'aquella manera. Per què s'amagaven?

—Anem al gra. La situació dels estudis d'animació ara com ara, a Hollywood i també a Nova York, és la que acabes de descobrir. Els empresaris intenten treure el cap del forat en què vivim carregant als treballadors els efectes de la crisi. Les condicions laborals són pèssimes. Estem treballant quaranta-sis hores setmanals, que es poden allargar quan els caps dels estudis ho troben oportú.

—I no cobrem mai les hores extres.

—No hi ha vacances ni cobertura sanitària. —La Marion anava sumant greuges amb els dits—. Ni cap mena de pensió per a quan els treballadors es fan grans.

Va fer un somriure amarg:

—És clar que això últim potser no cal. Qui es fa gran en un estudi d'animació?

La Sophie tenia els ulls molt oberts i escoltava amb una atenció reverencial la seva companya.

—I pel que fa a les dones... ja ho has vist. Vaig entrar fa anys al món de l'animació. Abans de venir a Los Angeles ho vaig provar a Nova York. Tenia il·lusions i fe en mi mateixa. I talent. I preparació. Em vaig presentar als Fleischer per demanar un lloc com a animadora. Saps què em van contestar?

La Sophie va negar amb el cap.

—Saps fer cafè?

La Marion i la Sophie es van quedar en silenci. L'una pensant en el passat. L'altra, potser, en el futur.

La Marion va obrir una aixeta i va deixar que el soroll de l'aigua corrent apagués les seves paraules.

—La IATSE, l'Associació Internacional d'Empleats Teatrals, es va començar a organitzar el 1914 entre les bambolines de Hollywood. Ara com ara, és l'únic sindicat que representa els treballadors del món de l'espectacle. Però necessitem sindicats d'animadors que defensin els nostres interessos reals i diferenciats. Com et deia, ara creiem en solucions radicals.

La Marion va fer una pausa i va parar l'orella. Silenci. Va continuar:

—Hi ha uns quants animadors força importants com l'Ub Iwerks, en Grim Natwick, en Shamus Culhane i l'Al Eugster, que es reuneixen en un bar de cerveses de la Wester Avenue a Hollywood per organitzar alguna cosa. Jo no em perdo cap d'aquestes reunions.

Va riure i el rostre se li va il·luminar. La Sophie va pensar que no l'havia vist mai somriure d'aquella manera i que quan ho feia estava radiant.

—En Shamus diu que és el xerès el que fa que desperti la nostra indignació i que serà gràcies al xerès que arribarem a tenir un bon sindicat d'animadors. —Va clavar els ulls en la Sophie—: Vols que t'avisi quan ens reunim?

La Marion va obrir la porta i va començar a sortir del lavabo. Però, abans de fer-ho, es va girar de nou cap a la seva companya:

—Hem de lluitar. Ho entens, oi?

La Sophie va assentir amb el cap.

Aquell vespre, en sortir dels estudis, els núvols que havien tapat el sol durant tot el dia es van tornar del color del plom fos; es van esquerdar, es van obrir entre laments de trons, i el cel i la terra es van començar a omplir d'aigua. L'ànim de la Sophie, que havia circulat per viaranys foscos durant tota la jornada, es va acabar d'ombrejar. No podia deixar de pensar que no tenia cap motiu per sentir-se feliç, sinó tot el contrari. Li feia l'efecte que una boirina llefiscosa s'escampava per damunt de la seva vida i li arrencava de soca-rel l'alegria de viure.

Va necessitar fer un gran esforç per pujar els graons estrets i escantonats de casa seva, que, ara, li semblaven muntanyes inassolibles. Va entrar a l'apartament i el va trobar més petit i trist que mai. Sospirant, es va treure l'abric i el barret i els va llançar damunt del sofà sense fixar-s'hi gaire. Es va desfer de les sabates, que estaven mullades, i es va deixar caure al sofà sense esma.

Va sentir la Lissette, que cantava a la seva habitació mentre feia la maleta. Tot d'una va recordar que marxava l'endemà a San Francisco. Era l'única vegada a l'any que tornava a casa i ho feia per passar les festes de Nadal amb la seva mare, que era vídua. Estalviava de valent per poder fer aquell viatge.

Va pensar com li agradaria, també, tornar a casa per passar el Nadal amb la família. Aquest pensament li va fer reviure amb nitidesa el temor que li havia causat el fet d'allunyar-se de casa, del món que coneixia. De la família. I alhora, que estrany!, aquella excitació que havia sentit davant l'aventura de créixer.

Va tancar els ulls uns segons i es va veure al tren, travessant els mateixos camps i rius per on havia passat en el seu viatge a Los Angeles, però en sentit invers. En tornar a obrir-los, li va semblar que despertava d'un bonic somni que, durant uns segons, havia convertit les seves preocupacions en bombolles que s'elevaven cap al sostre, es trencaven i desapareixien.

Per què no ho feia?, es va preguntar mentre s'enroscava al sofà convertida en un cabdell. Per què no tornava a Nova York? No tan sols a passar el Nadal, sinó a quedar-s'hi, a recuperar la seva vida i a enterrar d'una vegada aquell somni impossible. Sense adonar-se'n, va negar amb el cap. No, no ho podia fer. Per dur que fos viure lluny de casa, per perduda que se sentís, per molt que li hagués tremolat la vida sota els peus, una veu interior, ferma i insistent li repetia a cau d'orella, una vegada i una altra, que encara no era el moment d'abandonar. Que estava construint el seu futur i que totes aquelles renúncies, la soledat i l'enyor, tenien sentit.

Va esbossar un somriure trist. Per què s'enganyava? No era només per tossuderia, potser per orgull, que no tornava. També era pels diners. Pels diners que no tenia. Perquè la veritat era que en aquell moment no es podia permetre el luxe de comprar un bitllet de tren a Nova York.

La Sophie va començar a joguinejar amb el puny de la màniga del jersei com feia quan era petita i no sabia com resoldre un problema. Va recordar que els diners que li havia donat el seu pare abans de marxar s'havien fos en un tancar i obrir d'ulls. I això que havia estat prudent amb les despeses! Gairebé espartana. I quan aquells diners es van acabar es va adonar que amb el sou que guanyava a l'estudi no arribava a tot. Va intentar rebaixar encara més les despeses. No l'avergonyia haver d'admetre que més d'una nit s'hauria quedat sense sopar si no hagués estat per la Lissette.

I aleshores, quan més desesperada estava, van començar a arribar aquells xecs que el pare li enviava a principis de cada mes a través de la Western Union. No eren gaires diners, però li salvaven la vida. Els havia acceptat sense fer preguntes, contenta de pensar que les coses començaven a millorar per als de casa. No obstant això, i encara que es moria per poder passar les festes a Nova York, era conscient de la impossibilitat d'aquell viatge; no gosava demanar més diners al seu pare per comprar els bitllets.

No va poder retenir unes llàgrimes suaus que li van acaronar les galtes. Havia après a fugir cada vegada que pressentia la presència de la melancolia, però aquella nit se li feia difícil. Si com a mínim pogués parlar per telèfon amb el pare, explicar-li com se sentia i demanar-li consell! Però no hi havia servei telefònic de llarga distància entre Nova York i la costa Oest. I en les llargues cartes que enviava cada setmana a casa s'estava de queixar-se. Només parlava de com n'era de meravellosa la vida a Los Angeles i de com gaudia amb les classes al Chouinard i amb la seva feina a l'estudi.

La Sophie es va anar enfonsant al sofà i en les seves tempestes particulars, i es va començar a sentir plena de l'enyor de tots els records que no volia recordar. I, aleshores, la Lissette va aparèixer a la sala amb aquells cabells que resplendien tant que semblaven haver robat la llum al sol que aquell dia s'havia absentat de la ciutat. Els seus ulls de gata també guspirejaven somrients i es bellugaven plens de rialles entremaliades.

Tota la sala es va omplir de la Lissette i la Sophie va sospirar reconfortada.

La Lissette va començar a desfilar davant de la noia amb el caminar sinuós de les models. Duia un abric preciós de camussa de color cru, formes rectes i el coll tancat en forma de llaç.

—Què et sembla?

—És molt bonic.

—Només bonic? És preciós! El vaig veure a la millor *boutique* de Hollywood Boulevard. N'és una còpia perfecta.

La Lissette es va treure l'abric amb cura. A sota duia una de les seves bates orientals d'estar per casa.

—És per a la meva mare. Tenim les mateixes mides. Cada any, per Nadal, li faig una peça ben maca: un vestit, un abric, una jaqueta... M'hi deixo un dineral, amb els materials. Però que coi!, és el meu regal de Nadal.

Mentre la Lissette tornava cap a l'habitació amb l'abric als braços com qui carrega un tresor, la Sophie va pensar que la seva companya de pis era una modista meravellosa. Podia copiar qualsevol peça de roba que es proposés amb un gust i una precisió encomiables. També era una gran persona. Era testimoni de les hores que es passava amb les agulles entre els dits i sabia els sacrificis que hi havia darrere d'aquell magnífic abric que portaria a la seva mare.

També sabia que l'absència de la Lissette suraria per la casa com una boira espessa quan se n'anés.

La veu de la noia procedent de l'habitació la va despertar de cop de les seves cabòries.

—Has sabut res d'en Jules?

En Jules!

En sentir aquell nom, la Sophie va preferir tornar a aclucar els ulls. Els records van acudir-li a la memòria amb prestesa. Asseguda al sofà, amb els ulls tancats mentre sentia la Lissette cantussejant a l'habitació, va evocar aquella nit d'estiu.

Juliol. Havia fet un dia de calor infernal, capaç de fondre les llambordes i els ànims de la gent. El sol ja davallava per l'horitzó, i més enllà de la petita finestra de l'apartament, el món brillava entre tons ataronjats i malves. La Sophie rentava els plats del sopar a la pica. De cop, un plat li va relliscar de les mans i va anar a parar a terra i es va fer bocins.

—Oh, que estúpida que soc!

La Lissette es va acostar i va començar a recollir els trossos de plat mentre la Sophie es girava per ajudar-la i escampava un reguitzell de gotes d'aigua per terra.

—A tu te'n passa alguna, aquesta nit —va fer la Lissette amb el seu esplendorós somriure ple de guspires entremaliades mentre deixava els bocins del plat a la pica.

La Sophie es va començar a eixugar les mans. Estava nerviosa.

—No sé què vols dir.

—No m'ho vols explicar? Trobo que és millor que en parlem abans que acabis amb el poc parament de la casa.

—Bé... —va començar a dir la noia, girant-se altra vegada d'esquena per evitar la mirada de la Lissette—. És... És en Jules. Vol que sortim demà a la nit.

—Ho sabia! T'ha convidat a sortir! En Jules és dels que no perden el temps.

La Sophie es va ruboritzar encara més; tenia els ulls lluents i la boca tremolosa.

—Què et passa, dona? No et fa il·lusió? Sembla que hagis de fer penitència en lloc de sortir amb un noi atractiu com en Jules. Si t'ensenyarà Los Angeles de nit! Ja és hora que et diverteixis una mica.

La Sophie es va esforçar perquè la veu li sonés al més natural possible. No volia que la seva companya s'adonés de com l'havia trastocat la notícia de la cita de l'endemà.

—Sí que me'n fa. Però, Lissette, és que jo no

tinc res per posar-me. Vull dir, per sortir de nit. Semblaré una...

La Lissette no la va deixar acabar. Amb un «Ah, és això» a la boca, va fer mitja volta i es va tancar a la seva habitació. En va sortir uns minuts després amb un vestit a les mans. Era un vestit de nit. Un preciós vestit de nit.

—Ara t'emprovaràs aquest vestit. El vaig copiar d'una de les *boutiques* de luxe del vestíbul de l'Ambassador. El tenien exposat a l'aparador. Ja saps que m'hi passejo sovint, pel vestíbul de l'hotel. És molt inspirador.

Va estirar el vestit, amb cura, damunt de la taula ja neta i se'l va quedar observant.

—Era per a una clienta. Un encàrrec. Però no el va venir a buscar. Amb el que em vaig gastar amb la tela! Devia ser una d'aquelles aspirants a estrella que estan arruïnades. Era més alta que tu. Li hauré de fer la vora.

La Sophie va respirar fondo. No podia treure els ulls del vestit. Amb mans nervioses, el va agafar i es va anar a canviar davant del mirall de l'armari de l'habitació de la Lissette.

El vestit era un model de festa confeccionat amb *crêpe georgette* de color blau nit. L'escot era alt, amb dues amples tires que s'unien al pit i s'encreuaven a l'esquena. La faldilla queia amb uns grans plecs des de la cintura ajustada.

La Lissette va anar per feina. Amb les agulles de cap a la boca, es va agenollar davant de la seva companya i va començar a prendre la mida de la vora que hauria de cosir.

—També hauré d'eixamplar una mica les costures de la cintura —va dir un cop es va haver tret l'última agulla de la boca. Es va posar dreta. Va observar el vestit des de tots els angles amb una expressió totalment concentrada.

La Sophie estava emocionada i, alhora, nerviosa; gairebé no es reconeixia al mirall. Dubtava si havia d'acceptar de sortir amb aquell vestit que li semblava que no feia per a ella.

—Però jo mai he portat un vestit com aquest. És...

—Preciós, oi? Bé, a Nova York vestiu d'una manera més formal. Aquí a Los Angeles és diferent, i quan sortim de nit ens agrada sentir-nos com princeses.

La Lissette va començar a desar els estris que havia tret per a l'emprova.

—Fet! Friso per veure la cara d'en Jules quan et vegi vestida així.

El rostre de la Sophie va envermellir. Però la Lissette va fer veure que no se n'adonava. Amb un somriure satisfet va ajudar la Sophie a treure's el vestit.

Aquella nit s'havia sentit la noia més bonica del món amb l'esplendorós vestit que li havia deixat la Lissette. En Jules no l'havia deixat de contemplar, fascinat, com si ella fos l'única dona a la Terra.

Havien anat a sopar al Trocadero de Sunset Strip, que tenia unes vistes espectaculars. Després, en Jules l'havia dut a ballar al Coconut Grove de l'Hotel Ambassador. El luxe de l'hotel va impressionar la Sophie, que va avançar pel jardí ple de llits de flors de tots colors amb passos vacil·lants mentre es deixava seduir per la majestuositat de l'edifici de quatre plantes. Un cop al vestíbul, la parella es va passejar entre les *boutiques* d'on la Lissette treia les seves creacions. Hi havia de tot: *boutiques* de moda, barreteries refinades, sabateries luxoses, joieries... Tot un món desconegut per a la Sophie, que es va sentir com si surés entre aquell devessall de glamur.

La Sophie i en Jules van ballar junts tota la nit. Molt junts. Galta contra galta. Ella recordava en especial el moment en què ell li va apartar un rínxol que li queia damunt dels ulls. Després li va besar el coll. Amb suavitat. Sense presses.

Al sofà, la Sophie va obrir de nou els ulls i el núvol dels records va desaparèixer. Va desitjar amb totes les forces del seu cor jove poder retornar a aquell instant, a aquells petons, i convertir-los en eterns.

Després de la primera cita, havien sortit més

vegades. Per a la Sophie va ser molt especial el dia que la va portar amb el descapotable fins a la platja de Santa Monica. Li havia dit que agafés els estris de dibuix. Van passar tota la tarda a la platja, dibuixant, parlant, rient. L'havia tornat a besar i ella s'havia sentit embriaga d'alegria.

Però les trobades s'havien anat espaiant de manera que els records bonics es començaven a assecar al cor de la Sophie a mesura que el temps passava.

Per què actuava d'aquella manera, en Jules? Ella creia que n'estava enamorada. N'enyorava dolorosament la mirada i aquella sensació de la terra balancejant-se sota els seus peus quan era a prop seu. I no podia suportar aquelles absències que duraven setmanes; ni aquells silencis, i com se sentia ella, com si estigués a la vora d'un penyasegat que l'atreia sense remei cap al buit.

Quan pensava en els joves de la seva edat que coneixia li semblaven immadurs. Uns nens. En Jules, en canvi, era un home. Per què actuaven així, els homes? Què podia esperar, ella, d'en Jules? Què sentia per ella? D'acord, l'havia besat. Però segur que havia besat moltes dones abans. Li havia dit que sentia alguna cosa especial per ella. Però tot allò, com l'hi repetia sovint la Lissette, no volia dir absolutament res. Tot allò podia canviar.

No sabia com comportar-se. S'adonava que hi

havia un forat fosc a la seva ànima que no podia omplir amb res des que havia conegut en Jules. No podia controlar les seves emocions. I com que només tenia la Lissette per parlar de tot allò, massa sovint la marejava amb les seves angoixes i preguntes. Però ella sempre li responia que dels germans Beck no es podia esperar gran cosa. I encara menys fidelitat o compromís. És clar, què li havia de dir la Lissette? Encara que no ho hauria admès mai davant seu, encara no havia guarit la ferida que havia deixat en Tyler al seu cor.

La Sophie va exhalar un sospir llarg i profund. Va pensar que a vegades seria bo trobar la manera de seleccionar els records segons els nostres desitjos. Però els records són incontrolables i no és gens fàcil esborrar els que ens fan mal. Es va aixecar del sofà i va recolzar els canells a l'ampit de la finestra. El vent feia tremolar les gotes de pluja contra el vidre. Semblava com si ploressin, i també ella va tenir ganes de fer-ho. Però s'hi va resistir. La seva mare sempre deia que plorar era perdre el temps. Potser tenia raó i ella, ara, tenia massa coses en què pensar. No podia perdre el temps.

En aquell moment la Lissette va sortir de l'habitació i es va quedar mirant la Sophie als ulls abans de repetir-li la pregunta:

—Digues, n'has sabut res, d'en Jules?

La noia va tancar els ulls i va respondre:

—No.

El dia de Nadal, la Sophie va parar la taula amb les estovalles que la Lissette havia cosit per a les ocasions especials i que no havien estrenat. Va encendre les espelmes vermelles que havia repartit per tota la sala. Va posar a taula el sopar que havia preparat. Va seure. I, abans de fer el primer mos, es va alçar amb tanta fúria que la cadira va caure a terra entre grinyols de fusta vella, com si es queixés.

Va córrer cap a l'habitació de la Lissette i es va deixar caure al llit entre plors.

I, aleshores, van trucar al timbre de la porta.

Van travessar la sala ensopegant amb els escassos mobles, assedegats d'una set que només es podia sadollar als llavis de l'altre, deixant un rastre de roba que queia retuda davant del desig urgent. En arribar a l'habitació, en Jules va acabar de descordar-li la brusa i la Sophie es va sentir agraïda davant la foscor que li protegia la nuesa. Però, en sentir l'escalfor de les mans d'en Jules damunt la pell, ja no va poder ni va voler fer res per evitar desplomar-se als seus braços.

La Sophie li va entregar tot el que tenia: el seu amor, la seva innocència, el seu futur, mentre una onada d'escalfor li naixia al ventre i descobria que el que més desitjava a la vida era perdre's en la foscor densa i misteriosa d'aquells ulls.

Després de fer l'amor van seguir abraçats al llit, explorant a poc a poc la pell de l'altre. Aleshores la Sophie va saber què volia dir perdre's en uns altres braços i què significava abandonar-se a un altre cos, conscient i espantada davant la constatació que s'havia mostrat com mai ho havia fet abans i que havia entregat el seu cor i l'ànima a aquell home. Potser un desconegut.

I aquella soledat densa que havia caminat al costat de la Sophie aquells darrers mesos es va començar a fondre, com ho feia el sol blanc i pàl·lid que havia il·luminat sense convicció aquell dia de Nadal.

Capítol 5

Pintallavis

Ja feia gairebé tres mesos que sortien junts i sovint la Sophie pensava que no sabia res d'en Jules. No li parlava mai de la família, ni de la infantesa; ni tan sols parlava d'en Tyler, a qui ella no coneixia encara.

Els germans Beck eren un misteri i la Sophie només sabia una manera d'aclarir-ho.

—I on viu ara, en Tyler? —va preguntar a la Lissette una tarda mentre la jove cosia asseguda a la vora de la finestra de la sala intentant pescar la darrera llum del dia.

—Oh, en Tyler. No s'està gaire temps al mateix lloc.

—Però tenen bona relació, en Tyler i en Jules?

La Lissette va alçar el cap de la feina i es va

quedar mirant la Sophie amb un somriure enjogassat als llavis.

—No és gaire parlador, en Jules, oi?

—No, no gaire.

—Doncs en això no et podré ajudar, estimada. A en Tyler tampoc li agradava parlar del passat.

La Lissette va tallar amb les dents el fil amb què cosia una vora.

—Ja deus saber que els Beck van néixer a Laredo, a Texas.

—Sí, això sí. Però tu en saps res, de la seva família? Dels pares? Saps per què van venir aquí tots dos? Per què no parlen mai del que van deixar enrere?

—No m'ho preguntis pas. No ho sé. Només sé que un dia que en Tyler havia begut...

—En Tyler bevia?

—Bevia i beu —va respondre la Lissette amb els ulls clavats a la roba i la veu trencada.

—És això el que us va separar, oi? —va preguntar-li la Sophie amb veu molt dolça, per no ferir-la.

La Lissette anava a dir alguna cosa, però les paraules se li van entrebancar a la boca i, finalment, es va posar a plorar. La Sophie es va alçar i va anar a preparar cafè per a totes dues. Se'l van prendre assegudes davant de la finestra, molt a prop l'una de l'altra, mentre, a fora, la tarda es tenyia de nit.

—Et vaig explicar aquella història teatral perquè encara no et coneixia com ara. Però la veritat és que en Tyler... Jo vaig fer el que vaig poder per ell. Però no és una persona que es deixi ajudar —va continuar explicant la Lissette, embarbussant-se pels sanglots.

—Així, tot allò que anava amb altres noies no era cert?

La jove es va passar una mà pels ulls encara humits i va dibuixar un somriure que es va acabar d'endur les darreres restes de tristesa del seu rostre.

—Oh, sí! Això també! Els Beck són infidels per naturalesa, estimada. Tot el que tenen de ben plantats, ho tenen també de volàtils. En Tyler no és capaç de ser fidel ni cinc minuts seguits. A més, sempre ha fet anar les noies de bòlit. És tan atractiu! —va dir, i es va posar a riure, mentre la Sophie es pessigava el llavi inferior amb les dents. No podia evitar que el que li estava explicant la seva amiga la inquietés.

—Com pots dir això i quedar-te tan tranquil·la?

—Vinga, Sophie! L'amor és un joc que es juga sense regles.

La Lissette va fer una petita pausa. La roba que cosia havia quedat oblidada a la falda. L'agulla reposava.

—A més, tu no ho entens. Això no va ser el pitjor. No ens van separar les infidelitats d'en

Tyler. Jo sabia que encara que anés amb altres, m'estimava a mi. En contra d'això hauria pogut lluitar. Però allò altre...

Va clavar la mirada a la finestra del davant. Els ulls se li van afuar fins a quedar reduïts a dues escletxes. La Sophie es va adonar que la Lissette estava a punt d'explicar-li el que no havia explicat mai a ningú.

—En Tyler arrossega una llosa invisible, una gran tristesa que ell intenta apagar amb la beguda. Quan està serè, és una persona tendra i àvida d'afecte. Però quan beu, emergeix d'ell una pena agra i silenciosa. Es tanca en si mateix, i les seves emocions es tornen boires grises on ningú té accés. —I intentant parlar amb una serenitat que no tenia, va afegir—: Ni jo.

Va agafar aire i va canviar el to de veu tot intentant refer-se del dolor que els records li provocaven.

—No sé gran cosa de la vida dels Beck a Texas; per no dir res. El que sé és que, quan van arribar a Los Angeles, en Jules va trobar feina a Disney ben aviat. En Tyler és un gran dibuixant. També hauria pogut mirar d'entrar a Disney com en Jules. Però no ho va fer, no em preguntis per què. En canvi, va començar a treballar com a «negre» per a l'agència de premsa King Feature Syndicate.

—Què és això?

—Una agència que distribueix tires còmiques

i entreteniments a diaris de tot el món. Hi ha molts dibuixants que hi treballen fent dibuixos que després signen artistes famosos. És una feina que està per sota del talent d'en Tyler. Ell es mereix alguna cosa millor. Crec que és això el que l'ha acabat enfonsant.

La sala havia quedat immersa en una foscor plàcida, avinent a les confidències.

—Sé que en arribar a Los Angeles van viure junts, però aviat es van separar. Així que va poder en Jules va llogar un apartament per a ell sol. I en Tyler va anar fent fins que ens vam conèixer, ens vam enamorar i vam venir a viure tots dos aquí, en aquesta capsa de sabates tronada que ara ens fa de casa a tu i a mi.

La Sophie es va sentir commoguda davant d'aquell dol amagat que la Lissette descobria davant seu sense pudor. Va agafar-li les mans.

—Em sap tant de greu! T'he fet pensar en coses doloroses.

La Lissette va fer un moviment elegant amb els dits, com l'aleteig d'un ocell. Va semblar que així aconseguia apartar del davant tota la tristesa.

—I també en coses boniques. Me l'he estimat tant, en Tyler... Sempre dono gràcies a la vida per haver-lo trobat.

Aquella conversa amb la Lissette no havia aconseguit dissipar els dubtes de la Sophie, ni li havia aclarit aquells aspectes de la vida d'en Jules que tant la intrigaven. Continuava, doncs, sent un enigma, i els secrets no s'havien mogut de lloc. És clar que, ben mirat, qui no en tenia, de secrets? Ella, sense anar més lluny, no li havia dit res d'aquelles reunions a les quals assistia amb la Marion i en què, entre cerveses i copes de vi, es parlava del futur de l'animació.

Sí. Era veritat, va concloure; tothom té els seus secrets.

La Sophie havia passat la nit a l'apartament d'en Jules. Ho feia sovint, malgrat la vigilància de la senyora Carter, que era l'encarregada dels apartaments i que maldava per imposar un estricte règim moral als inquilins. Per sort, estava sorda com una tàpia i es passava bona part del dia i, per descomptat, tota la nit dormint.

En Jules vivia al sud de Hollywood Boulevard, en un carrer molt tranquil que no tenia sortida i estava flanquejat per xicrandes. Era un apartament petit d'una sola habitació, però estava moblat amb gust i no hi mancaven els detalls. La cuina era molt lluminosa i estava separada de la sala menjador, que tenia una terrassa amb boniques vistes al jardí. Saltava a la vista que no tenia res a veure amb el cau de sobre el taller greixós on vivia.

La Sophie va notar que el sol li enganyava els ulls a través de les cortines. Es va llevar. Es va encaminar cap a la sala enyorant el contacte càlid del pit d'en Jules, la carícia dels seus cabells damunt la galta i, sobretot, l'escalfor dels seus braços embolcallant-la.

A la sala, el sol d'aquell març primerenc es començava a filtrar entre les cortines blanques i es colava per cada escletxa de les finestres. Al jardí, els arbres esclataven plens de brots que anunciaven nova vida. La Sophie va tancar els ulls, va aspirar el perfum primaveral i va permetre's sentir-se plenament feliç.

De cop, va semblar recordar quin dia era: 4 de març. El nou president, Franklin D. Roosevelt, aviat es dirigiria a la nació en el seu discurs de presa de possessió. Descalça, embolicada amb una bata d'en Jules, va encendre l'aparell de ràdio de la sala. Imatges tan familiars com enyorades li van començar a recórrer la ment. A casa seva, a Nova York, la vida es vivia al voltant de la ràdio. No recordava ni una sola tarda de la seva infantesa en què les veus que viatjaven per les ones no haguessin estat presents a la saleta de la galeria com un membre més de la família. En va apujar el volum i va anar a la cuina per fer l'esmorzar amb la sensació que li mancava l'aire i que el cor li arrencaria a volar d'un moment a l'altre. Com enyorava aquells petits bocins de felicitat!

Hem de retornar a aquest temple els seus antics valors. La magnitud de la recuperació depèn de la mesura en què apliquem valors socials més nobles que el mer benefici econòmic. La felicitat no rau en la mera possessió de diners, sinó en la satisfacció de l'assoliment, en l'emoció de l'esforç creatiu. La satisfacció i l'estímul moral del treball no s'han de tornar a oblidar mai més per la persecució irreflexiva de beneficis fugaços...

La veu es va extingir de cop darrere d'un clic sobtat. La Sophie va sortir de la cuina, sorpresa. En Jules havia apagat la ràdio. Anava descalç com ella, despentinat, i amb unes ombres fosques sota els ulls que evidenciaven una nit poc dormida. Ella se li va acostar amb passes breus, es va enredar entre els seus braços i va deixar que l'atragués cap al seu pit amb un gest de possessió.

—M'has embruixat. Estàs contenta?

En Jules li va acariciar un floc dels cabells suaus que li queia damunt dels ulls abans de col·locar-l'hi darrere de l'orella. El somriure va transformar la cara de la Sophie i li va il·luminar la mirada ensomniada. Va sentir la necessitat d'enganxar-s'hi més; de formar amb ell un sol cos.

—Sí, estic contenta. Però digues, no tornaràs a desaparèixer, oi? —La veu se li va tornar un xiuxiueig—: Et vaig arribar a trobar tant a faltar que em pensava que el cor se'm faria miques.

En Jules la va besar als llavis. Un petó lleu, volàtil i fugaç. Tendre. Un petó etern.

—Ja t'ho he dit moltes vegades. Tenia por. Por que passés això.

—Què? —va preguntar la Sophie, mirant-lo als ulls, amb candor.

—Ja saps «què». Només vols tornar a sentir-ho. Ets una criatura consentida.

—Sí. Vull tornar a sentir-ho.

—Tenia por que m'embruixessis, que et fessis mestressa de la meva voluntat.

Un somriure càlid es va enfilar pel coll de la Sophie i va acabar instal·lat als seus llavis a plaer. Va tancar els ulls i va deixar que l'alè càlid d'en Jules li acaronés la pell. Ell es va desfer de l'abraçada, li va fer un petó a la punta del nas i va anar cap a la cuina rascant-se el cap.

—Em moro de gana.

—He fet l'esmorzar.

En un segon la jove va parar taula i va servir cafè, torrades i ous remenats. Amb un gest del cap, va assenyalar l'aparell de ràdio que seguia mut al racó.

—No trobes que és esperançador? —va preguntar tot agafant una torrada i untant-la de mantega.

—El què?

—El que diu Roosevelt. Com parla. El missatge que transmet. És el que el país necessita. Saps?, jo me'l crec.

En Jules Beck es va encongir d'espatlles mentre atacava els ous sense miraments.

—L'únic que sé és que faig tard als estudis —va dir amb la boca plena.

Tot d'un plegat, a la Sophie li va desaparèixer el somriure dels llavis mentre pensava que el seu futur era com un punt negre a l'horitzó. No podia evitar que l'ombra fosca de l'enveja se li projectés a la mirada quan pensava en la feina d'en Jules a Walt Disney Studios. La va envair el remordiment. Aquell sentiment li arrugava el cor i la feia sentir mesquina. Li hauria agradat poder parlar-ne amb ell sense embuts, descarregar-se d'aquella sensació. Però li feia por sincerar-se sense semblar una envejosa, una sonada.

Era evident, però, que mentre que ella es deixava l'ànima i les il·lusions pintant *cels* en uns estudis petits que maldaven per surar enmig de la tempesta, en Jules creixia com a animador a mesura que ho feien els somnis d'en Walt. Ho havia comprovat l'última vegada que havia anat a buscar-lo als estudis, potser feia un parell de setmanes. Tot havia canviat molt al 2719 d'Hyperion Avenue. S'havien afegit nous espais a l'edifici blanc i petit del costat de la benzinera. Els animadors treballaven en un nou annex de dos pisos i les noies de tinta i pintura ocupaven tot l'edifici original. Al terrat, hi brillava un gran cartell blau i vermell des d'on en Mickey Mouse donava la benvinguda als visitants. En Jules li havia comentat que en Walt tenia un gran despatx al nou edifici dels animadors. Els estudis estaven creixent. Ara hi treballaven més de cent persones, i la Sophie es preguntava una vegada i una altra per què no podia ser una d'elles.

El cert era que Walt Disney Studios era un ens viu i en contínua expansió. L'èxit d'en Mickey havia eclipsat, fins i tot, produccions de tant d'èxit com *Felix The Cat*, i havia fet possible el rescat d'algunes companyies de la ruïna econòmica en les profunditats de la Gran Depressió. No tan sols l'èxit d'en Mickey Mouse era el responsable del que passava als estudis; també ho era, sens dubte, la genialitat d'en Walt Disney, que ja no en tenia prou a fer moure els dibuixos, sinó que volia que expliquessin històries plenes de sentiments humans. Amb aquesta finalitat havia creat un Departament de Guió i havia contractat artistes de guió gràfic que desenvolupaven les trames dels nous curts, com aquell en què en Jules treballava en aquells moments com a animador: *Three Little Pigs*.

La Lillian, la dona d'en Walt, era qui havia tingut la idea de fer un curt animat basat en aquella faula tradicional. En Walt de seguida es va entusiasmar, però li va costar sis mesos convèncer els seus equips de començar a treballar en el projecte. Qui més qui menys pensava que una història amb només quatre personatges no podria funcionar. Però en Walt hi creia, i es va abocar en el curt en què el color formaria part per primera vegada de la història i en seria la gran novetat.

Sens dubte alguna cosa estava canviant en l'animació. I era a Walt Disney Studios on es cuinaven tots els canvis.

—De fet no sé què es pensa...

La Sophie se'l va quedar mirant i aquells pensaments que l'omplien se li van trencar en bocins irrecuperables. Es va adonar que no havia sentit ni una paraula del que en Jules li havia dit.

—Qui? —va mormolejar la Sophie com despertant d'un somni. Tenia el colze clavat a la taula i la barbeta repenjada al puny. Els pensaments li havien volat lluny.

—No m'escoltaves? —li va preguntar ell aixecant-se de la cadira i clavant-li els ulls al damunt amb expressió de retret.

—És clar, amor meu! —va fer la Sophie, i va

tornar a omplir-se la tassa de cafè mentre intentava recuperar el fil de la conversa.

—T'asseguro que l'Art Babbitt és d'aquella mena de tipus que no poden viure sense donar lliçons als altres. Es pensa que ho sap tot. Es dedica a omplir totes les parets de fulls amb propostes de personatges i idees de gags que troba divertidíssims i no es perd ni una de les reunions de l'*story room*, com si la seva presència en tot el procés de producció fos imprescindible.

En Jules es va passar els dits oberts pels cabells i va començar a voltar per la sala. Va seguir parlant mentre buscava gairebé desesperadament un paquet de tabac.

—Treballar al seu costat se'm fa més difícil cada dia que passa. No el suporto.

—Art Babbitt? —va preguntar la Sophie cercant aquell nom a la memòria. Però no el va trobar. Era la primera vegada que en Jules n'hi parlava, i es va quedar sorpresa davant el menyspreu amb què ho feia.

En Jules havia trobat un paquet de cigarrets mig amagat entre els coixins del sofà. Se'ls deixava sempre pertot arreu. En va encendre un, va inhalar el fum i el va exhalar en una alenada brusca mentre entrava a l'habitació per vestir-se amb els ulls mig clucs darrere d'una cortina de fum. La Sophie es va quedar asseguda, fent glops distretament de la tassa de cafè i pensant en tot el que donaria per poder treballar com ho feia aquell Babbitt a qui en Jules semblava que odiava.

—Recorda que aquesta nit no ens podrem veure. Tinc un sopar —li va dir en Jules en sortir de l'habitació vestit i arreglat, mentre li deixava a la galta el fregadís d'un petó, es posava el barret i sortia apressat.

—D'acord —va respondre la Sophie sense deixar de mastegar els seus propis pensaments.

Per a tothom que no fos en Jules Beck, l'Art Babbitt era un personatge fascinant i ineludible.

En Babbitt vivia sol en una extensa vila situada a Tuxedo Terrace. La casa tenia tres dormitoris, llar de foc i una evident escassetat de mobles, que semblava que havien estat substituïts per un bon nombre de coixins repartits per terra. La decoració no era una preocupació per a un jove solter com l'Art.

Aquell vespre, l'Art es mirava les gravacions del partit de beisbol en companyia d'en Martin Locke, un animador provinent de Nova York, com ell, que s'havia incorporat als estudis feia menys d'un any.

Les ampolles de cervesa omplien el terra i feien companyia a uns quants plats amb restes de menjar. L'Art i en Martin observaven amb atenció les imatges equipats amb blocs de dibuix i llapis.

—T'has fixat en els moviments del llançador? Hi ha una fase d'anticipació amb un moviment d'elevació —va constatar l'Art assenyalant una de les imatges amb el llapis mentre amb l'altra mà premia el botó de càmera lenta del projector.

En Martin, amb traços ferms i precisos, silenciós i abocat a la feina, intentava fixar al paper el moviment assenyalat.

L'Art va continuar:

—En aquest moment comencen els moviments articulars a tot el cos, t'hi fixes?

—Sí.

—Mira, ara! Flexió de maluc, cama cap amunt i flexió del genoll.

L'Art va fer un esbós ràpid de la posició del llançador.

—No hi ha un gran esforç muscular, en aquesta fase —va concloure en Martin, i va deixar el bloc i el llapis a terra, va agafar l'ampolla de cervesa que tenia més a prop i en va fer un glop llarg.

L'Art també es va relaxar. Va apagar el projector.

—És interessant dibuixar a partir de muntatges d'accions reals.

—És com hauria de treballar tothom, Martin. Fa temps que enregistro la manera de caminar de la gent pel carrer, de córrer, de saltar...

També l'Art va escurar l'ampolla de cervesa. Es va aixecar i es va dirigir cap a la cuina. En va sortir amb una cervesa més a cada mà. En va oferir una a en Martin i es va tornar a estirar en la comoditat flonja dels coixins.

—Però crec que hauríem d'anar més enllà.

—Què vols dir? Com? —va preguntar en Martin, molt interessat.

—He pensat que hauríem de fer alguna cosa més per a la formació dels artistes de l'estudi. Classes.

—Classes?

—Sí. De dibuix al natural. L'art superior, ho entens?

—Però com? On?

L'Art Babbitt va somriure d'aquella manera entremaliada que li era tan pròpia.

—Doncs amb una model, és clar. I aquí mateix, a casa meva. Ja ho tinc mig lligat.

La Sophie va agafar un cigarret del paquet que en Jules havia deixat damunt de la taula. El va encendre i va fumar per primera vegada a la seva vida. El gust del tabac li va semblar horrible i la va fer estossegar com una boja. Però es va obligar a acabar-se'l.

Aquell dissabte el tenia lliure. Graphics Studios

estaven en franca davallada, ferits de mort no tan sols per la crisi econòmica sinó pel creixent èxit de les produccions de Disney. Alguns dies no hi havia feina. Era el cas d'aquell dissabte tan esperançador per a la nació, però que, a la Sophie, enredada en els seus foscos pensaments, se li havia tornat amarg com el cafè reescalfat que tenia a la tassa.

Havia quedat amb la Marion per anar a una de les reunions d'animadors a la cerveseria de Western Avenue. Hi havia trobat gent interessant i en sortia força animada, encara que ella hi tenia un paper molt passiu, de simple espectadora. Així i tot, li agradava escoltar els animadors veterans que feia anys que treballaven en aquell ofici, així com la gent que, com ella mateixa, se sentia tancada en feines poc reconegudes i mal retribuïdes. Aquelles assemblees l'ajudaven a reflexionar i li obrien una porta a l'esperança. La Marion tenia raó quan deia que no es podien resignar, que havien de lluitar. A més, aquelles reunions eren el seu secret. I tenir un secret li feia sentir papallones a la panxa.

La perspectiva de la reunió la va animar una mica. Va mirar l'hora. Tenia temps de sobres. Es va disposar a recollir l'apartament, taral·lejant fluixet «Some of These Days» de Bing Crosby, que no paraven de posar a la ràdio. Va desparar la taula, va endreçar la cuina i va fer el llit. Després es va vestir i va anar a arreglar-se.

Va entrar al quarto de bany amb la bossa de mà. Hi duia el més essencial: el raspall de dents, el dentifrici i la crema de mans. Però de seguida va comprovar que s'havia deixat el raspall del cabell a casa. Va pensar en la incomoditat d'aquell continu anar i venir d'un apartament a l'altre mentre remenava els calaixos de l'armari del bany d'en Jules buscant una pinta amb què posar ordre als seus rínxols rebels. I aleshores el va trobar: un pintallavis de color vermell corall. Els llavis carnosos i encesos de la Carol li van fuetejar la memòria.

La Sophie va mastegar el silenci mentre buscava una resposta. Tenia el pintallavis a la mà. Els ulls grisos, clavats en aquell vermell insultant com un pecat.

Va deixar la barra de llavis on l'havia trobat. Va sortir del bany i va anar cap a la sala. Va seure. Es va reclinar al respatller de la cadira amb una expressió fosca mentre les paraules que li havia dit la Lissette li ressonaven a les orelles: «Cal que sàpigues que els Beck són infidels per naturalesa».

Tot d'un plegat, va començar a sentir un fred intens i un irreprimible desig de fugir. Va agafar les seves coses, va travessar la sala a grans gambades i va marxar donant un fort cop de porta, i enduent-se amb ella aquell nus dins del pit que es va convertir en un plor amarg així que va trepitjar el carrer.

Aquell dia primaveral havia deixat pas a la fresca d'un vespre de març. La Sophie va tornar a casa. Va pujar l'escala llardosa. Va obrir la porta. Es va deixar caure al sofà, es va acostar els genolls al pit i se'ls va abraçar amb força.

Unes rialles van travessar la fina paret que separava la sala de l'habitació de la Lissette. Veus. Una veu d'home i un xiuxiueig femení que acabava en una riallada enjogassada. I al cap d'uns minuts, o l'estona que a la Sophie li va semblar que eren uns minuts, les veus i les rialles es van materialitzar davant seu. El rostre radiant de la Lissette l'observava amb curiositat. Duia els cabells una mica despentinats i els ulls verds li somreien entelats. Darrere de la Lissette, despullat de cintura cap amunt, un jove prim, alt, morè i escandalosament atractiu l'observava amb uns ulls negres i profunds calcats als d'en Jules, però de mirada molt més tèrbola.

—Sophie, aquest és...

—Hola, Tyler —el va saludar ella, endevinant qui era sense necessitat de presentacions.

I es van quedar tots tres sense saber què dir, fins que el noi es va inventar una excusa, va anar a vestir-se i va marxar.

Quan en Tyler les va deixar soles, la Lissette va preparar una cafetera i va posar una capsa de pastissets de mantega sobre la taula.

La Sophie va descarregar les seves sospites damunt de l'amiga.

—Només has trobat un pintallavis vermell entre les coses d'en Jules. Això no vol dir res —va dir-li després d'escoltar-la.

—Ah, no?

—No. Crec que n'estàs fent un gra massa. No et deus pensar pas que ets la primera dona a la vida d'en Jules. El pintallavis pot fer mesos, anys, que és en aquell calaix.

La Sophie no ho havia pensat. Ella només pensava en els llavis vermells de la Carol. Va negar amb el cap.

—Estic segura que m'enganya.

La Lissette va omplir dues tasses amb el cafè i va mossegar amb golafreria un pastisset. La tornaven boja.

—És molt possible —va dir.

—Però...

—Et vaig avisar. T'ho vaig dir. Els germans Beck són com són. No els canviarà cap dona. Ni tu ni jo. Ningú.

—El deixaré!

La veu de la Lissette es va tornar rotunda i aspra. A la Sophie li va semblar una veu desconeguda:

—Deixa'l, si creus que ho has de fer. Deixa'l, si no vols ficar-te en una ratera de la qual et sembla que no en sortiràs mai més. Torna-li les claus de l'apartament i no li obris la porta de casa quan torni suplicant. Fes-ho, ara que pots. Fes-ho, si creus que pots fer-ho. Si n'estàs segura.

Els ulls de color herba jove de la Lissette s'havien enfosquit. Les llàgrimes van començar a lliscar-li per les galtes fins a assolir els llavis, que ara havien perdut el seu etern somriure.

—I si no pots fer res d'això, fes com jo. I prepara't per lluitar sola contra aquest monstre depredador que és l'amor.

La Sophie es va alçar i va abraçar la Lissette.

Van plorar juntes mentre el país, aquell dissabte 4 de març de 1933, celebrava amb esperança creixent que tenia un nou president.

Capítol 6

La bogeria de Disney

Hollywood experimentava la febre dels sindicats. Era el resultat lògic de diversos factors, com ara les reivindicacions no resoltes dels treballadors de la indústria cinematogràfica: contractes laborals estrictes, acomiadaments per Nadal i recontractacions per Cap d'Any per evitar pagar les vacances nadalenques, retallades salarials i un llarg etcètera.

El cine sonor havia dut a Hollywood una gran quantitat d'artistes novaiorquesos ja sindicalitzats que havien impregnat els estudis cinematogràfics de la costa Oest d'aires i idees nous. Tothom sabia que quan la Greta Garbo va arribar a Hollywood havia dit que la situació laboral que s'hi vivia «era la cosa més propera a l'esclavatge mai vista».

D'altra banda, la derogació de la llei seca del

president Roosevelt li havia fet augmentar molts punts la popularitat, però, alhora, va provocar que una generació de delinqüents que havia centrat els seus negocis en el contraban de begudes alcohòliques haguessin de buscar nous camins per poder omplir-se les butxaques.

En Willie Bioff era un contrabandista i proxeneta de Chicago, un mafiós de poca volada fins que va conèixer en George Brown, que era el líder local de la IATSE a Chicago. La IATSE era el sindicat de l'espectacle més gran i de trajectòria més llarga, i el que aglutinava un nombre més elevat d'afiliats. Els dos mafiosos van aprofitar la posició d'en Brown al sindicat per amenaçar els propietaris de les sales de cinema de portar els projectistes a una vaga salvatge si no pagaven per evitar-ho. Sabien molt bé que els propietaris preferirien engreixar-los les butxaques a ells que arriscar-se a una vaga. Això els costaria molt més. Desenes de milers de dòlars més, per ser exactes.

Acabaven de descobrir la gallina dels ous d'or. El sindicat IATSE era el lloc perfecte des d'on extorsionar i fer xantatge als professionals de l'espectacle. L'Al Capone es va assabentar del negoci que en Bioff i en Brown es duien entre mans i va voler una part del pastís. En concret, les dues terceres parts del pastís. A canvi, els protegiria i promouria en Brown com a cap nacional de la IATSE.

Tot seguit, en Bioff es va convertir en el seu representant a la costa Oest.

Amb l'Al Capone protegint-los les espatlles, els dos mafiosos van seguir fent el que sabien fer millor: extorsionar propietaris de sales de cinema, però ara a escala molt més gran.

En Bioff es va fer una reputació a Hollywood com a líder d'un sindicat que dia a dia era més corrupte. El negoci continuava sense gaires entrebancs. Envalentit, en Bioff aviat es va dirigir directament als caps d'estudi per oferir-los blindar el personal davant el risc de vagues a canvi de quantitats astronòmiques. Es va trobar amb un terreny adobat als seus interessos perquè empresaris i l'Acadèmia mateix s'havien posat alerta davant la incipient sindicalització del sector. Primer van ser les amenaces d'acomiadaments i les llistes negres. I quan això no va funcionar, la patronal va allargar la mà a mafiosos com en Bioff perquè fossin qui els fessin la feina bruta. De quina manera la feien, semblava que els importava poc. D'aquesta manera, en Bioff i en Brown van aconseguir el domini absolut sobre tècnics de so, càmeres, fusters d'escenari i operadors de llum, i mantenien els estudis lliures de vagues per mitjà del suborn: cinquanta mil dòlars per estudi i any era el preu que calia pagar.

Ben poc s'hi podia fer contra aquest estat de coses. En Tommy Malloy, de la IATSE de Chicago, va pagar amb la vida haver denunciat l'Al Capone i els seus homes infiltrats al sindicat. Altres amb més sort van ser suspesos i expulsats per haver intentat protestar. Era evident que els alts directius dels estudis cinematogràfics de Hollywood preferien tractar amb criminals que amb els seus propis empleats.

A finals del maig del 1933 es va estrenar el curt *Three Little Pigs* i una de les cançons de la pel·lícula, «Who's Afraid of the Big Bad Wolf?», s'estava convertint en una mena d'himne de la ferotge depressió.

En Jules i la Sophie paraven taula per sopar davant del jardí, amb les portes de la terrassa obertes de bat a bat. Malgrat que la tarda dequeia, el sol continuava escalfant amb força. Passaven per uns dies de calor xafogosa, més pròpia del mes de juliol que no de finals de primavera.

La Sophie no havia oblidat el vermell esclatant i ignominiós del maleït pintallavis. La incipient ferida al cor no s'acabava de tancar, encara que amb el pas dels dies s'havia anat convencent que n'havia fet un gra massa, de tot allò. I encara que les sospites no desapareixien així com així, intentava ignorar-les quan estava amb en Jules perquè, si no, li hauria estat molt difícil seguir al seu costat. I ella, per damunt de tot, volia seguir al costat d'en Jules. Ell sabia fer que el seu cos s'estremís de plaer quan estaven junts, i quan l'estimava i se li entregava, ella experimentava una joia tan punyent que gairebé li resultava dolorosa.

Aquell vespre, a més, ell havia desplegat el seu costat més encantador. Els ulls li brillaven amb un espurneig ple de complicitats. Havia comprat unes menges exquisides que pensava acompanyar amb una ampolla d'un cabernet de Rutherford, un excel·lent vi de les vinyes de la vall de Napa, a la costa nord de Califòrnia. Trobar un vi com aquell encara era difícil i es convertia en un caprici molt car, si es tenia en compte que la llei seca acabava d'aixecar-se i que durant el període en què havia estat vigent havia arrasat la producció de vins. En aquells moments només hi havia uns cent quaranta cellers funcionant a tot l'estat, amb una producció limitadíssima.

El vi va alegrar el cor de la Sophie i la va ajudar a gaudir d'aquella càlida i preciosa nit i a apartar-ne tots els fantasmes.

Van brindar per l'èxit de la pel·lícula.

—Pels estudis es diu que als distribuïdors de Nova York no els ha agradat el curt —va comentar en Jules, sense perdre per res el bon humor, amb el sabor del primer glop d'aquell vi fantàstic ballant-li als llavis.

Va tancar els ulls mentre bevia de nou. La Sophie el va imitar. El vi li feia pujar un delicat color rosat a les galtes.

—De fet, crec que en Walt és ben conscient que un curt amb només quatre personatges és difícil de vendre. Però mai l'hem vist preocupat per això. Està segur de l'èxit.

La Sophie va somriure. Les imatges de la projecció a què havia assistit feia pocs dies encara li ballaven pel cap. Es va recaragolar un dels rínxols amb el dit.

—Heu fet una feina fantàstica, Jules! Crec que la pel·lícula té molta personalitat. Cada personatge és una obra mestra. Els dos porquets músics són grassonets i de peus lleugers, i el germà és el més pràctic. Se les pensa totes per salvar-los —va comentar enriolada com una nena.

—I el llop —va afegir en Jules—, tan lleig i tan dolent...

Es van mirar i la primera estrofa de «Who's Afraid of the Big Bad Wolf?» els va pujar als llavis. Van esclatar a riure. En Jules li va agafar la mà per sobre la taula i ella va tornar a sentir aquella mena de vertigen que l'embriagava quan el sentia tan a prop. Semblava com si el vi els hagués contagiat amb les seves notes intenses i persistents.

Van menjar una estona en silenci fins que la Sophie va treure aquell tema; n'havia sentit a parlar a les reunions a què assistia amb la Marion com una de les reivindicacions pendents dels animadors.

—No entenc per què cap dels vostres noms surt als crèdits: ni el teu, ni el de l'Art Babbitt, ni el de la resta d'animadors, ni tan sols el d'en Burt Gillett, el director.

El gest fins ara afable d'en Jules es va torçar i li va llançar una mirada afilada. No era la primera vegada que ella observava en ell aquella mena de reaccions. Va fer un esforç per tractar d'endevinar què l'havia pogut ofendre: potser la constatació d'aquell anonimat que els estudis els imposaven? O l'esment d'en Babbitt, a qui no professava el més petit afecte? No ho sabia. Però en Jules s'havia tancat en un silenci ple d'agulles.

Per fi, sec, amb aspror, va dir:

—Això no té gens d'importància. La pel·lícula és una creació de Walt Disney Studios, oi? Això és el que surt als crèdits i ens inclou a tots.

—Jo crec...

En Jules es va aixecar amb la copa a la mà i va sortir a la terrassa. L'havia deixat amb la paraula a la boca i amb una angoixa dins del pit que es repetiria moltes vegades més. La Sophie va sentir dins seu el desig imperiós de desaparèixer.

Aquell matí de principis de juny feia una calor enganxifosa i el sol era com una mà ardent que acaronava les espatlles de la gent. Però la Sophie no semblava que la notés perquè quan es concentrava en una tasca tot el que l'envoltava desapareixia darrere d'un núvol que la separava del món real. I, en aquell moment, aquest núvol planava per damunt de la conferència sobre l'anatomia del cavall que tenia lloc a l'exterior de l'edifici del Chouinard, en un gran espai obert on es feien moltes classes a l'aire lliure. Els alumnes, equipats amb els estris de dibuix i cavallets, havien format un cercle al voltant de l'animal, un superb exemplar blanc pigat de taques negres que subjectava la conferenciant. La Sophie seguia sentint una preferència clara cap a la representació del món animal que li venia de petita i de les seves interminables sessions al Zoo del Central Park de Nova York de la mà del seu pare.

La classe estava a punt de finalitzar quan dos homes es van acostar al grup i es van quedar en un segon pla, escoltant en silenci. La professora va saludar-ne un com si fos un vell conegut. Abans de donar la conferència per acabada, es va dirigir als assistents:

—Avui ens ha vingut a visitar un antic alumne d'aquesta escola. És un plaer presentar-los el senyor Hardie Gramatky, reconegut aquarel·lista, i el seu acompanyant... el senyor l'Art Babbitt, animador de Walt Disney Studios.

En sentir aquell nom, la Sophie va alçar el cap com si l'hagués impulsat un ressort i el quadern d'apunts que tenia a la falda li va caure a terra.

Va esperar que els dos homes s'acomiadessin de la professora per acostar-se a l'Art Babbitt.

—Senyor Babbitt?

L'Art es va girar i va clavar amb intensitat aquells ulls grossos i rodons en la noia, que va notar com una intensa vermellor li envaïa les galtes.

—Senyoreta...?

—Simmons. Sophie Simmons.

L'Art li va allargar la mà mentre desplegava, sense dissimular, tota la bateria de les seves arts de seducció.

—Jo... veurà, he sentit a parlar molt de vostè.

—Suposo que bé —va fer l'Art esclafint una rialla.

La Sophie se'l va quedar mirant sense saber què dir. Va esbossar un somriure cohibit.

Al cap de mitja hora, tots dos s'acomiadaven a la porta de l'institut. En aquell breu espai de temps, l'Art Babbitt s'havia assabentat que la Sophie havia nascut a l'Upper West Side, que havia arribat a Los Angeles perseguint un somni que, de moment, no s'havia acomplert, que estudiava al Chouinard amb una beca i que estava feta tota una experta en l'anatomia dels animals.

Per la seva banda, la Sophie sabia que l'objectiu d'aquella visita d'en Babbitt al Chouinard era contractar una model i començar a oferir classes de dibuix al natural als companys de l'estudi que hi estiguessin interessats. I que, per aquest motiu, havia demanat ajut al seu amic Hardie Gramatky, que l'havia introduït a l'institut per la seva condició d'antic alumne.

—Em sembla una idea fabulosa! —havia exclamat la Sophie en conèixer les intencions de l'Art Babbitt.

—No crec que siguem gaires. Tothom té coses a fer després de la feina.

—I on les faran, les classes? Als estudis?

—No. Això és una iniciativa meva. Els diners de la model els pagaré de la meva butxaca i les classes les farem al saló de casa.

Es va treure un paper i un llapis de la butxaca de la fina americana de lli.

—Aquesta és la meva adreça, senyoreta Simmons. Potser vostè ja està cansada de classes de dibuix al natural, però hi està convidada. Hem quedat amb la model aquest mateix vespre, a les set. Vindrà?

La Sophie va agafar el paper que li oferia i va afirmar amb el cap.

—Estaré encantada, senyor Babbitt.

—Art —va puntualitzar ell, mentre es duia dos dits a la templa i li picava l'ullet com a comiat.

A la Sophie li va semblar que els peus no li tocaven a terra. Si bé era cert que potser aquelles classes de dibuix al natural no li feien gaire falta, assistir-hi al costat d'animadors de Walt Disney Studios era tota una altra cosa. A més, l'Art Babbitt li havia semblat encantador, encara que li feia una mica de respecte. Era d'aquella mena de persones, pensava, al costat de les quals un se sent més petit. No acabava d'entendre per què en Jules en parlava amb tant de menyspreu. Potser l'hi hauria de preguntar.

O potser no.

Aquell vespre, en Babbitt havia convidat en Martin i un parell de companys del seu departament a la primera classe de dibuix al natural a casa seva. Es va sorprendre molt quan s'hi van presentar els set animadors del departament.

La Sophie va ser, en aquella ocasió, l'única noia i assistent a la classe que no treballava als estudis. Un Babbitt pletòric per l'èxit de la convocatòria li va presentar cadascun dels animadors i li va pregar que l'ajudés en la dinàmica de la classe, ja que ell no pretenia fer de professor i ella tenia experiència en aquella mena de sessions com a alumna del Chouinard.

Va ser una vetllada molt enriquidora per a la Sophie. Per primera vegada des de la seva arribada a Los Angeles es va sentir una més entre aquells professionals entusiastes. I, a més, els va poder transmetre part de la seva experiència com a alumna d'art.

Amb el temps, el record d'aquella primera sessió a casa de l'Art Babbitt s'uniria al de la coneixença d'en Martin Locke, aquell jove espigat, de cabells sempre esbullats i llavis molsuts, gairebé infantils, que dibuixava la vida que mai deixava d'observar amb els seus ulls lànguids de color de mel.

El boca-orella va fer la seva feina i al cap d'un mes ja hi havia més de vint persones a casa de l'Art Babbitt esforçant-se per aconseguir un bon dibuix al natural.

Al setembre, en Walt Disney va descobrir que els seus artistes es passaven l'estona a la sala d'estar d'en Babbitt dibuixant dones nues i va creure oportú traslladar les classes a l'estudi perquè ningú no pogués malinterpretar aquelles trobades. Va deixar a en Babbitt la logística: ell s'encarregaria de buscar les models, d'assegurar-les i de buscar un professor per treure més profit de les classes. Va ser així com, a principis de la tardor, Walt Disney

Studios va començar a oferir classes de dibuix al natural a tots els artistes de la casa que s'hi volguessin apuntar. Es van començar a fer a l'escenari de so després que els actors i els músics haguessin marxat. En Don Graham va ser contractat com a professor.

Per a la Sophie aquests canvis van significar la fi d'una etapa molt feliç. És clar que s'alegrava que la iniciativa d'en Babbitt hagués tingut tan bona acollida, però les classes quedaven restringides, a partir d'aquell moment, al personal dels estudis. I aquelles portes encara romanien tancades per a ella.

També va ser al setembre, molts pocs dies abans de tornar a començar les classes, quan Graphics Studios va tancar les portes definitivament. La Sophie es va quedar al carrer, encara que era un daltabaix anunciat que no la va sorprendre gaire. Si no hagués estat pel sou minso que tant necessitava, no hauria lamentat perdre aquella feina, perquè no hi estava gens a gust. Les produccions de l'estudi havien anat minvant en qualitat artística, els devien setmanes de sou i ella vivia en una angoixa contínua. El seu somni semblava que es diluïa i anunciava un futur incert.

Com sempre, la Lissette va fer costat a la seva companya de pis en aquells moments de crisi.

—Què faré, Lissette? Viure de l'aire del cel?

—No et preocupis abans d'hora. Tens una beca, pels estudis no has de patir. Pots continuar les classes.

La Sophie va sentir una mena d'ofec que la va obligar a respirar fondo.

—Sí, però els materials són cars. No puc demanar diners a casa. No podré ni pagar el lloguer.

—No hi pensis, en el lloguer, ara. Tinc uns estalvis i els podem estirar uns mesos. I un plat de menjar no et faltarà a taula.

A la Sophie li cremaven els ulls de les llàgrimes que es forçava a no vessar.

—Ets la millor amiga que he tingut mai. La millor persona que he conegut. Però saps del cert que no podem viure totes dues amb un sol sou. I qui troba feina ara, tal com estan les coses?

El somriure es va absentar uns segons dels ulls de la Lissette. A la Sophie, li va fer l'efecte que un núvol havia passat damunt d'un paisatge assolellat. A la fi, la jove va agafar un paquet de tabac de la butxaca de la bata, en va treure dos cigarrets i els va encendre. En va oferir un a la Sophie.

—Podem passar un mes o dos abans de prendre cap decisió dràstica. L'esperança és l'últim que hem de perdre.

Va entretancar els ulls per fer una calada profunda. Tenia els ulls clavats en el fum del cigarret. Li va semblar que li tremolaven les mans.

—Pensa en la gent que coneixes. En els professors del Chouinard. En en Jules! Dona veus. Trobaràs qui t'ajudarà.

—És clar...

—Jo parlaré amb en Tyler. Potser necessiten més dibuixants allà on treballa.

La Sophie se la va quedar mirant. Va fer l'última calada al cigarret i en va expulsar el fum amb parsimònia. El gust del tabac no li agradava gaire, però havia de reconèixer que fumar la relaxava.

La Lissette es va posar a cosir. Amb la roba reposant a la falda i l'agulla ben agafada entre els dits, a la Sophie li va semblar que emergia d'ella una mena de bondat especial que li naixia als ulls i que li transmetia serenitat i confiança. Era una sort haver-la trobat, va pensar. I en va tenir l'absoluta seguretat quan, menys d'una setmana després, la Lissette li va donar aquella gran notícia:

—Una clienta que s'ha vingut a emprovar roba aquesta tarda m'ha dit que acaba de deixar la feina de dependenta a la llibreria Fowler's perquè se'n va de Los Angeles. Ves-hi demà mateix. Qui sap si encara tindrem sort i t'agafaran.

En aquells anys, des de Westlake Park fins a Hill Street hi havia moltes llibreries especialitzades en temes variats. A més de Fowler's, eren molt conegudes Dawson's, Zeitlin's i Parker's. La Sophie les havia recorregudes totes.

Es va presentar a Fowler's l'endemà al matí i va aconseguir la feina de dependenta. Fins i tot, com que el negoci tampoc no passava pel seu millor moment, es van avenir que hi treballés només a mitja jornada. Tot un cop de sort en aquells moments en què tothom perdia la feina.

Quan va sortir de la llibreria, la vella porta de fusta va grinyolar una cançó esperançada. La Sophie sabia que aquella feina no seria pitjor que la dels estudis i, de fet, estava més ben pagada.

Podria seguir a Los Angeles i amb les classes al Chouinard.

Podria seguir vivint amb la Lissette.

Podia seguir somiant.

El camí dels somnis és llarg.

I costerut.

A vegades, massa.

Havia passat un any. La Sophie estava a punt de començar el tercer i darrer curs a l'institut d'art i experimentava l'alegria del retorn a les aules, barrejada, però, amb una certa sensació de derrota. Tal com anaven les coses, i encara que mantenia la feina a la llibreria, començava a tenir clar que tampoc aquell any podria estalviar per viatjar a Nova York per veure la família.

Sovint s'enrocava en pensaments melangiosos. Imaginava que passarien els dies, els mesos i els anys, i ella seria incapaç de resoldre la seva vida, d'arribar als seus objectius. Com enyorava aquell oasi que havien estat les classes al natural a la sala de l'Art Babbitt! L'ambient que s'hi respirava li feia pensar que era una més entre aquells artistes entusiastes i entregats.

També s'havien acabat les reunions clandestines a Western Avenue. Encara que durant un curt període de temps va semblar que l'assistència creixia i que el projecte tirava endavant —que pletòrica que estava llavors la Marion!—, tot es va desinflar quan alguns caps d'estudi es van assabentar de les reunions i, per evitar-les, van programar hores extres a les nits. A més, segons li havia dit la Marion, hi havia hagut informants que havien delatat les reunions als caps i aleshores havien començat les amenaces. L'embrió d'aquell sindicat d'animadors, per tant, no va passar de les portes de la cerveseria de Western Avenue. Aquella criatura no va veure mai la llum i la Sophie, que en deixar Graphics Studios havia continuat veient-se amb la Marion en alguna d'aquestes reunions, va acabar per perdre del tot el contacte amb ella i amb aquell grup d'animadors tan lluitadors. Sentia que s'allunyava pas a pas de tot allò que li havia interessat.

La relació amb en Jules també havia canviat al llarg d'aquell any. El silenci de la Sophie davant les sospites d'infidelitat l'havien abocat a un sentiment creixent d'humiliació. Encara que no ho admetia, estava ressentida. Va arribar un moment en què tot el que no es deien, el que callaven, va començar a passar-los factura. De fet, era com si tots dos, cadascú per la seva banda, haguessin començat a escriure una mena de quadern de greuges. Un quadern de secrets, de sensacions no compartides ni explicades que creixia dia a dia. I, malgrat tot, el fil prim que els unia era prou resistent encara per aguantar aquelles estrebades. Malgrat les discussions i les absències, en Jules sempre acabava tornant i la Sophie sempre hi era, esperant-lo, atrapada sense adonar-se'n en una teranyina intricada que no li permetia ser del tot lliure i feliç, però de la qual no volia escapar.

Si algú li hagués demanat que pensés en alguna cosa bona que li hagués portat aquell any tan nefast, no hauria dubtat: s'hauria quedat amb l'amistat de l'Art Babbitt. I és que la relació amb l'Art no es va acabar quan les classes de dibuix al natural es van traslladar a l'estudi. Ben al contrari, tots dos s'havien seguit veient i es podia dir que havia nascut entre ells un veritable corrent de mútua simpatia. La Sophie havia descobert que darrere la mirada d'en Babbitt i de les seves interminables conquestes femenines, sota aquella capa de fingida seguretat que sempre exhibia, s'amagava un home sensible i tendre, amb un gran esperit de protecció, que no entenia per què havia decidit abocar damunt d'ella. L'Art Babbitt havia estat tot aquell temps el punt d'ancoratge entre la Sophie i el seu somni. Ell li parlava d'animació i la tenia molt més al dia del que es coïa a Walt Disney Studios que en Jules, sempre tan gelós del seu espai professional.

Per tots aquests motius, la Sophie freqüentava la companyia de l'Art tant com podia, això sí, sempre d'amagat d'en Jules. Potser al principi això li havia provocat un sentiment proper al remordiment. Però aviat se'n va oblidar. També necessitava tenir els seus espais, una vida pròpia.

També d'amagat d'en Jules, la Sophie havia assistit a algunes de les festes que en Babbitt celebrava a casa seva, a Tuxedo Terrace. Li encantaven aquelles trobades on tant et podies trobar animadors com models i, fins i tot, a vegades, algun actor famós.

Va ser en una d'aquestes festes que es va retrobar amb en Martin. Aquella nit, ella s'havia arreglat amb una cura especial. La Lissette li havia deixat un vestit de còctel de xantung blau amb mànigues bollonades fins al colze, faldilla de tub estreta com un llapis fins a mitja cama i cintura molt cenyida que ressaltava una llaçada. L'afavoria moltíssim. La Lissette li havia dit que el blau del vestit li endolcia la mirada. És clar que també li havia dit que, si tacava el vestit o el feia malbé, l'assassinaria.

La Sophie va arribar a la festa imbuïda d'una meravellosa sensació de seguretat. Se sentia bonica i, per una vegada, orgullosa de si mateixa. Li va semblar que algunes mirades d'admiració lliscaven damunt seu. Va avançar entre els convidats caminant com una princesa.

Al cap d'una estona, però, el miratge s'havia evaporat i ella s'havia perdut enmig d'una sensació estranya. No coneixia ningú, i tampoc veia en Babbitt enlloc. Feia molta calor, la pell li perlejava per la humitat enganxifosa i tenia por de deixar marques de suor al vestit. Estava a punt de marxar quan va sentir una veu darrere seu:

—Hola.

Es va girar i els ulls grisos li van brillar en descobrir en Martin. El recordava de les classes al natural a què havien assistit tots dos en aquella mateixa sala un any enrere.

—Hola —va respondre ella somrient.

—No t'havia vist.

—Acabo d'arribar —va mentir la jove.

—I no beus res? Espera'm aquí!

La Sophie va obeir. Es va quedar quieta, retocant-se els cabells que duia recollits, sense deixar d'observar com en Martin s'obria pas entre els convidats per anar a buscar les begudes. En recordava molt bé els ulls grossos de color mel. Eren molt melancòlics. El que no recordava gens eren aquells llavis molsuts que prometien besades càlides com tardes d'estiu. Aquell pensament li va fer venir calor. Va somriure enjogassada.

I, a pesar que també recordava en Martin com un noi callat que no solia relacionar-se gaire amb els altres, aquella nit la Sophie va descobrir sota aquella capa de timidesa un jove afectuós i delicat. Potser, fins i tot, apassionat; a més, ballava molt bé.

Es van divertir.

—On t'amagaves? —va cridar en Babbitt, apareixent de cop i trencant l'encanteri que havia començat a néixer entre tots dos.

—I tu, Martin, vols fer el favor de no segrestar-me la damisel·la?

Entre bromes, l'Art la va agafar pel braç i se la va endur. Li volia presentar algú.

En Martin i la Sophie es van separar entre un regateig de mirades.

Tan sols feia una setmana que la Sophie havia començat el tercer curs al Chouinard. Feia una calor que tenia professors i alumnes abaltits; les aules estaven buides i els patis, plens. Acabava de sortir de classe i havia anat a seure en un banc quan va veure aparèixer en Babbitt somrient i amb la mirada plena de promeses.

—Sophie, ja ho saps, això de la bogeria de Disney?

Ella no va poder evitar un somriure malenconiós. S'havia assabentat d'aquell extraordinari projecte de Disney per en Jules. En Walt Disney pretenia convertir *Blancaneu*, el conte dels germans Grimm, en un llargmetratge animat. Semblava inaudit, una autèntica bogeria sense cap ni peus, i els titulars de la premsa de Hollywood així ho reflectien.

La bogeria de Disney fa història
Un conte de fades dels germans Grimm
torna a la vida com si fos una novetat.
Hollywood es riu de Hollywood.
Això sí, amb música.

La Sophie s'havia sentit indignada en llegir aquest i altres titulars similars fruits del desconeixement. Es preguntava per què els periodistes corrien tant a desqualificar el que no entenien.

Que no comprenien el pas endavant que estava a punt de fer Disney?

L'Art i la Sophie van anar a seure en una ombra. La jove es va entretenir observant com la llum del sol es trencava en mil bocins clapejada per la capçada d'un arbre mentre en Babbitt li parlava d'aquell nou projecte de Disney amb entusiasme.

—Ha arribat el moment de fer el salt, creu-me, Sophie. Hem d'equiparar les pel·lícules d'animació amb les dels personatges d'acció real. Cal deixar de fer curts si volem fer créixer la indústria.

La Sophie va alçar el cap i va fixar la mirada grisa, sorpresa i fascinada, en l'Art.

—Tu ja ho saps, no cal que t'ho digui, però fins ara l'animació només ha servit com a farciment, per omplir les sessions abans de les projeccions dels llargmetratges en viu. És el moment de canviar aquesta situació. Cal fer llargmetratges d'animació que siguin protagonistes de les sales de cinema.

—És una idea revolucionària. Això no ho ha fet ningú abans.

—És cert i, potser per això, tothom parla del projecte de Disney com d'una bogeria.

L'Art es va posar a riure amb aquella rialla seva tan encomanadissa.

—Diuen que ningú aguantarà una pel·lícula tan llarga de colors brillants, ni una hora i mitja de gags.

La Sophie se sentia del tot contagiada per l'entusiasme del seu amic. Era difícil no fer-ho. També se li havien encomanat les ganes de riure.

En Babbitt es va treure el barret que duia de gairell a un costat del cap i es va començar a ventar. Feia una calor capaç de desfer les idees i l'aire no corria. Malgrat tot, no va perdre la lluentor múrria dels ulls quan va dir:

—El que ningú s'espera, però, és que farem una pel·lícula on no només hi haurà gags. Hi haurà amor, maldat, persecucions, aventura, tendresa i humor. Tot el que cal per tenir el públic clavat a la cadira.

Va mirar endavant. Els ulls li brillaven rere les ulleres.

—Farem ni més ni menys que *Blancaneu*!

El rostre se li va eixamplar en un somriure encara més generós. Molt més càlid. Va fixar la mirada intensament en la Sophie, que l'escoltava gairebé sense respirar.

—Estan agafant un tou de gent, als estudis. Aquest projecte és faraònic, com et pots imaginar. I jo, bé, no te n'he dit res, però he parlat de tu a la Hanzell Sewell.

—A qui? —va preguntar ella amb un filet de veu.

—La Sewell és la cunyada d'en Walt i la cap absoluta del Departament de Tinta i Pintura.

El cor de la Sophie va deixar de bategar. Va clavar els ulls en en Babbitt com si fossin dos interrogants impacients.

—De fet, els estudis estan duent a terme una gran campanya de selecció de personal. En el cas de les noies de Tinta i Pintura han de presentar el portafolis a la Sewell i, si ella hi veu qualitat i potencial, les cita i després les envia a un curs de formació. Però, és clar, jo m'he saltat el procediment. Faltaria sinó!

La Sophie estava al límit, a punt de col·lapsar-se.

—No em facis patir més, Art!

—Dubtes de mi i de la meva influència a l'estudi? —va fer ell amb gest trapella.

—Vols dir que...?

—Bé, ja saps com són les coses en aquest món. No et puc dir que entraràs directament al departament sense passar pel curs de formació. Això no. Però la teva experiència com a pintora suposo que ara et farà servei. A més, ets alumna del Chouinard i tota una artista, Sophie. El que jo he fet és ben poca cosa. Només t'he aconseguit una cita a Walt Disney Studios.

A la Sophie li va semblar que algú acabava de pintar el món de colors.

Setembre del 1934
Desembre del 1940
LES NOIES DE TINTA I PINTURA

«Pintar... reclama paciència, organització i una habilitat considerable».

Frank Thomas i Ollie Johnston

CAPÍTOL 7

Les noies de Tinta i Pintura

Abans que la seva germana Lillian es casés amb en Walt, la Hazel Sewell ja mantenia una gran amistat amb els germans Disney. Durant aquells anys, la Hazel solia riure's del promès de la seva germana i li deia sovint, tot fent broma, que no es guanyaria mai la vida si insistia a dibuixar caricatures en un paper.

Però la Hazel no va encertar els seus pronòstics. Quan al final de la dècada dels anys vint, l'èxit dels curts d'en Mickey Mouse van portar Disney a un creixement inesperat, la demanada de curts del simpàtic personatge va augmentar i, en conseqüència, es van incrementar les necessitats de producció. La Lillian va tornar a treballar —ho havia deixat en casar-se amb en Walt— i es va incorporar als estudis com a secretària del seu marit i fent una mica de tot. I va ser aleshores quan en Walt va demanar a la Hazel que s'unís també als estudis per redefinir el Departament de Tinta i Pintura.

La Hazel tenia un físic dolç, però un tarannà lluitador i ferm. Els qui la coneixien bé deien que era una de les poques persones que podia dur la contrària a en Walt. Potser va ser per aquest motiu que ell hi va confiar a ulls clucs. I ella va recollir el guant que li llançava el seu cunyat i es va convertir en la primera dona a dirigir un departament important en el món de l'animació.

Als acabats d'estrenar estudis d'Hyperion Avenue, com era normal aquells primers dies de la indústria cinematogràfica, els diferents papers de treball i producció encara no estaven gaire definits. L'ambient era informal i s'esperava que els treballadors donessin un cop de mà en tot el que se'ls demanés. No era fàcil, perquè era nou per a tothom. Però era molt més difícil per a la Hazel, que no tenia cap mena de formació artística i que no estava familiaritzada amb el món de l'animació. Per desenvolupar bé la seva feina, es va haver d'involucrar en el procés llarg i complicat d'animar. Va haver de conèixer a fons tots els departaments i la feina que hi feien. Es va adonar que abans de començar a entintar i pintar els *cels*, que era la feina que es feia al departament que havia de dirigir, els dibuixos seguien un llarg procés que començava al Departament d'Art, on naixia la llavor de la història que es convertiria en pel·lícula, es desenvolupava el guió a través de l'*storyboard*, es començaven a escriure els diàlegs i la música, es dissenyaven els personatges i es concretaven els models de color, entre moltes altres tasques.

Des del Departament d'Art s'assignava a cada equip d'animadors un personatge de la pel·lícula, com si es tractés dels actors escollits en un càsting. Aquests animadors serien els encarregats d'animar les escenes on apareixien els seus personatges sempre amb el suport de l'equip d'animadors assistents. Se'ls entregava un *exposure sheet* o full de treball, on cada animador feia un esbós del que havien de durar les animacions i on també anotaven les correccions que es feien durant el procés.

Un cop tenien els primers esbossos de cada escena ho enviaven a *cleanup*, on aquests dibuixos es passaven a net a llapis, i d'aquí eren enviats als intercaladors, que feien els dibuixos necessaris entre cada dibuix clau. Els intercaladors ho tornaven a enviar a *cleanup* per aconseguir tenir tota una escena en net i a llapis.

Tots aquests treballs, amb les conseqüents correccions i anotacions, es posaven en una carpeta que s'enviava al Departament de Tinta i Pintura, on, a partir d'una llista de colors que havien de ser utilitzats en cada personatge, els artistes entintaven i pintaven amb cura i paciència els *cels*. Durant tot el procés, supervisors especialitzats donaven el vistiplau a la feina feta.

Per fi, els *cels* acabats es portaven a gravar a l'habitació de la càmera i d'aquesta manera es completava el procés.

I tot això es repetia tants cops com escenes hi havia a la pel·lícula.

La Hazel Sewell tenia una ment ràpida i desperta, i un cop va entrar dins de l'engranatge tan complex dels estudis, va desenvolupar un nou sistema de funcionament per al Departament de Tinta i Pintura que dirigia. Va introduir noves tècniques per completar els *cels* finals abans de posar-los davant les càmeres; va organitzar classes d'aprenentatge per a entintadors i pintors, i va redefinir els papers dels treballadors del departament. Va avançar a força d'anys i amb esforç en la sofisticació de les tècniques de tinta i pintura, i va acabar traçant una línia divisòria entre aquests dos reialmes, amb la qual cosa van canviar els rols de les dues disciplines. I és que les tècniques i els procediments eren ben diferents, així com les habilitats que es demanaven als artistes.

Encara que al principi va treballar amb homes i dones, la Sewell va acabar formant un sòlid equip femení que, de fet, es va convertir en la primera divisió del tot femenina en la indústria de l'animació.

La introducció del color va obrir un ventall de possibilitats il·limitades per enriquir els personatges de les històries, i tindria un paper clau i fonamental en aquell art encara jove de l'animació. Però també incrementava les dificultats i els reptes amb què la Sewell s'havia d'enfrontar a cada producció.

Però s'havia enamorat amb passió de la seva feina i estava disposada a tot per tal de tirar endavant el Departament de Tinta i Pintura. I ho feia amb mà de ferro i amb un somriure als llavis.

Tot havia començat després que l'Art Babbitt li comuniqués que li havia aconseguit una entrevista de feina als estudis. Només uns dies després, la Sophie va rebre una carta on la citaven per al següent dilluns. No podia estar més contenta i emocionada.

Va viure tota la setmana cavalcant damunt un núvol i diumenge va sortir amb la Lissette per celebrar aquella oportunitat que, si es convertia en realitat, li canviaria la vida. Van xerrar pels descosits, es van fer un fart de riure i van brindar per la vida. Les dues amigues tornaven satisfetes i enriolades cap a casa just quan el sol començava a davallar cap a l'horitzó entre reflexos vermells. Quan enfilaven el seu carrer van observar que hi havia més cotxes estacionats a les voreres del que era habitual; alguns amb les finestres obertes per esquivar la calor. Tots tenien les ràdios enceses. Hi havia gent que havia baixat dels cotxes i fumava un cigarret tot prenent l'aire, sense deixar d'escoltar la ràdio.

—És un *fireside chat* del president Roosevelt! —va cridar la Sophie tot agafant de la mà la Lissette i arrossegant-la cap a casa entre crits i riallades.

Un cop a l'apartament, es van apressar a engegar l'aparell de ràdio i van escoltar plegades el programa que s'emetia en directe des de la Casa Blanca. La Sophie havia seguit cadascun dels cinc programes radiofònics que, fins al moment, Roosevelt havia ofert a la nació per explicar les seves polítiques als americans, fidel a l'objectiu de transmetre confiança en aquells temps de desesperació i incertesa. Li agradaven perquè el president hi parlava d'una manera senzilla i entenedora de temes tan complexos com la recessió, la llei d'emergència bancària o les iniciatives de la New Deal, i ho feia com un comunicador eficaç a qui li agradava pensar que es dirigia a un públic reduït davant del caliu de la llar de foc. D'aquí que, popularment, les intervencions radiofòniques del president fossin conegudes com a *fire-side chats* i les seguissin un nombre creixent d'oïdors.

Quan la intervenció presidencial va haver acabat, les joves van comentar el que acabaven d'escoltar i es van perdre en disquisicions sobre com veien el futur en un país que s'arrapava amb força a l'esperança de superar aquella terrible crisi.

Van anar a dormir tardíssim.

L'endemà al matí va sortir al carrer amb presses. La intensa llum d'aquell matí de dilluns de finals de setembre va obligar una Sophie mig endormiscada a tancar els ulls abans de tornar-los a obrir del tot. Els va clavar en aquell cel tan clar sense una espurna de núvols i va somriure satisfeta mentre caminava lleugera carrer avall i la son se li acabava d'esmunyir entre les parpelles. Va haver de córrer per agafar el Yellow Car que l'havia de deixar a prop d'Hyperion Avenue.

Asseguda al tramvia, mentre veia desfilar els carrers que començaven a espavilar-se tot encarant amb mandra una nova setmana, va pensar en les paraules del president i en la conversa que havia tingut amb la Lissette a la nit. Va somriure; també ella tenia motius per a l'esperança perquè per fi estava a punt de fer realitat el seu somni de treballar a Walt Disney Studios. És clar que aquest somni no li sortiria de franc. Sabia, perquè en

Babbitt l'hi havia comentat, que si entrava a treballar als estudis li farien un contracte a jornada completa. D'una banda, això li suposaria un augment d'ingressos i una mica més d'estabilitat; però, de l'altra, l'obligaria a renunciar a la beca del Chouinard i al seu darrer any d'estudis. El somriure se li va esvair dels llavis. O acabava els estudis d'art o treballava a Disney. La vida feia males passades. Quina crueltat!

Però, per molt que se li trenqués el cor en pensar que hauria d'abandonar les classes, no podia deixar escapar l'oportunitat d'entrar a Disney encara que fos al Departament de Tinta i Pintura, on faria la mateixa feina que a Graphics Studios. S'adonava que, tot i així, encara estaria lluny d'aconseguir el seu objectiu de ser animadora, però una veueta interior li deia que era el camí on els seus somnis podrien esdevenir realitat.

Va baixar del tramvia i va enfilar Hyperion Avenue. Va creuar a peu l'entrada dels estudis i es va incorporar a la riuada humana que s'escampava en ordre pels diferents edificis d'aquell gran campus. El carrer solitari que ella havia conegut acabada d'arribar a Los Angeles s'havia convertit en una via en continu moviment on costava trobar lloc per aparcar. Després de travessar la porta principal sota la garita vigilada s'entrava a una zona espaiosa plena de palmeres i baladres on solien aparcar cotxes més grans i ostentosos que els que hi havia a fora.

Estava emocionada i preocupada alhora. Temia creuar-se amb en Jules. Conscient de l'animadversió que sentia cap a en Babbitt, la Sophie no li parlava mai d'ell. Ni tampoc de les classes a casa seva, ni de les festes. I encara menys d'aquella amistat que havia nascut entre tots dos. Estava segura que no es prendria bé res de tot allò, i encara menys que ella entrés als estudis gràcies a ell. Tenia coll avall que en Babbitt formava part de tot el que no podia ni volia compartir amb en Jules.

La Sophie va moure el cap com si es volgués espolsar aquells temors del damunt. No volia que res ni ningú, ni tampoc en Jules, li enterbolís l'alegria que sentia. Si l'entrevista anava bé, si aconseguia entrar als estudis, ja pensaria què dir-li.

Es va dirigir al Departament de Tinta i Pintura. En entrar-hi, l'olor, els lleus murmuris de les converses i, fins i tot, el soroll imperceptible dels pinzells la van fer sentir com a casa, i els records li van acudir en tropell a la ment. Aquella sala era la mateixa que havia trepitjat aquell dia llunyà, acabada d'arribar a Los Angeles. Va haver de fer un esforç per situar-se. Tot estava molt canviat. Com li havia explicat en Jules, els animadors, amb els seus cigarrets, el fum i el xivarri, havien estat traslladats a la segona planta. Ara, en aquella sala, només hi treballaven noies. Va arrufar les celles en recordar unes paraules que li havia dit una vegada i que la van disgustar molt:

—Nosaltres, de Tinta i Pintura, en diem «el galliner». No cal que t'expliqui per què.

Mentre esperava a ser rebuda va passejar els ulls per la sala. De fet, allò no tenia res a veure amb els petits i desballestats estudis dels seus inicis, Graphics Studios. Aquí els mobles eren nous i estaven perfectament conjuntats. Pels grans finestrals entrava una llum càlida que ho inundava tot i...

—Encara sort que no hi ha catifes...

—Com diu, senyoreta...?

—Oh, perdoni! —es va disculpar i va enrojolar-se perquè no s'havia adonat que havia parlat en veu alta—. Soc la Sophie Simmons. Vaig rebre una carta citant-me avui als estudis.

La dona que l'havia rebuda tenia una expressió severa i una veu molt aguda. Li va allargar la mà i es va presentar:

—Dorothy Marshall. Soc la supervisora de Pintura.

Tot parlant, la senyora Marshall va començar a caminar pel passadís i la Sophie la va haver de seguir estalonant-la, mentre procurava no perdre's ni una paraula del que deia.

—Com pot veure, al departament hi treballem gairebé un centenar de dones. Ara ningú pot dir allò d'«aquell grapat de noies» per referir-se a nosaltres. Oi que m'entén?

—I tant!

—Aquí ja no tan sols tracem línies i acolorim, cregui'm, senyoreta Simmons. Aquí estem arribant a un nou nivell d'art. La nostra feina requereix un domini de les tecnologies mai vist al món de l'animació —va explicar amb un deix d'orgull.

—Puc fer-li una pregunta?

La supervisora es va girar cap a la Sophie com si acabés d'adonar-se que la tenia enganxada al darrere.

—Faci!

—Com és que només hi treballen dones, en aquest departament?

La Dorothy Marshall se la va quedar mirant amb una cella més alçada que l'altra. Els llavis se li van afinar fins a gairebé desaparèixer.

—És obvi, senyoreta. Aquesta feina requereix una paciència que no és pròpia del gènere masculí. Oi que m'entén?

La Sophie estava a punt de respondre que no, però es va mossegar la llengua.

La supervisora Marshall la va conduir fins a una de les taules de pintura i la va convidar a seure. Ella va mirar al voltant. Les taules estaven disposades en fileres i en cada una hi treballaven dues noies. Totes duien bata i guants.

Va seure i la companya de taula va alçar una mica els ulls i li va somriure. La Sophie li va tornar un somriure tímid mentre l'observava pintant. El record de la Carol li va venir a la memòria. Li va semblar que havien passat mil anys d'allò.

La taula era com un petit laboratori de pintura personal amb tots els materials i els estris necessaris per desenvolupar la feina que la pintora tingués assignada. La Sophie va comprovar d'un cop d'ull que no hi faltaven els pots de pintura blanca i negra, i que els altres pots de colors estaven separats segons els colors principals, i ordenats en tonalitats que anaven de les més clares a les més fosques. També hi havia pinzells de diferents mides i gruix, amb un de destinat exclusivament a la pintura negra, i comptagotes i ampolles d'aigua per diluir la pintura i els agitadors per mantenir-la ben barrejada, així com les tovalloletes i els draps suaus per netejar les empremtes digitals dels *cels*.

—Aquí té un full de model de color per pintar aquest *cel*. Posi's els guants. Ja pot començar a pintar.

La Sophie va obeir en silenci. Es va adonar de seguida que aquell *cel* que li havien donat no era bo per a la producció. Era un *cel* de pràctiques. Això, afegit al fet que la supervisora no es movia del seu costat, la va fer arribar a la conclusió que el que havia de fer era una prova. Es va empassar una glopada d'aire i es va posar a fer feina com si li anés la vida.

Com sempre que s'hi submergia, la Sophie aviat va perdre el món de vista i la percepció de l'espai i del temps es van difuminar davant seu fins a desaparèixer. Per això, va tenir un ensurt quan va sentir que li deien:

—Molt bé, senyoreta Simmons. Ja ho pot deixar.

Va alçar el cap. Qui li parlava no era l'eixuta senyora Marshall, sinó una dona de cabells castanys clars pentinats amb ratlla al mig, de rostre rodó i trets agradables, que duia un vestit blau fosc de línies severes. S'hi havia dirigit amb veu autoritària que de seguida va suavitzar.

—Sento haver-la espantat. Soc la Hazel Sewell.

La Sophie es va aixecar a l'instant i va estrènyer la mà que li allargava. Va recordar el que l'Art li havia dit d'ella: tot en aquell departament passava per les mans d'aquella dona poderosa, que, a més, era la cunyada d'en Walt Disney.

—Veig que el senyor Babbitt no exagerava quan em va parlar de vostè.

La Hazel va somriure i la Sophie, més relaxada, va deixar escapar un sospir.

—Coneix l'ofici.

—Vaig treballar a...

—Ho sé, ho sé. El portafolis que ens ha entregat m'ha sorprès per la qualitat. Es nota la formació que ha seguit al Chouinard, senyoreta Simmons.

—Oh, moltíssimes gràcies.

—Queda contractada. L'horari és de nou del matí a sis de la tarda de dilluns a dissabte, i el sou és de quinze dòlars setmanals. Pot començar demà mateix. La senyora Marshall estarà a la seva disposició per resoldre-li els tràmits administratius. Bona sort, i benvinguda a Walt Disney Studios.

La Hazel Sewell va somriure i la severitat del seu rostre es va dissipar en segons.

La Sophie va veure com s'allunyava pel passadís i els nervis acumulats i l'emoció la van fer esclatar en una riallada nerviosa.

Aquell dia s'havia despertat apagat i gris. El vent feia tremolar les fulles dels arbres i a mig matí va començar a caure un plugim menut i insidiós que va dibuixar camins incerts damunt dels vidres de la sala de Tinta i Pintura. Era desembre i començava a fer olor d'un nou Nadal. Quan la Sophie va arribar, els llums ja estaven encesos, i va sospirar plena de la malenconia que la pluja portava.

Va seure a la taula, va saludar la seva companya,

l'Evelyn, es va posar la bata i es va dirigir al passadís de supervisió per agafar la feina del dia.

Als taulells de les supervisores s'apilaven les grans carpetes que contenien els *cels* entintats per escenes, al costat dels fulls de treball, els models de pintura i, en resum, tota la feina prèvia que s'havia fet als diferents departaments fins a arribar a Pintura, amb registres i sistemes de seguiment detallats que permetien veure el progrés de les diferents escenes. Les supervisores havien marcat cada escena amb anotacions clares de cada personatge i els seus colors. També havien fet correccions exhaustives dels models de color per a qualsevol canvi que requerís noves pintures, i s'havia calculat el temps estimat per pintar cada escena.

Després de tota aquesta feina, les supervisores col·locaven les carpetes en una pila damunt dels taulells, amb les escenes més dificultoses dalt de tot. Fins no feia gaire, quan les noies acabaven la feina que havien estat fent, havien d'acostar-se a la pila i agafar una altra carpeta de les de dalt. Però això havia donat peu a una certa picaresca. Hi havia noies que remenaven les piles i agafaven les escenes més fàcils. Les supervisores se n'havien adonat i hi havien posat remei. Ara donaven les escenes que requerien habilitats especials a les noies que estaven més ben qualificades, com la

Sophie, a qui la supervisora Marshall sempre reservava les més difícils.

La Sophie va tornar a la seva taula amb la carpeta que li havien assignat i va veure que havia d'acolorir una escena on la Blancaneu apareixia amb una escombra a la mà. Tenia els colors especificats al full del model de color. Va repassar els pots de pintura que tenia a la taula i va anotar els que li faltaven per poder començar a treballar. Es va alçar i es va dirigir al laboratori de pintura. Era allà on es creaven els més de mil cinc-cents colors i matisos diferents que s'haurien d'utilitzar en el llargmetratge i on els mescladors aconseguien els tons exactes per a cada color per evitar diferències que els fessin vibrar en pantalla.

Al laboratori hi treballava la Vivian Thompson, una jove simpàtica i molt xerraire que acostumava a ficar el nas pertot. A la Sophie, però, la Vivian li queia bé perquè no tenia malícia i parlava sempre amb tanta gràcia que es feia un tip de riure amb ella.

—Bon dia, Vivian —la va saludar en entrar al laboratori. I li va allargar la llista de colors que necessitaria per pintar l'escena que tenia assignada.

La Vivian encara duia la son enganxada a les pestanyes, però quan va veure la Sophie va semblar com si es despertés de cop.

—Ui!, el teu vestit...

La Sophie, que encara no s'havia cordat la bata, es va mirar el vestit i se'l va retocar passant-hi la mà.

—Què li passa? —va dir esbatanant els ulls, una mica espantada. No sabia què podia esperar de la Vivian.

—Saps?, ahir a la tarda vaig estar treballant en un nou to de blau. Encara no sé quin nom posar-li. No sabria com descriure'l amb paraules. Però... espera!

La Vivian va desaparèixer i va tornar al cap de pocs segons amb un pot de pintura a les mans.

—Veus? És com el teu vestit.

—I tant! Sí que s'hi assembla.

—Assemblar-se? És ben bé el mateix to.

La jove va arrufar les celles.

—Com en diries, tu, d'aquest blau?

La Sophie s'ho va estar rumiant una estona.

—Dona... No ho sé... De fet, aquest vestit era tan vell i tenia el color tan apagat que vaig decidir tenyir-me'l.

Els ulls de la Vivian es van il·luminar de cop:

—I recordes com es deia el tint?

—*Sky blue.*

—Ja ho tenim! Acaba de néixer un nou to de blau: l'*sky blue* —va sentenciar la Vivian enriolada, mentre agafava una targeta i es disposava a anotar-hi el nom.

La Sophie va tornar a la taula amb la satisfacció de saber que acabava de donar nom a un nou color. Va col·locar davant seu i en ordre els potets de pintura que necessitaria. Va girar el *cel* amb el dibuix on la Blancaneu netejava la cabana dels set nans amb l'escombra a la mà, amb l'expressió entre ingènua i riallera, i va començar a aplicar el *golden orange* al cosset de la Blancaneu, pintant sota la línia per no deixar rastres de pinzellades al dibuix i per no tapar detalls com ara pestanyes, dits, etc. Va sentir un calfred en pensar que aquell dibuix formava part d'una escena que cobraria vida a la pantalla i que havia seguit un complex recorregut abans d'arribar a les seves mans per ser pintat.

Tot treballant li va venir al cap el record d'unes paraules que en Babbitt deia sovint: «Animar és com actuar amb un llapis».

Hi estava del tot d'acord. Els animadors eren els veritables artífexs de cada moviment i de cada expressió facial dels personatges. Els encarregats de fer-los respirar, viure i moure's. I arribar a actuar amb un llapis era el somni de la Sophie, la seva fita. No hi havia res que li impedís continuar avançant per aquell camí.

Va somriure mentre observava la seva Blancaneu a mig pintar. Va canviar de pinzell i va agafar un nou pot de color, el retolat com a 1046-2, que es corresponia amb el verd del llacet que subjectava els cabells de la protagonista. Era una tasca encara més delicada que la del cosset. S'hi va submergir concentrada.

Li va semblar que només havien passat uns quants minuts quan va sentir la campaneta que anunciava el te de mig matí.

Dues vegades al dia, a mig matí i a mitja tarda, el Departament de Tinta i Pintura s'aturava, i tant la Hazel Sewell com les supervisores semblava que perdien tot el poder, que passava a mans de la menuda senyora Field.

La Margaret Field era una dona d'edat indefinida que, uniformada de cap a peus, s'encarregava de parar les taules, fer el te i servir-lo a les noies, entre altres feines que tenia encarregades a l'estudi.

No cal dir que, per a les treballadores de Tinta i Pintura, la senyora Field era la visita més esperada del dia. Així que tocava la campaneta deixaven el que fos que estiguessin fent i corrien a prendre's el te.

El fet que el departament fos a la planta baixa de l'edifici principal possibilitava que les noies poguessin sortir a fora amb les tasses a la mà i es prenguessin el te ajagudes a la gespa o passejant mentre aprofitaven per xerrar o simplement per descansar una estoneta. Quan l'hora del te acabava, la senyora Field havia de sortir a fora i recollir les joves, que entre queixes i laments tornaven, mandroses, a la feina.

—Encara plou? —va preguntar l'Evelyn.

—Només espurneja —li va contestar la Lorna, una noia rossa i d'ulls molt blaus.

I la Ruth, que era la que tenia la llengua més esmolada, va afegir:

—Que tens por d'encongir-te? Va, agafem els abrics i les jaquetes i sortim a respirar una mica d'aire pur que no faci olor de pintura.

La Lorna va mirar al seu voltant.

—On és la Grace?

—Al lavabo. Fumant.

—I la Sophie?

—Soc aquí. Vinc!

Amb les tasses de te a les mans, les quatre noies van sortir a fora. Ja no plovia, però havia refrescat i el cel semblava de plom. No van poder seure a la gespa, com altres dies, i van començar a caminar arrambades les unes a les altres per fer-se passar el fred.

—No suporto el te! —va exclamar-se la Ruth, i tancant els ulls que tenia murris en una ganyota de fàstic, va llençar el contingut de la tassa a la gespa—. Vosaltres sabeu per què ens donen te? No ens podrien fer un cafè ben carregat?

L'Evelyn, la companya de taula de la Sophie, era una jove de cara esborrada i llarga. Tenia els ullets petits i el nas arremangat. No destacava ni per bonica, ni per intel·ligent ni pels seus dots artístics. Això sí, tenia un peculiar sentit de l'humor. En sentir la queixa de la Ruth va respondre:

—Si les de Tinta prenguessin cafè, tindrien tremolors a les mans i traçarien les línies tortes.

Les noies es van mirar entre elles sense saber del cert si l'Evelyn parlava seriosament o no. Per fi, va començar a riure i totes s'hi van afegir.

—A mi el te no em molesta. El que em molesta és que només puguem fumar al bany. Els animadors bé que fumen mentre treballen —es va lamentar la Lorna.

L'Evelyn va obrir molt els ulls, esverada, com si allò que acabava de dir la Lorna fos un gran sacrilegi:

—És clar, perquè els animadors treballen amb papers i nosaltres amb cel·luloides de nitrat, que són altament inflamables.

La Ruth va rematar la jugada:

—I per això nosaltres hem de triar entre passar aquesta estona a la fresca o tancar-nos al bany per fumar un cigarret.

—Doncs jo no trobo a faltar el tabac. De fet, no m'agradava gaire, però l'he acabat d'avorrir. No suporto passar l'estona de descans tancada al bany del passadís de Tinta i haver de tornar corrents a la feina fent aquella pudor que tomba d'esquena —va sentenciar l'Evelyn.

—Tu és que ets molt polida... —se'n va riure la Ruth allargant molt la darrera *a*. I va afegir, canviant l'expressió burleta que havia emprat amb l'Evelyn per una altra de molt més seriosa—: Doncs a mi hi ha una cosa que em molesta molt més que haver de beure aquest te fastigós i no poder fumar. La voleu saber, noies?

Va deixar passar uns segons amb els quals en va tenir prou per atreure l'expectació de les seves companyes.

—A mi el que de debò em molesta és tenir la Sewell tot el dia enganxada al clatell.

—Oh, sí! —s'hi va afegir la Lorna amb ganes—. Sense anar més lluny, ahir quan ja recollia, se'm va acostar i em va dir: «Avui no ha fet gaire feina, senyoreta Gibbs. Què ha passat?».

—No ho diu per fer-te sentir malament.

La Sophie s'havia mantingut callada fins a aquell moment, però la menció de la Hazel Sewell l'havia fet saltar. Perquè ella l'admirava. La considerava una dona sincera i intel·ligent. I molt justa. Va afegir:

—Parla clar. A mi em dona seguretat.

—És normal que la defensis —va saltar la Lorna, amb indignació no gens dissimulada—. Tu no tens problemes. Ets la seva preferida. A tu no t'està al damunt.

—Hi ha noies més ràpides que altres...

—Com tu.

—Sí, Ruth, potser com jo. Però no he vist mai que tracti millor unes que altres. —I es va tornar a dirigir a la Lorna—: Estic convençuda que la senyora Sewell farà tot el que pugui perquè milloris el teu rendiment.

Es va fer un silenci espès, incòmode. Després d'uns segons, va continuar parlant:

—A mi, en canvi, el que em molesta de veritat és fer feina «de dones». Que ens reprimeixin els nostres talents naturals.

—Piques molt alt, tu! —va saltar la Ruth.

—Jo no em sento discriminada per ser dona —va assegurar l'Evelyn.

—I tant que no! —s'hi va afegir la Lorna, encara una mica picada—. Podem donar gràcies d'haver trobat aquesta feina. O t'oblides de com estan les coses al carrer? Jo no puc aspirar a més.

—Però potser la Sophie, sí. És l'única de nosaltres que té estudis d'art. Potser ella se sent atrapada en aquest departament...

La campaneta seguida de la veu de la senyora Field cridant les noies que es ressagaven va acabar la discussió a temps. La Sophie no tenia cap intenció d'incomodar les seves companyes. Encara que no entenia com podien conformar-se a passar-se tota la vida pintant *cels* quan els homes podien aspirar a tenir feines realment creatives i molt més ben pagades. És clar que, pel que semblava, la majoria no es plantejaven un futur professional. De ben segur que per a elles el futur es reduiria a portar la casa i a tenir cura dels fills.

Les noies van fer mitja volta i es van encaminar cap a l'estudi en silenci. La Sophie les va seguir unes passes enrere. L'Evelyn la va esperar i quan va arribar a la seva altura se li va penjar del braç, li va somriure i es va posar a caminar al seu costat.

L'Art Babbitt s'havia quedat sol al departament. Ni tan sols s'havia adonat que darrere dels vidres del despatx els núvols pesants i grisos que havien encatifat el cel d'aquell dia de desembre començaven a ser devorats pel mantell de la nit. Els seus companys havien anat desfilant l'un rere l'altre. Fins i tot en Martin, que mai tenia pressa per plegar, feia estona que havia marxat cap a casa.

En Babbitt era el responsable del personatge de la Reina abans de la seva transformació en bruixa. No era una tasca fàcil. L'animació de les escenes de la Reina davant del mirall era molt complexa. Era lògic que les confiessin a animadors com ell, uns veritables tot terrenys i artistes d'absoluta confiança d'en Walt.

Havia costat arribar a aquella imatge de la Reina Malvada que ara contemplava. Inicialment, des del Departament d'Art havien suggerit dissenys de caràcters per a aquest personatge que anaven des de la caricatura fins al còmic. I encara que aquests dissenys haurien facilitat la feina dels animadors, a la fi en Walt i el seu equip es van decantar per una reina mortal i bella que fes creïble el seu desig de ser «la més bonica de totes». S'havien basat en els trets enigmàtics de la Joan Crawford per donar-li el toc final.

L'Art havia estat treballant tot el dia en l'escena en què la Reina acabava de descobrir que el cor que li havia entregat el caçador no era el de la Blancaneu. Contemplava el dibuix que havia fet de la Reina subjectant la capsa on reposava el cor amb la mà esquerra; la dreta descansava al damunt de la taula. Els ulls de mirada cruel semblaven observar-lo de fit a fit des de la quietud del paper. Tampoc ell no podia apartar els seus del dibuix. Semblava com si hagués caigut en un trànsit hipnòtic; com si s'hagués rendit al misteri del personatge que l'encantava amb la mirada.

Aquella mirada, però... Aquella mirada, pensava l'Art sense deixar de contemplar-la, no reflectia la ira que havia de néixer i créixer al cor de la Reina davant el descobriment que acabava de fer.

L'Art va repetir una vegada més el diàleg de l'escena mirant d'entendre què era el que se li escapava en l'expressió de la Reina enganyada.

—Mirall màgic, qui és ara la més bonica de totes?

—Darrere dels set turons de diamants, més enllà de la setena cascada, al costat dels set nans vigilants, hi viu la flor més delicada. El seu nom és Blancaneu.

La Reina es burlava d'en Babbitt. Li amagava el gest que, esquerp, es resistia a ser descobert, plasmat, atrapat pel llapis i la destresa de l'animador.

—El caçador ha mort la Blancaneu. Aquí en tinc la prova.

—La Blancaneu encara viu. I davant de la seva bellesa esteu perduda. Això que m'ensenyeu és el cor d'un porc senglar.

I aleshores ho va veure clar!

En Babbitt va corregir la mirada de la Reina. Ara ja no mirava de dret cap a l'espectador, desafiadora, sinó que els ulls, subtilment desviats a la dreta, es clavaven a terra, detinguts en un punt indefinit dels seus pensaments malvats, congriant la més terrible de les venjances.

L'Art Babbitt va deixar escapar una sonora riallada, una rialla tan malèvola que hauria fet tremolar la mateixa Reina Malvada, si hagués estat real.

Capítol 8

Línies

Les noies que entraven al Departament de Tinta i Pintura com a pintores podien integrar-se immediatament a la feina, encara que les que tenien poca formació artística estaven obligades a fer classes de tècniques de pintura. Però, contràriament, no passava el mateix amb la secció de Tinta, a la qual només es podia accedir després d'una formació específica.

La majoria de les entintadores començaven pintant i després d'un aprenentatge dur passaven a Tinta. Les tècniques eren complexes per les seves característiques intrínseques i perquè en Walt demanava ombrejats que requerien que algunes noies s'especialitzessin en detalls específics.

Entintar consistia bàsicament a traçar la línia a llapis de l'animador amb tinta negra. Però amb la integració del color i, a mesura que personatges i escenaris es tornaven més sofisticats, la delicada feina de la línia sovint es feia en diversos colors.

La Sophie ja feia gairebé cinc mesos que pintava *cels* al Departament de Tinta i Pintura i s'havia guanyat la confiança tant de la supervisora com de la Hazel Sewell, que la valoraven per com treballava i l'elogiaven en públic sempre que en tenien l'ocasió. La Sophie cometia pocs errors perquè es concentrava molt en la feina i no es distreia, i era per això que tenia una productivitat excel·lent. La supervisora Marshall sempre comentava que es notava la formació artística de la Sophie. Però la Sewell s'adonava que no era tan sols la formació artística el que convertia aquella jove en una pintora excel·lent. Ella sabia veure l'ambició de la Sophie, i intuïa que la duria on volgués arribar.

Però, malgrat els elogis i la confiança que havien dipositat en ella, feia setmanes que la Sophie donava voltes a una idea, i per fi es va decidir a dur-la a la pràctica. Un matí, aprofitant un descans, va trucar a la porta del despatx de la Sewell.

—Puc passar?

—Endavant, Sophie. Passa res?

—Veurà... Hi he estat pensant i...

La Sophie va decidir anar directa al gra.

—M'agradaria que em traslladés a Tinta, senyora Sewell.

La dona va clavar els seus ulls clars en la noia. Va somriure, però ella no se'n va adonar. Es mirava la punta de les sabates.

—Segui, Sophie.

Va seure. No podia negar que estava nerviosa.

—Puc saber per què? Potser no li agrada pintar?

—Veurà, trobo que he de conèixer altres parts del procés d'animació si...

—Si...?

La Sophie es va mossegar el llavi.

—Si vull avançar en aquest món, senyora.

La Hazel Sewell va agafar unes ulleres rodones que tenia damunt de la taula del despatx i que només es posava per llegir. Va començar a netejar-ne els vidres amb un mocador.

—Veurà, senyoreta Simmons. Entintar no vol dir traçar línies sobre els dibuixos a llapis dels animadors. Vol dir redibuixar amb habilitat el que ells han fet perquè no perdin la vida i l'espontaneïtat que els han donat en crear-los.

—És clar.

—Entintar sobre un *cel* és una feina encara menys agraïda que la de pintar. I infinitament més difícil. Sovint les noies reben les queixes dels animadors només pel fet que en entintar s'ha perdut un petit tros de cabell o qualsevol altre detall. Els animadors sempre temen que les nostres noies no sàpiguen plasmar l'expressivitat dels seus personatges. La vida, en diuen ells.

—Bé, penso que la nostra feina consisteix precisament a aconseguir que això no passi.

La Sewell va tornar a deixar les ulleres damunt la taula i se la va quedar mirant als ulls durant uns segons que a la noia se li van fer eterns.

—Una entintadora ha de tenir unes habilitats molt especials. Però estic convençuda que vostè les té —va dir a la fi.

La Sophie es va redreçar a la butaca.

—D'acord. Però abans d'incorporar-se a Tinta haurà de fer unes classes de formació, és clar. Hi anirà després de la feina, tres vespres a la setmana durant tres hores. Quan la professora consideri que està prou preparada, la passarà al Departament de Tinta. La seva formació s'allargarà durant tota la producció de la pel·lícula. Hi està d'acord?

—Sí, senyora.

—Avui quan plegui vagi a veure la supervisora Mary Ann Baker. Ella li dirà què ha de fer.

Les classes de tinta no eren dures. Eren duríssimes. Esgotadores.

—Oblideu-vos de tot el que heu après sobre l'escriptura —els repetia la professora Scott—. Ara no esteu escrivint.

La Lucy Scott era molt exigent i, després d'una llarga jornada laboral, a la Sophie li costava concentrar-se en aquells exercicis cal·ligràfics bàsics. Se sentia com una principiant en veure el resultat dels seus esforços: aquelles línies tortes i els *cels* completament ratllats. Només després de setmanes de traçar cercles i més cercles, i de fer malbé un fotimer de plomes, va començar a adquirir una certa desimboltura en aquelles tècniques tan noves per a ella.

—Les seves mans, senyoretes, són com uns portaplomes. No han d'utilitzar els dits. Facin servir el braç.

La Sophie, sempre curiosa per a tot el que fos una nova expressió artística, aviat va començar a agafar gust a la tècnica de l'entintatge. Va entendre que una línia segura requeria un toc delicat. La senyora Scott els ho ensenyava d'una manera molt pràctica: es passejava sigil·losament entre elles i quan menys ho esperaven els estirava les plomes de la mà.

—Senyoretes, agafen tan fort les plomes que no els les puc prendre. Molt malament. S'han de relaxar. Només les han de sostenir.

Quan la Sophie arribava a casa, esgotada, i s'allitava, tancava els ulls i només veia línies negres i plomes. I braços que suraven a l'aire i que es posaven damunt el paper amb frec d'ales.

Al cap de dos mesos havia après que entintar era molt més que moure una ploma sobre un paper. Dominava prou la tècnica i s'havia guanyat la confiança de la professora. Va ser traslladada al Departament de Tinta.

La vida, però, se li havia complicat bastant i anava cansada, ja que seguia assistint a classes tres vespres a la setmana per practicar exercicis diversos i escenes amb complexitat progressiva. A més, la producció de *La Blancaneu i els set nans* exigia a les noies de Tinta i Pintura fer un munt d'hores extres. Cada vegada més. Sovint sentia que les forces l'abandonaven i es preguntava si pagava la pena tot aquell esforç. Realment sortiria mai del Departament de Tinta i Pintura?, es repetia una vegada i una altra mentre contemplava com els seus somnis perdien els matisos dia a dia. Malgrat tot, lluitava amb totes les forces per defugir aquells moments de desànim. Sempre que s'adonava que estava a punt de perdre's en l'espiral dels seus dubtes, s'obligava a pensar que el que feia formava part del camí. I aquell era el camí correcte. El que la duria a aconseguir el seu somni.

La Sophie s'acostava a pas lleuger cap a casa. Caminava tot contemplant els carrers adormits amb ulls cansats. Els núvols filtraven la resplendor de la lluna, però ella no en copsava la bellesa. Li costava recordar que havia començat el dia plena d'il·lusió. Havia treballat més de vuit hores i havia fet tres hores més de classe de tinta. Havia quedat amb en Jules a casa seva per passar-hi la nit, però una estona abans de plegar, l'havia anat a trobar i havia anul·lat la cita amb una excusa que ella no es va empassar. Tot el dia que havia estat esperant aquella trobada. Però tampoc aquella nit es podrien veure.

Des que treballava als estudis les coses havien empitjorat amb en Jules, que li retreia sovint que haver deixat el Chouinard havia estat un gran error. La Sophie s'enfurismava quan li parlava en aquell to de superioritat que l'empetitia. És clar que era molt pitjor quan callava. Llavors no li retreia res i l'hi retreia tot.

Amb els silencis.

Amb les absències.

Amb les mirades.

En Jules havia estat ascendit a director de seqüències. Treballava al Departament d'en Ham Luske, a qui tothom considerava el responsable, després d'en Disney, de la creació del personatge de Blancaneu. Ara tenia noves responsabilitats als estudis, era un animador veterà i de confiança d'en Disney, i es movia per la vida dins d'una bombolla d'èxit. Al seu costat, la Sophie notava que es diluïa en un gris anonimat.

Cada vegada els quedaven menys coses per compartir. No tenien els mateixos amics i la Sophie li seguia ocultant la relació amb en Babbitt i els nois del seu departament. Per més voltes que hi donava, no podia entendre el ressentiment d'en Jules cap a en Babbitt. Havia arribat a pensar que el que sentia era gelosia, però de seguida descartava aquesta idea. En Jules no tenia cap motiu per sentir-se gelós de l'Art i, a més, la gelosia era una altra cosa, era aquell estat d'humiliació absoluta que sentia quan el veia flirtejar amb altres noies de l'estudi davant seu. Unes noies a qui sempre trobava més boniques, més intel·ligents i més ben situades que ella. Era aleshores quan es repetia les preguntes que no la deixaven viure: què hi feia en Jules amb ella? Què li trobava? L'estimava de debò?

Aquestes idees li ennuvolaven els ulls i la feien sentir poca cosa, perduda en una sensació de soledat que li encongia l'estómac. Era un malestar que no l'abandonava fins a la següent cita. Llavors, quan ell l'abraçava i el sentia nu damunt seu, es fonien les pors i tot tornava a lloc. O això creia la Sophie, que no hauria admès mai que cada vegada estava més atrapada en una relació destructiva.

El cor li martellejava a les costelles quan va entrar a l'apartament. Estava morta d'esgotament. I, aleshores, es va trobar amb aquella escena. La Lissette i en Tyler estaven asseguts al sofà. Ella, embolcallada en una de les seves bates orientals; la seva bellesa, entre ingènua i salvatge alhora. Ell, més escabellat del normal i amb mal aspecte; la mirada vidriosa i distant, amb aquelles marques fosques sota els ulls que amenaçaven de menjar-se-li tota la cara. Quan la van veure entrar, van callar i se la van quedar mirant amb una expressió de sorpresa. Com si fos ella qui sobrés en aquella escena. Com si no fos casa seva i aquell sofà no fos el seu.

—Bona nit —va saludar-la la Lissette, i els seus llavis plens, perfectes, es van estirar en una ganyota que no va aconseguir transformar-se en somriure.

Les mirades de la Sophie i en Tyler es van trobar. El rostre del noi es va ombrejar encara més, i els llavis es van tancar fins a quedar reduïts a una línia molt fina.

La Sophie hauria volgut dir alguna cosa, però les paraules se li van quedar travades a la gola mentre per dintre covava una tirallonga de retrets. Un silenci incòmode es va instal·lar a la sala.

—Ha sobrat una mica de...

—No tinc gana.

—Vols cafè?

La Lissette es va aixecar i va anar a buscar la cafetera, que reposava damunt del fogó. Va omplir una tassa i la va allargar cap a la Sophie, que s'havia assegut en una cadira. La va agafar i va començar a beure, sense ganes.

—Me'n vaig a dormir —va dir en Tyler.

Es va alçar i va anar cap a la cambra arrossegant els peus.

En quedar-se soles, la Sophie es va encarar a la seva amiga procurant agafar-se ben fort a l'últim fil de paciència que li quedava.

—Per què ho fas, això? Que no veus com està? Per què te'l fiques a casa? —va preguntar-li mentre deixava anar una alenada d'aire que no era conscient que aguantava.

—Xxt... No cridis, les parets són de paper. Et sentirà.

—Se me'n fot si em sent. Et passes la vida dient que no cauràs més en aquesta trampa i ell fa el que vol amb tu.

—Està sol. Ha perdut la feina, l'han fet fora de l'apartament.

—Perquè beu, Lissette. I perquè no vol fer res per posar-hi remei i no ho farà si tu li obres sempre la porta com si fos un nen, com...

—Només faig el que en Jules, que és el seu germà, hauria de fer i no fa.

La Sophie es va repenjar a la cadira i es va plegar de braços.

—No el deixaré sol —es va reafirmar la Lissette amb l'esguard perdut finestra enfora.

—No li fas cap favor. En Tyler s'estarà uns dies aquí, amb tu, i després se n'anirà, i tornarà a venir, begut i perdut. Com un gosset apallissat. Com sempre fa. Així no se'n sortirà.

—Ja ho sé.

—Això ja dura massa!

Es va queixar amb amargor. I va seguir una pausa prenyada de tensió. Per fi, unes paraules inesperades van trencar el silenci.

—Buscaré un apartament per a mi sola. No vull viure així.

Una ombra fugaç i confusa va creuar els ulls de la Lissette. Va mirar la seva companya, va parpellejar amb lentitud i, després, va assentir amb el cap:

—Com vulguis.

Als ulls li va brillar una llàgrima.

—No deixis mai de ser la meva amiga.

—No podria fer-ho.

La Sophie va passar aquella nit entre les boires de l'insomni. Els seus ulls recorrien la petita sala que una lluna grisa i mandrosa il·luminava. Cada objecte, cada ratllada del terra gastat, cada taca de la paret agafaven ara una dimensió nova i desconeguda. Es va rendir al son quan la llum de l'alba començava a pintar, amb timidesa, les parets de la sala d'aquell apartament que aviat deixaria de ser la seva llar.

Capítol 9

«Semper Gluteus Maximus»

El sol d'aquell juny radiant es filtrava entre les persianes i il·luminava el rostre de la Sophie, que es va veure obligada a obrir els ulls. El seu despertador diari era aquella escletxa que deixava entrar la llum del nou dia. Les persianes no s'ajustaven bé i no tenia cortines. I, malgrat tot, se sentia còmoda en el seu nou apartament.

Estava situat a Hollywood, en un bloc d'apartaments que duien el pompós nom de Lido. Ara ja no dormia en un sofà, sinó en un llit plegable rebel i antipàtic que tenia el costum d'encallar-se sense avís previ. L'habitatge es reduïa a una sala d'estar amb cuina oberta i bany. Tot minúscul, tot precari. Però la Sophie s'hi trobava a gust, i encara que sovint enyorava la Lissette, li agradava viure sola sense dependre de ningú.

Va ronsejar al llit, que cruixia embogit cada vegada que es girava. Es resistia a despertar-se del tot; les pestanyes mandroses, els ulls somiosos. Els rajos de sol ja llepaven les rajoles del terra quan va decidir llevar-se. Tenia una cita amb els animals del zoo. La idea la va animar. Va córrer cap a la dutxa pregant que l'aigua sortís una mica calenta.

Els animadors que acudien a les classes d'art que en Don Graham impartia als estudis coincidien a dir que havien après moltíssim gràcies al seu mestratge. I és que en Graham havia començat a canviar algunes idees massa rígides sobre els límits de l'animació. Fins a aquell moment, les pel·lícules animades no superaven per gaire les tires còmiques. Ni en Mickey Mouse ho acabava d'aconseguir. Els moviments corporals dels personatges eren ordinaris, com de goma, i els gags es basaven en pallassades buides. Des de la seva incorporació a l'estudi en qualitat de professor, en Don Graham estava fent possible una nova filosofia de l'animació basada, sobretot, en un humor amb personalitat i la sensació d'espais tridimensionals d'acord amb el nou i gran projecte en què estaven immersos.

En Don era un home elegant, jove i prematurament calb. Quan arribava a l'estudi per impartir les classes, se situava a l'escenari, al costat de la model, sempre amb un cigar gruixut entre els dits, i començava a parlar del dibuix en viu aplicat a l'animació. A vegades, feia caminar les models per l'estudi i després les feia marxar. Aleshores demanava als alumnes que les dibuixessin de memòria. Els exigia que no hi hagués ombres. Havien de limitar el treball a la línia pura.

En altres ocasions veien pel·lícules amb actors reals. En Don les disseccionava escena per escena i instava els alumnes a percebre que el pes, la forma i les siluetes canviaven quan els objectes i les persones estaven en moviment. En la foscor de la sala de projecció, en Don Graham assenyalava la pantalla i parlava per sobre del soroll trèmul i constant del projector, amb el fum blavós del cigar emboirant-li la cara:

—L'animació d'un personatge caminant de pressa pot fallar si s'intenta aconseguir la sensació de realisme. Alguns detalls sortirien borrosos i les formes es veurien modificades. Només si els dibuixos són realment d'accions reals, és a dir, que transmeten la idea d'acció, arribaran a crear la il·lusió de realitat.

En Don va ensenyar als alumnes com simplificar els dibuixos, i com ho havien de fer perquè semblessin sòlids. Els va mostrar els punts de tensió, com ara un genoll inclinat, i els obligava a fixar-se en moviments com el d'un camal dels pantalons que llisca cama avall. Insistia sempre en la importància que tenien les arrugues per descriure les formes.

Quan en Walt Disney va començar a gestar dins del seu cap el nou i impactant projecte de *La Blancaneu i els set nans* va reforçar el paper d'en Don Graham a l'estudi. En Disney era un geni i va ser prou previsor per tenir un altre geni al costat. Les classes van passar a fer-se uns quants dies a la setmana i sovint en Disney suggeria a en Don activitats i maneres d'executar aquelles classes per aconseguir resultats més bons i més ràpids. Com aquella visita al zoo que estava a punt d'iniciar-se.

Griffith Park estava molt concorregut aquell matí de diumenge. Potser hi ajudava el bon dia que feia, encara que era possible que hi tingués més a veure la gratuïtat de l'entrada.

Feia molt poc que les velles instal·lacions havien estat reformades. La renovació entrava de ple en el New Deal del president Roosevelt i una de les seves iniciatives més ambicioses, la Works Progress Administration. Es podia dir que gairebé totes les comunitats dels Estats Units tenien, en aquells moments, un nou parc, un nou pont o una nova escola construïda per aquesta agència que emprava milions de persones, aturades i en bona part no qualificades, per dur a terme projectes d'obres públiques.

La Sophie, ben equipada amb les voluminoses carpetes i els estris de dibuix, va arribar a les portes del Zoo i es va barrejar amb les famílies que hi entraven a primera hora del matí. Un cop va haver travessat la porta, es va deixar endur per la nostàlgia que li despertava aquell lloc. El Zoo de Los Angeles no tenia res a veure amb el del Central Park de Nova York, però les olors eren les mateixes. Les dels animals es barrejaven amb la de les rialles infantils, i amb la dels dolços de cotó i la dels cacauets. També podia flairar el perfum de la música i, fins i tot, la dels seus primers dibuixos traçats de manera maldestra en un bloc acabat d'estrenar.

El zoo, tots els zoos, eren universos animals barrejats amb ecos de la vida humana que l'omplien d'una escalfor melangiosa. Absorta davant la vida, aclaparada davant la manca de llibertat, allà sentia fluir dins seu molts temors amagats i s'adonava, amb certa amargor, de l'alterabilitat natural de totes les coses. El zoològic era, per a ella, un enigma sense solució. Un enigma nostàlgic, amarg i, alhora, divertit.

La Sophie es va dirigir a l'espai que ocupaven les gàbies dels simis. Era el seu racó preferit. Va acomodar els seus estris de dibuix a la reixa baixa que separava el públic de la gàbia on saltaven alguns ximpanzés. Li encantaven. En els seus rostres, hi trobava matèria per a la inspiració. Per a ella, era un repte captar la ingenuïtat d'aquelles mirades gairebé humanes i, alhora, es posava a prova mirant de reproduir l'agilitat dels seus moviments ràpids i constants.

Es va concentrar en la feina sense fer gaire cas d'aquella colla de nens que l'envoltaven per mirar com dibuixava. Tampoc es va adonar de la presència d'en Martin Locke fins que li va sentir la veu.

—Te'n surts molt bé amb els animals.

La Sophie va alçar la mirada del dibuix i la va clavar en en Martin. Va somriure, sorpresa.

—Martin! Què hi fas, aquí?

—Una classe de dibuix al natural amb en Graham.

—Quina casualitat. Jo vinc aquí molts diumenges al matí. M'encanta dibuixar animals. A tu també?

—Jo també hi vinc sovint —va respondre en Martin, amb la mirada enganxada al seu full de dibuix.

—Saps? Vaig agafar el costum d'anar a dibuixar al Zoo del Central Park de Nova York. Les primeres vegades m'hi portava el meu pare. Després, de més gran, hi anava tota sola i m'hi passava tot el dia dibuixant. A casa, vull dir a Nova York, és clar, encara hi guardo quaderns plens de dibuixos d'animals.

Els records van anar seguits d'un silenci una mica llarg que tots dos van aprofitar per centrar-se en la feina. De tant en tant, sense gairebé adonar-se'n, la Sophie desenganxava els ulls del dibuix i es quedava mirant en Martin de cua d'ull. Es va fixar que així, tan concentrat com estava, la seva mirada semblava més profunda, serrava la mandíbula i li apareixia una petita arruga entre les celles. També ella intentava, sense gaire èxit, concentrar-se en el dibuix. De fet, des d'aquella festa a casa d'en Babbitt feia gairebé un any, havia coincidit molt poc amb en Martin. L'havia vist algunes vegades a l'estudi i prou. El dia de la festa, ho recordava bé, li havia semblat un noi molt atractiu, i la veritat és que ho era. Va pensar que segur que només amb la meitat de determinació i de desvergonyiment de l'Art, hauria triomfat entre les noies. Però en Babbitt era terrible i aclaparador. Un volcà en erupció i un seductor en tota regla. En canvi, en Martin era un noi molt tímid que s'abstreia sovint de la realitat i defugia el contacte directe amb els altres. Sobretot si «els altres» pertanyien al gènere femení.

Va alçar la vista i va descobrir que l'observava amb una mirada tan intensa que la va acabar de desconcentrar. Ell va semblar que se n'adonava; va pestanyejar i aclarint-se la gola li va preguntar:

—Has acabat?

—Gairebé.

—Ensenya'm què has fet.

La Sophie va girar el dibuix cap a en Martin. Un simpàtic ximpanzé se'l va quedar mirant des del paper, rient amb els dos botons d'or que tenia per ulls.

—Genial!

—Ara tu. Va!

En Martin també va girar el seu full i ella no va poder reprimir un crit de sorpresa. No havia dibuixat un ximpanzé; l'havia dibuixat a ella, a una Sophie asseguda amb les cames plegades enrere, que mirava de cara l'espectador amb els clotets de les galtes somrients i amb aquell floc de cabells ondulats que sempre li queia damunt de l'ull esquerre i que li donava un aire de dolça ingenuïtat. Anava vestida amb una túnica vaporosa que li remarcava les formes femenines. Semblava una petita sirena.

Sorpresa, va esbatanar els ulls. Va notar com una flamarada li tintava les galtes.

—Soc jo!

—No t'agrada?

—I és clar que sí. Només que jo... pensava que dibuixaves un ximpanzé i...

Va callar. Alguns companys s'acostaven parlant animadament amb en Graham.

—El vols?

La Sophie va agafar el dibuix que en Martin li allargava i el va desar a la carpeta amb prestesa, com si més que desar-lo l'amagués. No sabia què pensar. Va decidir arribar a la conclusió que era un dibuix preciós que quedaria de meravella penjat a la paret buida de la sala del seu apartament.

L'Art Babbitt seguia celebrant freqüents reunions a casa seva. Es podia dir que defugia tant com podia la soledat encara que ara ja no vivia sol. En Bill Tytla, un animador també novaiorquès i un dels darrers i brillants fitxatges dels estudis, s'havia instal·lat amb ell a la gran casa de Tuxedo Terrace.

De fet, els dos animadors s'havien conegut a Nova York, quan tots dos treballaven a Terrytoons a finals de la dècada dels anys vint. Però havien coincidit a Walt Disney Studios, que els havia unit de nou, i havia començat a cristal·litzar entre tots dos una prometedora amistat.

En aquestes reunions es menjava, es bevia i, sobretot, es parlava d'animació i d'art en general. No eren grans festes com aquella a la qual havia anat la Sophie temps enrere. En general, només hi anaven uns quants escollits. L'Art utilitzava sovint aquestes trobades per exhibir-se amb la seva darrera conquesta femenina, que acostumava a ser alguna de les models que freqüentaven les classes de dibuix al natural.

La Sophie no era assídua a aquestes reunions perquè la feina i les classes li deixaven poc temps lliure. Però aquell vespre d'estiu se sentia massa sola. Feia dies que en Jules li posava excuses que no es creia. La buidor l'ofegava com una soga i va decidir acceptar la invitació que en Babbitt li havia fet per anar a sopar a casa seva aquella nit.

L'última claror del dia es fonia entre les estrelles del cel nocturn quan va arribar a Tuxedo Terrace. Eren pocs: en Babbitt, en Tytla, en Martin i aquella joveneta que feia de model en viu per al personatge de Blancaneu. Marge, li semblava recordar que es deia. La Vivian, la del laboratori, havia anat escampant arreu que la Marge era l'última conquesta d'en Babbitt. Però ella no s'ho creia. Si només tenia setze anys! I, malgrat tot, la joveneta era allà i es mirava l'Art amb cara de vedellet degollat. Es va sentir una mica incòmoda.

L'Art havia improvisat un sopar amb formatge gorgonzola, un pa boníssim, que va explicar que comprava en un forn sirià, i unes ampolles d'un excel·lent vi negre. La vetllada va ser tranquil·la. Es va parlar de feina i de les darreres xafarderies de l'estudi. Una cosa va portar a l'altra i l'Art Babbitt va començar a explicar els seus inicis a Walt Disney Studios:

—Quan en Disney em va contractar l'any 1932, em va assignar com a ajudant d'un animador. Ja sabeu que és això el que sol passar.

La veu d'en Babbitt era modulada i intensa, i això el convertia en un narrador extraordinari. Havia begut una mica i tenia el nas vermell i els ulls enrogits i lluents.

Va fer una pausa mentre es posava el cigarret als llavis i tancava un ull.

—És a dir, que vaig començar a Walt Disney Studios com a intercalador.

—Com a intercalador? —va interrompre'l en Tytla—. No m'ho puc creure! Eres un tio amb experiència. Molta més experiència que alguns d'aquells animadors de curtmetratges que corrien aleshores per Disney.

L'Art se'l va mirar divertit. Es va apujar les ulleres fins al pont del nas.

—La meva experiència no va impressionar gaire en Burt Gillett, que era el director de *King Neptune*, el curt en què em van posar a treballar com a intercalador. Ja us ho podeu imaginar: una feina d'allò més avorrida. No hi havia encara una línia de treball establerta, no es treballava com ho estem fent ara. El que calia era demostrar que s'era competent i, sobretot, fer-ho de pressa.

Va apagar el cigarret que se li estava consumint als dits i es va servir una mica més de vi.

—Em van assignar una escena molt breu. Una colla de pirates corrien cap al pal d'un galió. Per a gent sense experiència, fer els intercalats d'aquella escena hauria comportat una setmana de feina. Però jo havia fet d'animador principal a Terrytoons durant tres anys. Sabia el que em feia i ho vaig fer en un parell de dies.

Va fer un glop llarg de la copa.

—Quan vaig portar la feina a l'animador en cap, no es podia creure que ho hagués enllestit tan aviat. Em va fer un munt de preguntes estúpides i sense sentit, i em va sotmetre a una mena d'examen sobre l'escena. Jo li vaig dir que no en tenia cap dubte, que l'escena funcionaria. Però, com que ell continuava dubtant, va provar l'escena a la moviola. Se li va quedar cara d'idiota quan va comprovar que funcionava d'allò més bé.

—Qui era aquest geni?

—No hi fa res! Potser el problema és que era massa jove. Feia un parell d'anys que era als estudis i es pensava que ho sabia tot.

En Martin hi va insistir:

—Però el coneixem?

L'Art va fixar la mirada en la Sophie i després la va tornar a apartar, una mica incòmode. Per fi va respondre:

—Era en Jules Beck.

La Sophie va sentir totes les mirades clavades en ella. O potser només s'ho va imaginar. Va obrir la boca per parlar, però les paraules es van morir abans d'arribar-li als llavis. No va saber ben bé quina cara fer, i va acabar esbossant una ganyota una mica grotesca. Els altres, després d'un breu silenci, van canviar de tema.

«Així que era això», va dir la Sophie a en Babbitt només amb la mirada.

L'Art Babbitt va fer un gest d'assentiment amb el cap.

Al cap d'uns dies, els estudis van viure una gran inauguració. En Walt Disney havia comprat un nou edifici a l'altre costat de l'avinguda amb espais destinats a les classes de dibuix. Les classes d'art s'havien fet un lloc a Walt Disney Studios.

Va ser un dia feliç. Divertit. Un somrient i atractiu Graham va posar a la porta de les noves instal·lacions davant les càmeres dels seus alumnes com una veritable estrella de Hollywood. Amb un dit assenyalava l'ostentós cartell que reflectia la típica agudesa dels animadors:

Don Graham Memorial Institute

I a sota, amb lletres més petites, la màxima:

Semper Gluteus Maximus

L'Art Babbitt va immortalitzar aquell moment amb la càmera de setze mil·límetres. No se'n separava mai.

CAPÍTOL 10

La bonica Marge

—No et separes mai d'aquesta càmera, Art? —va preguntar la Marge.

L'Art no va respondre. No podia. Estava ocupat seguint les evolucions de la jove damunt la sorra, aquella mena de dansa sensual que la duia fins a la vora de l'aigua, on es barallava amb les ones enjogassades que volien llepar-li els peus, mentre la brisa bransolejava amb força el mocador que sostenia amb les mans, com una vela, i li despentinava els cabells tan espectacularment rossos.

Mentre la Marge reia feliç, amb la inconsciència típica de la seva joventut aclaparadora, l'ull de l'objectiu tafaner de la càmera de l'Art n'atrapava la bellesa: els cabells rossos, suaus i tebis; el cos com un jonc enfundat en el vestit de bany blau, d'on espurnejaven les gotetes d'aigua com cristalls i feien que els ulls li brillessin tan blaus com el mar.

La Marge Belcher era la Blancaneu. La Blancaneu de carn i ossos que els estudis havien contractat com a model de referència per gravar i estudiar els moviments de la protagonista de la pel·lícula. Era filla del professor de dansa Ernest Belcher i només tenia quinze anys quan va trepitjar els Disney Studios per primera vegada. Llavors li havien donat un vestit de Blancaneu i l'havien fet actuar davant del pou dels desitjos que havien construït per recrear una de les primeres escenes de la pel·lícula mentre els animadors la gravaven i prenien nota de tots els seus moviments.

Qui més interès tenia a immortalitzar la Marge amb la càmera era, sens dubte, l'Art Babbitt.

Als estudis, la Marge es movia amb naturalitat entre artistes seriosos, bevedors compulsius, músics, intel·lectuals i somiadors. Tots estimaven la seva Blancaneu i la protegien.

Qui més l'estimava i la protegia, però, era l'Art Babbitt.

I ella es deixava gravar, estimar i protegir per aquell artista que la tenia encantada amb la seva personalitat tan hipnòtica com la mirada de la seva càmera.

L'Art va anar a seure a la sorra, al costat de la Sophie. Els ulls li brillaven sota el barret de palla. Feia una tarda estiuenca massa radiant per malgastar-la tancant-se a casa i en Babbitt l'havia convençut d'anar a la platja amb un petit grup d'amics entre els quals hi havia la jove Marge. Amb alguna reticència, la noia es va sumar a l'alegre caravana. Van travessar Los Angeles, van aparcar els cotxes i van caminar per l'escullera que s'estenia de la platja de Santa Monica a la de Venice fins que van trobar un racó tranquil i hi van muntar el petit campament.

Només feia dues setmanes que la Sophie havia deixat en Jules.

—Estàs bé? —li va preguntar l'Art mentre s'eixugava els esquitxos dels vidres de les ulleres amb un mocador.

—A la glòria.

—Vinga, ja saps de què et parlo.

La Sophie es va incorporar una mica i es va girar cap a l'Art, que en aquell moment encenia dos cigarrets. N'hi va oferir un. Ella el va agafar i va exhalar una llarga espiral de fum en què li va semblar veure tot de guspires de records que se li escapaven cel enllà. Aquell devessall d'emocions li va fer canviar l'expressió i la veu se li va tornar tremolosa quan va contestar.

—No tinc ganes de parlar d'aquest tema.

—Doncs parlar va bé en aquests casos.

Va mirar l'Art arronsant les celles i es va topar amb el seu somriure gairebé ocult entre les boires del cigarret. Quan somreia així, el seu poder de persuasió era tan gran que et podia convèncer de qualsevol cosa. Però ni el somriure d'en Babbitt era capaç de convertir en paraules el que la Sophie sentia. No podia explicar-li la seva història amb en Jules i tot el que havia viscut i patit amb ell perquè només li pertanyia a ella. Tampoc li podia fer entendre com i per què havia acabat aquella relació; fet i fet, no hi havia hagut cap explicació, ni una disculpa. Per no haver-hi, no hi havia hagut ni una trista baralla. No podia afirmar que l'hagués deixat per la maleïda gelosia que havia sentit des del principi, ni per l'eterna por de ser enganyada amb què convivia des que l'havia conegut. Només era que havien esgotat el temps del seu amor. El de la seva felicitat i, també, el de la seva infelicitat. I, això, l'Art no ho podia entendre. Per això va canviar de tema:

—Ja t'adones, oi, que la Marge només té setze anys?

—Amb què em surts, ara? Cal tenir una edat determinada per gaudir d'una tarda de platja?

A la Sophie li encantava l'agudesa mental de l'Art. Però no l'enganyava.

—Va, Art. He vist com la mires. I no la mires de la mateixa manera que a les altres.

L'Art, estranyament, va callar.

—Em fas patir —va insistir la Sophie.

I el silenci encaparrat d'en Babbitt li va confirmar que no anava errada.

—Et puc fer una pregunta?

—I és clar —li va respondre ell.

—Per què no has flirtejat amb mi? Crec que ho has fet amb totes les noies de l'estudi, amb totes les models, fins i tot amb les menors d'edat, i en canvi, amb mi... Tan lletja em trobes?

La Sophie ho havia dit d'una tirada, amb una rialla als llavis que mostrava clarament que no parlava de debò. El rostre de l'Art, en canvi, s'havia enfosquit. Semblava com si s'haguessin intercanviat els papers.

—No sé per qui m'has pres, Sophie, però t'asseguro que mai se m'acudiria seduir la meva millor amiga.

La Marge va arribar aleshores fins on eren; riallera i enjogassada, va agafar l'Art de les mans i el va obligar a aixecar-se.

—Vine, els nois estan preparant els entrepans i la beguda. Em moro de gana.

L'Art i la Marge es van allunyar corrent per la sorra. La Sophie es va agafar el barret amb una mà perquè no se l'endugués l'oreig. Amb l'altra, es va apartar un rull de cabells solts i se'l va col·locar darrere de l'orella. Es va quedar asseguda a la sorra una estona més. Les paraules de l'Art li feien pessigolles al cor. En aquells moments, li van semblar les més boniques que ningú li havia dit mai.

Unes llàgrimes silencioses li van tremolar als ulls.

La Sophie i la Lissette no es veien des de feia més d'un mes. Per això, quan la Sophie va obrir la porta de l'apartament i va veure la seva amiga dreta al trespol, es va abalançar damunt seu i la va abraçar d'una manera gairebé ferotge, que va malmetre el bonic pom de flors que duia a les mans.

—M'has aixafat les flors! —va baladrejar la noia amb la seva veu cridanera.

—Què dius? Si estan perfectes.

Totes dues es van quedar mirant el pom escapçat i van esclafir en una rialla sorollosa.

La Sophie, que duta per la necessitat s'estava convertint en una cuinera més que acceptable, havia preparat un dinar especial per fer honor a la seva amiga. El primer plat, una crema de gambes força passable, se'l van menjar mentre comentaven el nou aspecte de la Lissette.

—Estàs espectacular, noia!

—T'agrada? —va fer, passant-ne una mà per

les ondes perfectes de la nova permanent i mirant la Sophie amb els seus ulls de gata.

S'havia tallat molt els cabells i se'ls havia tenyit d'un impactant ros platí. Anava maquillada amb els colors que la moda imposava: pólvores naturals de color marfil, matisades amb delicadesa amb un *blush tea rose* que contrastava amb l'esclatant *red chinese* dels llavis.

—M'encanta. Però i això? D'on has tret aquest model? Dels aparadors de la *boutique* de l'Ambassador? —va preguntar assenyalant amb un lleu cop de cap el conjunt que lluïa la seva amiga, mentre s'alçava per canviar els plats.

—Que no vas mai al cinema, tu? Això, com tu dius, és l'última moda a Hollywood —va respondre la Lissette, que lluïa un jersei ratllat blanc i vermell de màniga curta i coll amb bufanda, i una faldilla vermella acabada amb una mica de vol.

—Una mica atrevit per al meu gust. Però tu pots posar-te qualsevol cosa. Tot t'està bé.

La Sophie va servir el pollastre rostit a la manera tradicional. Menjava amb gana sense deixar de xerrotejar. Però la Lissette encara no havia tocat el plat. Escoltava la seva amiga tot mirant-la amb una intensitat inusitada.

—Què et passa? Que no tens gana?

La Lissette va continuar callada. Va somriure amb els ulls plens d'espurnes. A l'ambient surava l'aroma de secrets a punt de ser desvetllats. La Sophie es va quedar amb la forquilla a mig camí de la boca, tota ella encuriosida.

—Què m'amagues?

El secret va començar a esberlar-se a bocinets.

—He trobat feina.

—Què vols dir?

—El meu somni, Sophie! Feina a la Paramount!

—Però... però això és...

—M'han agafat a l'equip del sastre en cap, en Howard Greer. No és meravellós? Treballaré a les ordres de l'Edith Head, una dissenyadora de vestuari que és... genial! La millor!

—Però quant fa, d'això? Com és que no me n'havies dit res? No t'ho penso perdonar...

—Tot és molt recent. Em feia tanta il·lusió venir a explicar-t'ho! Farem el vestuari d'un musical que interpretarà la Frances Farmer.

La Sophie es va tapar la boca amb les mans. Els ulls li brillaven tan il·lusionats com els de la Lissette.

—És meravellós! Estic tan contenta!

—La pel·lícula es dirà *Rhythm on the Range*. Jo només formaré part de l'equip de modistes, però penso aprendre tant com pugui al costat d'aquests grans professionals. I, si ho faig bé, potser em donaran més feina.

—N'estic segura —va dir la Sophie agafant-li

una mà per damunt de la taula i prement-l'hi amb afecte.

Van haver de reescalfar el pollastre, ja que s'havia refredat als plats. Després van seure amb dues tasses de cafè al sofà. Havia arribat l'hora de les confidències. Les que estaven més amagades. Les que es resistien a sortir perquè feien mal al cor:

—Crec que vas fer bé deixant en Jules. Si vols que et digui la veritat, fas més bona cara ara que quan estaves amb ell.

—No estic segura que fos jo qui el va deixar. De fet, ell m'hi va empènyer amb les seves absències, els seus silencis i les seves infidelitats. Darrerament ja no se n'amagava gens. Les noies de l'estudi li anaven al darrere bavejant i ell es deixava estimar. —Es va mossegar el llavi i va deixar escapar un sospir llarg i profund—. Crec que li vaig fer un favor.

La Lissette anava a obrir la boca, però la Sophie va ser més ràpida i es va avançar al devessall de preguntes que la noia semblava que estava a punt de disparar.

—I com està, en Tyler?

—Tenies raó. Cada vegada està pitjor. He de prendre una decisió perquè la situació és insostenible. No puc viure així.

L'alegria s'havia evaporat dels ulls de la Lissette. També dels de la Sophie.

—Trobaràs la manera d'arreglar-ho. Ja ho veuràs. No ens posem tristes.

—No. Tens raó. Tot s'arreglarà. Tu ets a Disney i jo a la Paramount. Totes dues hem enfilat el camí dels nostres somnis. Res no pot sortir malament.

La Sophie va sospirar. Li hauria agradat creure en aquelles paraules que, sovint, també ella es repetia. Però a vegades se li feia tan difícil...

Els set nans s'havien convertit en la gran preocupació d'en Disney i, de retruc, dels animadors que havien assumit la tasca de coordinar-ne l'aparença i la personalitat: en Bill Tytla i en Martin Locke. Tots dos es complementaven a la perfecció, perquè mentre en Martin creava dissenys cada vegada més interessants dels personatges, en Bill Tytla els donava una gran qualitat emocional.

El fet era que, a punt d'acabar l'hivern del 1935, i amb altres escenes més avançades, els nans eren encara una gran font de dubtes i de discussions. Ni tan sols tenien nom. El Departament d'Art havia treballat en desenes de dissenys per donar-los vida, però encara no s'havia arribat a un consens. Les aparences dels personatges es polien de mica en mica, i els animadors en cap treballaven meticulosament per definir-ne les característiques facials, ja que, com que anaven escanyats de temps, hi havia un munt d'animadors dibuixant els mateixos personatges, i calia ser molt rigorós per mantenir-ne la unitat, sobretot en els detalls, com ara pestanyes, ulls i ombres.

Malgrat tots els dubtes, hi havia acord en una cosa: els set nans havien de ser una part essencial de la pel·lícula, i havien de formar un equip perfecte amb la Blancaneu.

En aquells moments, mentre en Ham Luske, l'animador principal del personatge de la Blancaneu, experimentava amb les escenes d'animació en què la protagonista arribava a la cabana del bosc, en Martin i en Bill estaven del tot immersos en l'escena de l'habitació dels nans, quan descobrien astorats que la Blancaneu havia entrat a casa seva. Tenien el convenciment que era l'escena clau per marcar la personalitat de cada nan, i el punt de partida per establir la feina dels altres animadors.

Quedaven només uns dies per submergir-se al desembre i, acompanyats de membres del seu equip, visionaven l'esbós d'animació de l'escena de l'habitació de la cabana. Havien demanat a en Babbitt que els acompanyés a la sala de projecció de l'estudi que tothom coneixia com «la sauna», i no només per la calor que hi acostumava a fer, sinó perquè era el lloc on els animadors solien «suar» cada escena.

—És importantíssim que treballem a fons la personalitat dels set nans en aquesta escena. Estem d'acord que la seva aparença és similar. L'alçada, també. Però sabeu què hem d'aconseguir, oi?

—Que l'espectador els distingeixi a la primera llambregada, des del primer fotograma.

En Martin i en Bill van callar, i l'Art va agafar el relleu. La seva preocupació per la psicologia dels personatges animats, que ja havia quedat demostrada de llarg en curts anteriors, sobretot quan va treballar la personalitat d'en Duffy, va aflorar en forma de sentència:

—Sabeu? El públic s'ha de preocupar per ells, s'ha d'emocionar amb ells. I això només s'aconsegueix si els accepten com a individus.

—És exactament això —va afirmar en Martin, tornant a passar l'esbós animat. I va afegir—: Aquí els tenim. Acaben de descobrir la Blancaneu estirada al seu llit. És una intrusa i cadascun d'ells reacciona davant aquesta intromissió d'una manera diferent.

En Bill va aturar la projecció i va assenyalar un dels nans:

—Aquest és el més desagradable de tots. Sempre està de mal humor. És un rabiüt. Crec que queda clar, no ho trobeu?

—Sí, però l'efecte encara es pot intensificar. Mireu-me la cara.

Tots els ulls es van clavar en l'Art, que va començar a gesticular i a estrafer el rostre com si estigués molt enfadat.

—Heu vist? Cal exagerar-ne les arrugues facials. Els ulls han d'estar gairebé tancats. Així insistim encara més en aquest mal caràcter. Hauria de provocar rebuig.

En Martin va assentir amb el cap mentre tornava a engegar la moviola. La va parar al cap d'uns segons i va assenyalar un altre nan:

—Aquest altre, en canvi, en veure la Blancaneu, sent vergonya.

—Per què? —va preguntar en Babbitt.

—Home, perquè és molt tímid.

—Però la seva expressió és molt similar a la d'aquest altre —va observar l'Art Babbitt assenyalant un tercer nan.

—No, aquest està content. Sempre està content.

En Babbitt va projectar diverses vegades els fragments en què sortien els dos nans. Mentre ho feia negava amb el cap.

Tampoc en Martin treia els ulls d'aquells esbossos. Semblava que s'hagués oblidat de respirar. Per fi va exclamar:

—Teniu raó. El nan tímid i el nan feliç s'assemblen massa. La timidesa és difícil de plasmar en un dibuix. Crec que encara no hem aconseguit modelar aquest personatge.

Es va fer un silenci expectant que l'Art va trencar al cap d'uns segons:

—Jo diria que, a causa de la timidesa, no sap com reaccionar quan troba la Blancaneu dormint als seus llits. Però això no queda clar al dibuix. S'haurien d'accentuar alguns trets.

—Quins?

—Estic pensant en les criatures petites. Quan es mostren tímides amb algú tendeixen a ajupir el cap. Eviten el contacte visual, o no miren o miren de reüll, i no saben què fer amb les mans. Potser per això les posen darrere de l'esquena. I quan algú s'hi dirigeix, somriuen sense obrir gaire la boca, per sota el nas...

En Martin havia agafat un full i intentava plasmar en el paper les paraules d'en Babbitt.

—No sé si m'explico. Ja sabeu, quan dibuixem cal rumiar molt tots els detalls. Jo intentaria que el nan tímid fos com un nen a qui acaben de venir ganes d'anar a amagar-se darrere les faldilles de la mare.

L'Art va reüllar els seus companys, que s'havien quedat en silenci i semblava que reflexionaven. Es va alçar i es va estirar amb mandra:

—Què, anem a dinar?

En Babbitt i en Tytla van abandonar la sala de seguida. En Martin va ser l'últim a sortir. Caminava a poc a poc, sense deixar de pensar en el que l'Art havia apuntat:

—Ulls baixos, cos ajupit, mans darrere de l'esquena, somriure per sota el nas... Vaja, com ara jo.

La Sophie havia estalviat fins a l'últim centau del sou per poder anar a passar el Nadal a Nova York, amb la família. Feia més de tres anys que no els veia i que només en tenia notícies a través de la correspondència freqüent que intercanviava amb el seu pare. De tant en tant, la Vera afegia unes línies a aquelles cartes en què pare i filla intentaven mantenir l'enyor a ratlla. Mai no estalviava en consells. L'Elionor no ho feia mai.

La tornada a casa tenia la Sophie en un estat a mig camí entre la impaciència i el temor. Tampoc la perspectiva del llarg viatge amb tren l'animava gaire. Li hauria agradat poder tancar els ulls i obrir-los a la sala de casa seva, asseguda al sofà que reposava d'esquena a la galeria, amb el te i els pastissets de Nadal omplint les tauletes auxiliars i l'arbre ple de llum i envoltat de paquets misteriosos que l'Elionor i ella es barallarien per obrir.

Sabia que aquella imatge pertanyia al passat i que la realitat amb què s'havia d'enfrontar al seu retorn a casa seria una altra. Una de menys acolorida i lluminosa. Però, fos com fos, Nova York era el seu pare. La mare i l'Elionor. I ella es delia per veure'ls i abraçar-los. Va decidir abaixar la tapa dels records que l'enfonsaven en aquell estat de nostàlgia i preparar la tornada a casa.

I aleshores va aparèixer l'Art i li va fer una proposta sorprenent:

—Penses tornar a Nova York aquest Nadal?

—Sí! —va respondre la Sophie, radiant.

—En Martin i jo també anem a casa a passar el Nadal. Hi anem amb el meu cotxe. Tenim lloc per a un altre acompanyant.

A la Sophie se li van il·luminar els ulls.

—Si acceptes, em donaràs una alegria. És un viatge llarg i segur que serà menys pesat si hi anem tots tres. Ja saps que en Martin no és un gran conversador. Si vens tu, fins i tot ens ho passarem bé.

Per més que la Sophie hi va insistir, l'Art no va voler sentir a parlar de compartir les despeses de benzina. Allò li va permetre comprar algun obsequi per portar a casa. La Lissette li havia arreglat un abric que ja no usava i li havia fet uns pantalons adequats al fred que l'esperava a Nova York. El dia de la partida, es va presentar a casa de l'Art mudada i empolainada com si anés a una festa.

—Estàs preciosa! —li va dir amb aquell encant natural que feia que una noia no dubtés mai de les seves paraules.

En Martin no li va dir res. Però els seus ulls silenciosos la van perseguir molta estona.

Van viatjar amb el Buick 40 Sedan acabat d'estrenar de l'Art Babbitt, un gran cotxe de vuitanta cavalls, de color verd fosc, amb quatre portes i cinc places, que costava uns mil tres-cents dòlars, la qual cosa evidenciava prou bé el sou que guanyava en aquells moments a Disney.

Era un viatge de quatre mil quilòmetres per l'autopista 66. Feien uns cinc-cents quilòmetres al dia i de nit paraven al primer motel que trobaven i demanaven dues habitacions. L'Art i en Martin no deixaven mai que la Sophie pagués la seva part perquè deien que el seu sou a l'estudi era de broma comparat amb els seus.

S'aixecaven a les sis del matí, esmorzaven i es posaven en marxa. Els dos homes s'alternaven al volant, mentre que la Sophie, amb el nas enganxat al vidre, veia passar grans ciutats, pobles petits i erms.

Van travessar el desert i, també, alguna tempesta. Van viatjar per trams sense asfaltar i es van enfrontar als revolts de les Black Mountains, els més perillosos d'Amèrica. I, per fi, un capvespre, els tres viatgers van poder veure com el sol s'abocava per darrere del pont de Brooklyn i tenyia les aigües de l'Est River d'un roig viu i lluent.

La Sophie es va acomiadar de l'Art i en Martin, que havien insistit a deixar-la davant de casa seva. Abans, però, es van posar d'acord per a la tornada.

Quan el cotxe es va perdre enmig del trànsit dens de la ciutat, la noia es va quedar mirant de fit a fit la casa on havia nascut amb la maleta fortament agafada a la mà. Va intentar recordar-la quan encara era una casa familiar i no un immoble de tres pisos amb evidents signes de decadència.

La va embolcallar l'enyorança.

Capítol 11

Nadal a Nova York

La casa del 74 Street ja no era la casa dels seus records. En aquells tres anys i mig, l'edifici havia cedit a la pobresa i a la manca d'il·lusions, alhora que l'esperança de sortir d'aquell forat tan negre abandonava la família Simmons. La Vera havia deixat de resistir-se a l'evidència, i això l'havia fet caure en un pou molt profund i molt fosc. I a mesura que ella s'abandonava a una resignació opaca, les flors de la galeria s'emmusteïen, les catifes perdien els colors brillants i els mobles, els que encara no havien estat venuts, envellien entre els records de temps millors. En retrobar-se amb la seva mare, la Sophie va comprovar perplexa que la pell se li havia tornat més groga i que la comissura dels ulls se li havia omplert d'un ventall de fines i diminutes arrugues que l'envellien.

D'altra banda, el caràcter de l'Elionor havia empitjorat i la llengua se li havia esmolat. Es passava el dia a l'hospital, i quan tornava, escampava pels tristos racons de la casa el seu mal humor i l'amargor en què vivia capbussada. En Joseph era l'únic que, aparentment, seguia com sempre. Amb menys cabells que com la Sophie el recordava a l'estació el dia que es van acomiadar, però amb l'etern somriure bonhomiós penjat als llavis i amb el coratge que aquell nas, una mica abrupte en l'arrencada, conferia a un rostre més pàl·lid de l'habitual. L'home seguia atenent alguns veïns del barri i anava a fer algunes cures al mateix hospital on treballava l'Elionor. No perdia mai el temps pensant que, si les coses haguessin anat d'una altra manera, ara podria gaudir d'una jubilació tranquil·la i còmoda. Estava agraït perquè, en aquella situació tan difícil, havia conservat part de la seva feina i gràcies als bons amics de tota la vida havia pogut trobar algun recurs per anar tirant.

Ni la Vera ni l'Elionor compartien el seu optimisme.

Pocs dies després de la seva arribada, la Sophie va començar a sentir que la casa li queia al damunt, sobretot quan en Joseph no hi era. Tancada entre aquelles quatre parets, contemplant com les branques nues i grises dels arbres hivernals tremolaven darrere els vidres de la galeria, sentia un fred que li calava als ossos i que no tenia res a veure amb les baixes temperatures. Empesa per la necessitat d'escapar d'aquell ambient enrarit, s'empescava qualsevol excusa per sortir i passar fora tant de temps com podia. Tornar a Nova York volia dir tornar a veure els amics que hi havia deixat. Pocs. I això li va servir d'escapatòria els primers dies. Després va tornar a recuperar alguns costums que havien quedat enrere. Va visitar galeries d'art, com en els temps a la High School, i va assistir a alguns concerts vespertins. També s'escapava a la Gran Estació Central i es perdia, amb el bloc de dibuix a les mans, entre la gent que anava amunt i avall amb presses, amb els ulls clavats al sostre blau amb el zodíac resplendent que ella tenia gravat al cor, mentre el fred d'aquell desembre entrava pels grans finestrals que s'alçaven fins al sostre. Li encantava observar com a banda i banda del taulell d'informació tenien lloc retrobaments emocionants i es quedava embadalida davant els llargs sospirs dels trens plens d'espeternecs i esclafits.

És clar que el millor d'aquell retorn a Nova York va ser recuperar els passejos amb el seu pare.

A la Sophie li va costar tornar a acostumar-se de nou als cels bruts de Nova York, que a l'hivern ho cobrien tot d'un color gris que semblava pintat a cops de brotxa. I, també, a aquell sol blanquinós com la neu que cobria els carrers. Així i tot, alguns dies després de dinar, si el mal temps no ho impedia, amb en Joseph sortien a passejar. Moltes tardes anaven fins a Central Park i seien en un banc des del qual podien veure l'Hotel Plaza al 59 Street.

—T'agradava molt venir aquí, te'n recordes? La vista de l'hotel t'impressionava.

La Sophie assentia amb el cap. Recordava la primera vegada que des d'un d'aquells bancs va intentar dibuixar l'hotel. No se'n va sortir, és clar. Però el seu pare li va dir que el «seu» hotel era molt més bonic que el de veritat.

Ben aviat la jove va descobrir que en Joseph aprofitava aquelles passejades per rememorar el passat, però que evitava parlar del present i li explicava molt poques coses, per no dir res, sobre com havia estat la vida de la família des que se n'havia anat.

Malgrat tot, la realitat no es podia evitar i, sovint, els assaltava pel carrer. A la Sophie no li va costar gaire adonar-se que la depressió econòmica havia deixat un reguitzell de conseqüències darrere seu que es feien més visibles a Nova York que a Los Angeles. I és que a Nova York no podia evitar topar amb els efectes d'aquella terrible crisi a cada pas que feia. Els ulls xocaven constantment amb escenes d'autèntica pobresa. Hi havia gent que venia pomes a la Fifth Avenue, i les portes del metro eren plenes de captaires que hi buscaven refugi del fred i hi dormien a la nit, tapats amb diaris. La ciutat semblava presa per turbes de pidolaires que vagaven perduts sense un gram d'esperança a la mirada. També n'hi havia a Los Angeles, però calia anar a determinats barris, sobretot del centre, per trobar aquests tipus d'escenes que a Nova York curullaven cada racó de la ciutat.

La Sophie es va horroritzar la primera vegada que es va trobar una colònia de rodamons que ocupaven les ribes del riu. Construïen els refugis amb grans caixes de cartó que omplien de diaris. Alguns, els que tenien més sort, les protegien amb fustes i sostres de llauna. Eren extensos barris on vivien famílies senceres, amb fills, amb avis.

En Joseph li va explicar que funcionaven d'una manera comunal. Quan algú treballava, entregava el sou a la comunitat i així feien bossa per comprar menjar en magatzems de majoristes. Es cuinava també per a tothom: una bona sopa a la cuina comuna alimentava cada nit aquelles boques desesperades. Recollien fruita i verdura entre les deixalles dels restaurants. I així sobrevivien.

—No són captaires —havia explicat en Joseph a la seva filla—. Tota aquesta gent era com tu i com jo fa uns anys. Van perdre la feina, la casa. Ho van perdre tot. Però són gent honrada.

La Sophie es va emocionar en comprovar que els ulls del seu pare brillaven de llàgrimes retingudes.

—L'enginy i la fermesa que mostren davant l'adversitat m'esbalaeixen. Jo hi vaig sovint, als campaments. Hi vaig a fer cures, a visitar alguns malalts i a portar-hi medicaments.

Es va mirar la filla.

—Faig el que puc.

Des d'aquell dia, la Sophie l'acompanyava amb assiduïtat en aquelles visites. No tenia diners per repartir, però sí que tenia ganes de ser útil. Va col·laborar amb un grup de voluntaris per recollir arbres de Nadal que havien sobrat o que havien estat refusats. I també demanaven joguines per les cases. Amb gran satisfacció, va poder veure com a cada barraca hi havia un arbre de Nadal i com cada nen tenia un regal al peu de l'arbre.

Els espais que ocupava la família Simmons a la casa s'havien reduït molt. Aquella llar abans tan lluminosa s'havia convertit en un laberint de passadissos ombrívols i freds. Abans, en els bons temps, hi havia estufes a totes les cambres. Però les coses havien canviat: calia estalviar en calefacció i només la llar de foc mantenia la sala de la galeria amb una temperatura càlida i agradable, mentre que les habitacions del segon pis eren autèntiques geleres. Per aquest motiu, els Simmons havien decidit tancar aquestes habitacions i s'havien encabit en les altres dues plantes. La Sophie no va tenir altre remei que dormir en un matalàs a terra a l'habitació que ocupava ara la seva germana, un petit recambró interior que havia estat l'habitació de la planxa. A la nit, així que apagava el llum, sentia un ofec. No hauria pensat mai que arribaria a enyorar el seu apartament de Los Angeles. Però l'enyorava. Sobretot la petita finestra de la sala, que no acabava d'ajustar bé i deixava passar la llum dels fanals de l'altra banda del carrer, que hi entrava tot joguinejant amb les cortines.

En les primeres nits a Nova York, així que s'ajaçava, la Sophie notava la fiblada de les llàgrimes als ulls. El silenci de la casa l'esgarrifava. Els vells rellotges que havien acompanyat les nits de la seva infantesa amb les seves cançons de bressol feia temps que havien emmudit. La cambra era freda i inhòspita, i trobava a faltar la seva habitació al segon pis i totes les coses que hi tenia, els vells companys d'infantesa que ara devien reposar en caixes empolsegades o que havien desaparegut per sempre. Els pensaments i els records, la nostàlgia, se li arremolinaven al cap i li impedien dormir. Es passava hores amb els ulls ben oberts en la foscor.

Quan l'Elionor entrava a la cambra, ella enfonsava el cap al coixí i feia veure que dormia. Només quan la respiració de la germana es relaxava i es tornava tranquil·la i rítmica, esgotada, s'abandonava al son. El nou dia la sorprenia sempre cansada i amb la sensació d'haver tingut somnis terribles que no aconseguia recordar.

Fins a la nit de Nadal.

Havien assistit als oficis nadalencs a Riverside Church i, un cop a casa, havien parat la taula a la sala de la galeria. La Sophie va posar els regals que havia portat de Los Angeles al peu del petit avet. Una mica després, hi van aparèixer tres regals més amb els noms de Vera, Elionor i Sophie. Eren d'en Joseph.

Van sopar un plat de carn corretjosa que la salsa de gerds i el puré de patates amorosien una mica. En Joseph havia portat galetes de Nadal i feia broma sobre les baralles de l'Elionor i la Sophie quan, de menudes, competien per la galeta més bonica, la que tenia els botons més acolorits o el somriure més simpàtic.

Van acabar de sopar i es van retirar tots a dormir.

Les dues germanes van entrar juntes a l'habitació, es van despullar en silenci i, en silenci també, es van allitar. De cop, el llum de la tauleta de nit es va tornar a encendre. L'Elionor s'havia aixecat i seia a la punta del llit; clavava la mirada grisa i altiva en la Sophie amb una intensitat inusitada. Tremolava. Potser de fred. O d'indignació.

—De debò creus que amb aquesta merda de regals ja has pagat la teva part?

La Sophie es va incorporar sense saber què dir, a què treia cap aquella ràbia que brillava als ulls de la seva germana. Els seus li van començar a coure i va haver de fer esforços per reprimir el plor.

—Elionor, jo...

—No, no em vinguis amb romanços, tu, ara. Saps el que han estat aquests anys, per a nosaltres? Aquests anys que tu has ocupat vivint la teva vida a Los Angeles, fent el gandul, gràcies al que el papà t'enviava?

—No ho diguis, això. Jo creia...

—Tu no creies res. Tu paraves la mà i prou. Ah, sí!, és clar. I escrivies cartetes meravelloses perquè poguéssim veure com de bé t'anava la vida. De veritat creies que te'n respondria cap?

La Sophie va intentar passar per alt aquelles paraules que li arribaven fins al moll dels ossos. Desitjava que l'entengués, que s'adonés de com li havien anat les coses realment.

—És veritat que el papà m'ha ajudat, però per

a mi tampoc no ha estat fàcil. La feina que faig no està gens ben pagada. Visc d'una manera ben precària.

—Quina pena, no saps com ho sento —va fer l'Elionor amb despit.

La Sophie va alçar el cap, que havia mantingut baix, i va mirar la seva germana. El rostre fosc, amarg; el cos, carregat d'una fúria tensa. Quan l'Elionor va tornar a parlar, la veu va semblar un plor:

—Va arribar un moment, després d'anar-te'n tu sense dir ni adeu, que vivíem tots tres del meu sou. Em vaig esllomar fent torns extres. El papà va perdre gairebé tots els pacients. Sovint treballava de franc perquè els pocs que li quedaven no podien ni pagar. La mamà va deixar de ser ella i es va convertir en el fantasma que és ara.

Els records eren dolorosos i van ennuvolar-li els ulls. La Sophie es va humitejar els llavis com si busqués les paraules adequades per respondre-li. Però no va dir res, i la seva germana va continuar descabdellant aquella història.

—Vaig aconseguir moure fils a l'hospital, rescatar velles amistats del papà. Certes influències. No hi havia feina per a ningú, però m'avisaven si sortia cap substitució que el papà pogués fer. O si s'havia d'anar a punxar un malalt a casa. El que fos. El papà, malgrat la seva edat, estava disposat a tot. Van començar a entrar uns diners extres. Però tan pocs! Primer no ho vaig entendre. Em desesperava. Fins que ho vaig veure clar. Ell feia dues parts de tot el que guanyava i una te l'enviava a tu. Fins i tot quan aquí no sabíem com pagar les factures, tu tenies la teva part.

El rostre, ara, se li havia convertit en una màscara inexpressiva. Ni tan sols recordava la presència de la Sophie. No parlava amb ella. Parlava amb el seu dolor.

—El papà pensava en tothom: en tu, en els pobres del riu, en els malalts. En tothom menys en la mamà i en mi.

La Sophie va recolzar els punys tancats al matalàs per suportar la tristesa que els retrets de la seva germana li provocaven. Se sentia humiliada i, alhora, culpable de no haver volgut veure la situació real de la família.

Cansada, l'Elionor es va tornar a allitar. La rancúnia és un sentiment que esgota. Es va girar d'esquena. Abans de tornar a tancar el llum, encara va afegir:

—Tu feies la teva vida. Jo no en tenia, de vida. No en tinc.

La Sophie es va esmunyir sota la fredor dels llençols i es va arraulir feta un cuc. El silenci i la penombra omplien la cambra, però no podia dormir. Tampoc l'Elionor. Les dues germanes estaven despertes, cadascuna aclaparada pels seus propis pensaments.

Finalment, la Sophie es va aixecar i va caminar a les palpentes cap al llit de la seva germana. Es va estirar al seu costat i s'hi va abraçar. L'Elionor sanglotava en silenci. En sentir el cos tebi de la Sophie al costat del seu, es va abandonar a l'abraçada. La tensió del seu cos es va relaxar. Va posar una mà damunt de la mà de la Sophie.

—Ho sento, germana. T'estimo —va xiuxiuejar la Sophie.

Es van adormir juntes i abraçades, mentre el silenci que durant tant de temps les havia separat, de mica en mica, s'esberlava.

L'any 1936 iniciava el seu camí. Les vacances de Nadal arribaven a la fi i la Sophie tractava d'avaluar què havia significat per a ella aquell retorn a casa. D'una banda, sentia el cor ple d'una felicitat retrobada; aquella felicitat que era com la que sentia de menuda quan sortia amb el pare pels carrers de Nova York. Però descobrir la profunda infelicitat de la seva mare i de l'Elionor, i el record dels retrets amargs de la seva germana, la sumien en un estat d'intranquil·litat que li feia replantejar-se el futur immediat.

Dos dies abans de marxar va tenir una conversa amb el seu pare.

—M'estic rumiant quedar-me a Nova York, papà. A casa.

En Joseph es va mirar la filla en silenci.

—Buscaria feina aquí.

La noia va intentar fer un somriure despreocupat.

—Sap? Els estudis d'animació més importants són a Nova York, els Fleischer, per exemple.

—Però els Disney no.

—No, els Disney no —va respondre la Sophie, mentre pensava que a Nova York tampoc tindria l'Art Babbitt ni la Lissette; ni en Martin Locke ni els set nans. Ni la Blancaneu ni en Bill Tytla. Ni el seu refotut llit plegable que s'obria i es tancava quan li donava la gana.

—Llavors? Tot haurà estat per a res?

La Sophie es va quedar mirant en Joseph. Sabia que mai el podria enganyar. Va decidir ser sincera.

—Crec que podria ajudar-los millor si em quedés a Nova York. Podria donar un cop de mà a l'Elionor, fer més companyia a la mamà. Ajudar en el tema econòmic.

—Cal analitzar la situació d'una manera més empírica...

—Papà...

En Joseph li va llançar una mirada afilada, una d'aquelles mirades contra les quals se sentia desarmada.

—Has trobat feina a Nova York, Sophie?

—Sap perfectament que no, papà.

—Llavors, si no tens feina a Nova York, no sé de què estem parlant, perquè trobar-ne és ara com ara impossible per a la majoria de la gent. I, en canvi, crec que he entès que en tenies una en un dels grans estudis de Los Angeles i...

—Sí, però...

En Joseph va agafar la mà de la seva filla, que havia clavat la mirada a la finestra de la galeria, perduda en els seus pensaments i en les seves pors.

—El camí del teu somni és real. Hi has treballat de valent. Has estudiat i ets on volies ser.

—Però el meu sou... La feina que faig...

—És un principi. Hi penses renunciar?

La Sophie va negar amb un tímid moviment de cap.

—Si segueixes el teu camí, arribarà el dia en què ens podràs ajudar de debò. Perquè seràs el que sempre has volgut ser. Renunciar al teu somni ara és inútil. Ho trenca tot i no du enlloc.

La Sophie va mirar el seu pare de fit a fit. Tenia els ulls lluents i la preocupació es negava a abandonar-los. Els del seu pare, en canvi, eren plens de confiança i tendresa.

—Ho faré, d'acord. Però, a canvi, vostè m'ha de prometre que no m'enviarà més diners. Ara treballo a jornada completa. Puc sobreviure. I tinc amics que tenen cura de mi.

—És un tracte?

—És un tracte.

Pare i filla van segellar l'acord amb una tendra abraçada.

El Buick es menjava els quilòmetres a tota velocitat. Tornaven abans del que tenien previst i l'Art va proposar passar l'última nit de viatge a Kingman, a uns cinc-cents quilòmetres de Los Angeles i aprofitar per visitar l'endemà el petit poble miner d'Oatman, que era només a uns trenta quilòmetres.

—Pot ser un comiat de vacances divertit abans de tornar a la feina —va dir un Babbitt rialler i engrescat que no semblava haver-se fixat gaire, com sí que havia fet en Martin, en el silenci encaparrat en què viatjava la Sophie, en la seva mirada absent i en els clotets de les galtes, que semblava que havien perdut l'alegria.

Kingman era una ciutat força gran de Mohave County, a Arizona. No els va costar gaire trobar un bon hotel on poder regalar-se un bany reparador i gaudir d'un sopar relaxat. Un hotel més gran i còmode que els motels de carretera on s'havien allotjat les nits anteriors. Van reservar tres habitacions per a dues nits, un altre luxe poc habitual perquè l'Art i en Martin sempre en compartien una. Van sopar i van anar a dormir d'hora per descansar del viatge i estar a punt per gaudir el darrer dia de vacances fent una mica de turisme per Oatman.

La Sophie es va estirar al llit amb un llibre a les mans. Sabia que li costaria agafar el son si no llegia una mica. Durant tot el viatge s'havia sentit nerviosa. Tenia el cap dividit entre Nova York i Los Angeles. Entre el passat i el present. Entre les paraules plenes de fel de l'Elionor i els consells esperançadors del seu pare.

I, aleshores, van trucar a la porta de l'habitació. Uns copets tímids, suaus, seguits. Potser nerviosos.

La Sophie es va alçar i va anar a obrir. Darrere la porta es va trobar amb la mirada d'ambre d'en Martin.

No es van dir res. No calia. Van avançar a sotragades cap al llit, desitjant-se amb una avidesa apassionada que esclatava amb fúria després d'haver viscut amagada i silenciada. S'acariciaven, es mossegaven, es despullaven amb pressa, amb ganes de descobrir la nuesa de l'altre, recorrent els camins de la pell que fins a aquell moment només havien viscut en les seves ments. Sense paraules, sense preguntes. Amb urgència.

En Martin es va rebel·lar com un amant complaent. La seva timidesa mutava en tendresa quan estimava la Sophie. Les mans, fermes i lentes, sabien demorar-se sobre la pell de la noia fins a l'exasperació. Per uns moments, mentre l'amor va durar, ella va pensar que l'olor d'en Martin esborraria totes les anteriors.

Però després, amb la galta encara sufocada recolzada al clot del pit del noi, va tornar al present amb el regust del passat amarguejant-li la boca. Va sentir clarament que el record de les mans d'en Jules encara la torbava, que era massa d'hora per passar definitivament aquella pàgina. I el cor li va pesar en pensar el mal que podia fer a en Martin. Va veure clar que necessitava temps per assimilar les seves emocions, i li va demanar que la deixés sola.

L'endemà, la Sophie es va presentar a esmorzar amb la maleta a punt. Havia pensat tot d'excuses per tornar a Los Angeles sense dilacions. Cap li va semblar prou bona ni prou convincent. A la fi, davant la mirada interrogant de l'Art i els ulls plens d'angoixa i tristesa d'en Martin, només va poder dir:

—Crec que el millor que podem fer és tornar de seguida a Los Angeles.

Ho van fer. Van ser cinc-cents quilòmetres silenciosos i llargs.

Molt llargs.

Del tot tristos.

Capítol 12

«*Background*»

Mentre en Walt Disney i el seu germà Roy feien mans i mànigues per aconseguir finançament per acabar *Blancaneu*, ja que el pressupost inicial que en Walt havia fixat amb certa improvisació havia estat superat amb escreix, els equips d'art i d'animació i tota la resta dels departaments seguien treballant a tota màquina. Centenars d'artistes i de tècnics es deixaven la pell cada dia perquè la bogeria d'en Disney acabés de ser-ho i es convertís en un somni fet realitat.

El volum i la complexitat del projecte del nou llargmetratge empenyia els estudis a un creixement constant. Es va construir un nou edifici per a Tinta i Pintura, i les classes per a les noies d'aquest departament es feien en un edifici a l'altre costat del carrer de les instal·lacions principals d'Hyperion Avenue. També es van construir noves oficines i nous laboratoris.

El personal dels estudis continuava augmentant. En aquells moments durs en què la Depressió fuetejava amb força tots els sectors, era habitual trobar a Los Angeles cartells enganxats en fanals i botigues des dels quals un Mickey Mouse somrient oferia feina als estudis. Era com un miracle que, mentre una part esgarrifosament gran de la població estava a l'atur, els artistes poguessin entrar a treballar i formar-se a Walt Disney Studios. La Gran Depressió havia posat a disposició d'en Walt bona part del talent del país i va ser durant aquest període, i gràcies a *Blancaneu*, que van sorgir els animadors més cèlebres de la casa, els que estaven cridats a fer història.

En Disney no només va donar feina a animadors principiants, sinó que va fer fitxatges importants. Un dels més sonats va ser el del llegendari Grim Natwick, un veritable especialista en la recreació de personatges femenins, molt conegut per haver ideat la famosa Betty Boop als estudis Fleischer de Nova York. En Disney el va reclutar perquè col·laborés amb en Ham Luske. Era tant el volum de feina al departament d'en Luske, a les ordres del qual treballava en Jules Beck, que en Disney li va buscar un col·laborador amb qui sabia que es complementaria a la perfecció, perquè si bé ell excel·lia en les escenes que expressaven la personalitat de la Blancaneu i sabia treballar com ningú el personatge en les distàncies curtes, en Natwick era genial en la mecànica dels moviments del personatge. En Disney, un cop més, va deixar constància del seu bon instint i va saber aprofitar els punts forts de dos animadors fora de sèrie.

Els estudis d'Hyperion s'havien convertit en un campus pròsper i ple de vida. En Walt Disney se'n sentia orgullós i tenia cura personalment de tots els detalls. Tant els interiors com els exteriors eren agradables. Hi havia mobles nous i útils, seients còmodes per als treballadors i, a fora, boniques zones enjardinades.

En Disney s'havia ficat al cap que l'evolució dels estudis havia de ser similar a les de les línies de muntatge de les grans empreses (era un gran admirador de Henry Ford) i, per això, contractava sovint experts en eficiència que controlessin l'evolució del creixement. Potser el que en Walt Disney no veia, en aquells moments, era que aquella eficiència i aquell creixement exponencial tenien un preu que no trigaria a pagar. Els diferents departaments dels estudis quedaven cada vegada més aïllats els uns dels altres en tant que eren àrees diferents de producció: el negoci s'especialitzava i perdia, dia rere dia, aquell esperit familiar i de col·laboració en què tothom estava sempre disposat a fer de tot per tirar endavant un projecte.

Mentrestant, els múltiples intents per aconseguir fundar i posar en marxa un sindicat d'animadors persistien malgrat tots els impediments. Des de principis del 1936, periòdicament es feien reunions clandestines al restaurant mexicà El Coyote de Melrose Avenue. Les presidia l'animador Art Goble, de Looney Tunes, els estudis on la Marion Altwell havia trobat feina després de la desaparició de Graphics Studios.

La Marion assistia a totes les reunions i estava tan implicada com sempre en la lluita per posar fi a les arbitrarietats i les injustícies que amenaçaven de dur els homes i les dones de l'animació a una situació d'indefensió absoluta.

La situació era, sens dubte, difícil. Tots tenien por en aquells moments. Estaven exposats a tot. Però sabien que aquell era el camí que calia seguir.

La Sophie va reprendre el seu dia a dia i les imatges del viatge a Nova York i l'eco de les converses amb el pare i l'Elionor van anar quedant enrere. Sabia què havia de fer i estava disposada a fer-ho: lluitaria des de Los Angeles per arribar on s'havia proposat arribar. Aquell va ser el seu propòsit de començament d'any i el va emprendre amb decisió.

Hi havia un assumpte, però, que no li era gens fàcil d'encarar. Un assumpte alt, de cos fibrós, de cabells castanys clars i ulls que la miraven sense artificis i que havien sabut despertar en ella una tendresa insospitada. Un assumpte que es deia Martin.

Havia tornat a Los Angeles amb el ferm propòsit de parlar-hi. De demanar-li una mica de temps per aclarir-se. D'explicar-li que no tenia la culpa de res, que era ella que no estava emocionalment preparada encara. Però no ho havia fet. Se sentia covarda i sabia que li estava fent mal negant-li una conversa tan necessària.

La Sophie estava abocada a un caos de contradiccions que no sabia traduir en paraules i que, per tant, li era impossible d'explicar a en Martin. Com podia explicar-li aquell garbuix de sentiments que ni ella mateixa entenia? I encara que, per una banda, no el volia perdre com a amic, i potser tampoc com a amant, li semblava que no podia lligar-s'hi perquè, d'alguna manera, encara se sentia unida a en Jules.

La conversa pendent amb en Martin es va anar convertint amb el temps en un d'aquells assumptes sense resoldre que intentem enterrar en un calaix amagat de la nostra ànima. Per això, i encara que li va costar fer-ho, va prendre la decisió d'espaiar les visites a casa d'en Babbitt. Era una fugida, ho sabia, però havia de procurar coincidir menys amb en Martin, a qui ara només veia molt de tant en tant a l'estudi. Va semblar que ell acceptava aquestes regles de joc no escrites que li imposava i la va seguir tractant amb cortesia callada, encara que els seus ulls reflectien volcans interiors i desitjos ocults que la seva timidesa no aconseguia ocultar.

Va ser per aquella època quan la Sophie va conèixer la Ginni.

La Ginni acabava d'aterrar al Departament de Tinta. Era un volcà de cabells vermellosos sempre recollits en una cua alta i cara pigallada i simpàtica, uns ulls petits i riallers que a vegades eren verds i altres semblaven blaus, i una boca de llavis fins que no callava mai. Tenia la rialla fàcil i encomanadissa, i les mans inquietes com papallones. De fet, tant pel físic com per la manera de captenir-se, la Ginni, que devia tenir els mateixos anys que la Sophie, semblava més jove. Potser per això, la Sophie es va quedar tan sorpresa quan la noia li va comentar que feia tan sols uns mesos que s'havia casat.

—De fet, ens hauríem casat abans, però vam esperar a tenir uns estalvis per poder anar a Europa i començar la nostra vida en comú sota el cel de París. Ens encanta viatjar!

La Sophie es va quedar mirant la seva companya amb els ulls molt oberts, on brillava un espurneig de sorpresa i gelosia.

—A París?

—Sí! A París!

La jove va deixar de netejar i d'ordenar els pinzells amb què havia estat treballant tot el matí. Va estirar els braços i el cos mentre una rialla ampla li naixia a la boca. Va tornar a recuperar la postura mentre contemplava embadalida l'anell d'or que li llambrava al dit anular de la mà esquerra.

—Va ser meravellós. Creu-me!

Va recolzar el colze dret a la taula de treball i hi va repenjar la barbeta mentre mirava fixament la Sophie.

—Tu no tens xicot? No surts amb ningú?

—No, ara no.

—Quina llàstima! Jo crec que viure en parella és el millor del món. Quan trobes la persona adequada...

La Sophie la va interrompre amb un «és clar» apressat mentre es fregava les cervicals adolorides de tant abocar-se al dibuix. La conversa començava a lliscar per camins perillosos i encara que la

Ginni era un encant, no se sentia predisposada a les confidències.

—En Claude i jo estem fets l'un per a l'altre. Ho compartim tot. Per exemple, viatjar. Ens volem passar la vida viatjant. Això de París ha estat només l'inici, però volem anar a Mèxic, a Egipte, jo què sé..., a la Xina! Volem pintar el món!

La Sophie va alçar el cap i la va mirar encuriosida:

—Pintar el món?

—Sí. Ens encanta pintar amb aquarel·la. Bé, jo soc una simple aprenent, però ell n'és tot un mestre. Aprofitem qualsevol sortida per pintar. De fet, aquesta és la feina d'en Claude als estudis.

—Què vols dir?

—En Claude treballa al Departament de Background.

—Que interessant!

—Ara l'anava a buscar per dinar junts. Per què no m'acompanyes i te'l presento? Segur que et cau de meravella.

La Sophie li va respondre amb un somriure.

—M'encantarà.

Un cop entrat l'any 1936 i després de dos anys de feina en el llargmetratge, no eren només els diferents departaments d'animació els que treballaven sense treva. Les localitzacions de la història, els paisatges i els escenaris, també eren un dels punts forts de la pel·lícula. Es tractava de recrear l'estil dels llibres de contes tradicionals. La feina dels artistes de Background, equiparable a la dels dissenyadors escènics de les pel·lícules en viu, era essencial per donar a la història el toc popular, com de rondalla, que fos familiar per al públic.

En aquells moments, i des de feia mesos, es treballava en la cabana dels set nans, una de les localitzacions més importants de la pel·lícula. Calia aconseguir un disseny càlid i acollidor per a la casa que millorés la trama i que esdevingués un escenari adequat i convincent en diferents hores del dia. Era tan important l'interior com l'exterior de la petita cabana, perquè, encara que els nans fossin una mica descurats, l'interior de la casa estava ple de detalls i mobles encantadors.

Un dels artistes que treballava amb entusiasme per fer que la cabana dels nans fos un escenari de conte era en Claude Coats.

—És meravellós! —va exclamar la Sophie, tot admirant una de les aquarel·les en què treballava, i que representava un racó de la cuina de la cabana dels nans presidida per una gran taula de fusta, amb un gerro amb flors al damunt i una finestra oberta per on entrava la llum d'un matí radiant que ho pintava tot d'or.

—Gairebé està a punt. Només cal que us imagineu els ocells entrant per la finestra i volant al voltant de la taula. Però això de fer volar els ocells ja no és la meva feina.

En Claude es va aixecar somrient i va allargar una mà cap a la Sophie.

—Claude Coats.

—Sophie Simmons.

—Saps que la teva cara m'és familiar? —va dir en Claude mentre agafava una pipa de damunt la taula de treball i se la posava als llavis sense encendre-la.

La Sophie havia tingut una sensació similar en veure'l. Hauria jurat que no era la primera vegada que coincidia amb aquell jove de rostre atractiu i amable, d'ulls intensament blaus, i nas recte i fi. Però va ser quan ell va agafar la pipa i se la va posar a la boca que se li va encendre una llumeta i, de cop, va recordar de què coneixia en Claude Coats.

—Tu eres alumne del Chouinard!

—És clar! —va fer en Claude somrient—. Tu també! Ara hi caic.

—Vam coincidir alguna vegada, n'estic segura. Recordo la pipa.

—Sí, es podria dir que és un dels seus senyals d'identitat —va assegurar la Ginni, enriolada.

—Segur que ens devíem veure a les classes d'aquarel·la d'en Paul Sample. Eren les meves preferides. De fet, m'hi he especialitzat. Ara soc membre actiu de la Societat Californiana de l'Aquarel·la.

—Que interessant.

—Quan vas acabar els estudis, tu?

—Bé, jo... Vaig haver de deixar l'institut quan vaig entrar a Disney —va dir la Sophie amb la veu entristida perquè encara pensava amb enyorança en el Chouinard.

—Oh!, quina llàstima —va fer en Claude—. Jo vaig acabar l'any passat. Un cop acabats els estudis ens vam casar. Gràcies a en Paul Sample vaig aconseguir una entrevista aquí, als estudis. Em van agafar i després van agafar la Ginni. Es pot dir que hem estat de sort.

En Claude va besar la Ginni a la galta. Ella va rebre el bes amb els ulls lluents i el rostre radiant. La Sophie es va trobar pensant si el que tenia al davant era l'amor de debò. Perquè, què era l'amor de debò? Com se sabia que l'amor era veritable i no un fingiment o una il·lusió passatgera? Què hi havia de diferent en en Claude i la Ginni del que hi havia hagut entre en Jules i ella? Potser el secret radicava en l'alegria amb què es miraven? O en una convicció molt profunda que no es podia veure, però que es notava?

La Ginni la va treure de l'embadaliment:

—Anem a dinar, nois?

Aquella va ser la primera de moltes trobades. La Sophie se sentia a gust amb el matrimoni Coats. I era un sentiment recíproc. La primera vegada que va anar a casa seva a sopar, en Claude li va ensenyar les aquarel·les que havia pintat a París. La Sophie va seure en un tamboret enfront de l'escriptori on s'escampaven les aquarel·les parisenques i les va anar agafant d'una en una. Les va admirar en silenci.

—Són meravelloses! Em transporten a una ciutat que no conec i, de cop, em fa la impressió que m'hi he passejat tota la vida.

Va clavar els ulls en en Claude. Feia molt de temps que no deia una cosa amb tanta sinceritat. Fins i tot es va posar vermella:

—Són plenes de vida!

I va tornar a passejar la mirada extasiada per aquells cels tan nets que semblaven acabats de rentar, pels carrers nocturns il·luminats per una lluna que s'amagava entre els edificis i per les imatges de la ciutat després de la pluja, quan entre els núvols prims trencava una feble claror.

—Sento que el fred i la humitat m'entren ben endins. Em sembla que puc olorar París.

En Claude estava encantat.

—I tu, no en tens, d'aquarel·les?

La Sophie va retornar els treballs d'en Claude a la taula i va somriure amb timidesa.

—Oh, sí, és clar! També vaig assistir a algunes

classes d'en Sample. Però no et pensis que te les ensenyaré. Després d'haver vist això...

La Ginni va riure feliç. Li encantava escoltar la Sophie elogiant l'obra del seu marit, de la qual ella era l'admiradora principal.

—Segur, Sophie, que les teves són molt millors que les meves. Jo no tinc la vostra formació i tot just estic començant. En Claude intenta ensenyar-me'n, però hi ha coses que no ho sé del cert, però jo diria que no es poden aprendre.

Es van quedar tots tres en silenci.

—La veritat és que l'aquarel·la no ha estat mai una de les meves tècniques preferides. Potser perquè no la domino prou —va concloure la Sophie.

—Per a mi representa la manera de fusionarme amb el paisatge; de copsar la bellesa dels llocs.

La Ginni va rematar les paraules del seu marit:

—Com et vaig dir, en Claude i jo volem pintar el món.

—Per què no ens hi acompanyes?

—On? —va preguntar, sorpresa, davant la proposta d'en Claude.

El jove matrimoni es va mirar i es van posar a riure:

—A pintar el món!

La Sophie no es va fer pregar. Sortir a pintar al costat d'en Claude Coats era una oportunitat d'or per aprofundir en una tècnica que ella encara no dominava. I si a la Sophie li sobrava alguna cosa, eren curiositat i ganes d'aprendre.

Per això, va acompanyar els Coats molts diumenges en les seves excursions artístiques. No sempre anaven a pintar al mateix lloc, però la Sophie recordaria sempre els matins de diumenge que havien passat pintant en un bosquet de Westwood, al costat mateix de la universitat i de la urbanització residencial que començava a néixer en aquella zona. Allà, enmig de cases de luxe i xalets, i dels primers blocs d'apartaments, hi sobrevivia una mena de paradís natural que poca gent coneixia. Sovint s'hi havien passat hores pintant en absoluta soledat, interromputs tan sols per alguna guineu, o bé per un os rentador o, fins i tot, per algun cérvol tímid que mig s'amagava entre els roures. Les flors silvestres d'espècies abundants i variades omplien aquell racó de color, i eren una temptació per als pinzells d'aquells pintors entregats.

En Claude pintava sense cavallet, assegut, a vegades de genolls, directament damunt del paper d'aquarel·la i amb les pintures i els pinzells a un costat. Estranyament acostumava a barrejar els colors directament sobre el paper i no a la paleta. La Sophie es va avesar, també, a fer-ho així, i de mica en mica va anar millorant la tècnica mentre aprenia al costat d'en Claude.

Sempre se sentiria molt orgullosa d'una de les

primeres aquarel·les que va pintar del bosquet de Westwood. La va emmarcar i la va penjar a la paret de la sala de l'apartament. Al costat del dibuix que li havia fet en Martin al zoo. Aquell on ella semblava una sirena.

Un diumenge de finals de maig la Sophie s'havia quedat a casa. Necessitava endreçar l'apartament. És clar que això només era una excusa. N'hi havia prou amb cinc minuts per posar ordre a aquell petit espai.

A mig matí, els núvols van començar a enfosquir el cel. A migdia, una intensa pluja rebotava contra els vidres de la finestra de la sala. Es va alegrar d'haver pres la decisió de quedar-se a casa ronsejant. Era el dia perfecte per no fer res. O per fer allò que no podia fer mai: estar únicament per ella. Cuinar un dinar una mica especial i menjar tot llegint un llibre, amb una ampolla de vi que guardava de feia temps alegrant-li l'àpat.

Quan ja havia begut dues copes d'aquell vi negre i amb cos, i havia fumat uns quants cigarrets, va decidir dedicar una mica de temps al seu aspecte. Va anar cap al petit quarto de bany i es va mirar al mirall. Va comprovar amb disgust que els cabells se li veien aspres i apagats. Semblaven un fregall. Li va venir al cap la recepta de la Vera per lluir una cabellera de somni: rentar-los amb ou i aclarir-los amb vinagre. Va somriure amb malenconia en pensar el temps que feia des de la darrera vegada que havia utilitzat aquella fórmula miraculosa. S'hi va posar. Al cap d'una estona, el miracle s'havia produït. Els cabells li brillaven de manera espectacular. La seva mare s'hauria sentit orgullosa d'ella en aquell moment.

Encara es mirava fascinada al mirall quan van trucar a la porta.

L'Art Babbitt gairebé l'havia arrossegada a casa seva. Era un murri i un gat vell. La Sophie s'havia passat tota la setmana refusant la invitació a la festa d'aniversari d'en Bill Tytla. Li havia repetit fins a la sacietat que somiava en un cap de setmana tranquil, sola a casa, sense soroll, sense companyia. L'Art sabia que l'única manera de convèncer la seva amiga de fer el contrari era assaltar el castell i segrestar la princesa.

Quan la va anar a buscar a la inesperada, ella encara s'hi va resistir una mica, però el coneixia prou bé i sabia que no acceptaria un no per resposta.

—És l'aniversari d'en Bill. Creus de debò que et perdonarà si li fas una mala passada com aquesta i no et presentes a la festa?

La Sophie va arribar a la conclusió pràctica

que li valia més acceptar la invitació, acompanyar l'Art a casa seva i escapar-se de la festa així que li fos possible. Era l'única manera de treure-se'l del damunt. De mala gana, va agafar una faldilla de l'armari, que havia conegut temps millors, i la va combinar amb una brusa ajustada a la cintura de color verd poma que li havia confeccionat la Lissette. Com sempre, la seva amiga havia fet una obra d'art. Li encantava com li quedava. Es va posar unes sabates de taló que li realçaven la figura. Va agafar una jaqueta de punt fina per si refrescava i, renunciant a cobrir-se els cabells, que deixaven veure espurnejos vermellosos, va acompanyar l'Art al cotxe, fent cara d'ofesa.

Van travessar la ciutat sota una pluja intensa. En arribar a Tuxedo Terrace la festa ja estava en l'apogeu.

—Què hi fa aquest paio, aquí?

Va preguntar l'Art a en Bill tot assenyalant amb la mirada un home que avançava entre els grups de convidats, obrint-se pas a cops de colze, mentre semblava que buscava algú entre les bafarades de fum i la dringadissa del gel als gots.

En Bill es va fer repetir la pregunta. El soroll dins de la sala era insuportable. La pluja, en aquell moment, queia amb ganes, i totes les portes i finestres estaven tancades. Les rialles, els crits i la música reverberaven a les parets i feien pràcticament impossible mantenir una conversa.

—Ah!, l'he convidat jo. Bé, ara que hi penso, va saber això de la festa i s'hi va convidar ell solet. Et sap greu?

L'Art va fer que no amb el cap mentre observava en Jules Beck amb recel. També la Sophie l'havia vist. En comprovar que se li acostava decidit, va sentir que el temps s'aturava. Desapareixia. Els sons i les veus també va semblar que se silenciaven i quedaven reduïts a un teló de fons amortit.

El cor li va fer un salt. En Jules era al seu costat, molt a prop. Obria la boca i li parlava, però ella no el podia entendre. Va clavar la mirada en els seus ulls, aturats als seus llavis. Va contenir la respiració. Els fils de fum dels cigarrets van començar a dibuixar interrogants a l'aire.

Li va semblar que es marejava.

Sense adonar-se'n, va tancar la mà amb força al voltant del got. No estava preparada per a aquella trobada. Es notava els batecs del cor a la gola.

Sí, es marejava.

Va mirar al voltant per buscar una fugida, però li va semblar que estava envoltada d'una massa compacta de cossos, de rialles, de veus. De crits. El que tenia més a prop era la porta de la terrassa. S'hi va dirigir, la va obrir i va sortir a l'exterior.

Plovia a bots i barrals. Llàgrimes silencioses van començar a caure-li per les galtes.

En Jules havia sortit darrere seu i la mirava sota la cortina d'aigua.

Semblava un fantasma.

—Què et passa? Per què em fas això? No podem parlar com a amics? He vingut a dir-te una cosa. Una cosa important. Només et suplico que m'escoltis, i després, si tant de fàstic et faig, me n'aniré.

La Sophie es va girar cap a en Jules i el va mirar de fit a fit. Va veure aquells ulls foscos, tan durs i irresistibles. Va tornar a abaixar el cap sense poder evitar pensar en la fila que devia fer sota la pluja. Els cabells ja no li brillaven; ara regalimaven aigua. Les dents li espetegaven. En Jules es va treure l'americana i l'hi va posar al damunt. Li va agafar la mà i van córrer cap al cotxe. Van entrar-hi i van seure. No es van mirar. Tots dos van clavar els ulls en el vidre del davant. Van passar uns minuts en silenci. Panteixant i tremolant. La pluja repicava damunt del sostre com si el volgués foradar. Semblava que no deixaria de ploure mai.

Per fi, la Sophie es va decidir a parlar. La llengua se li va embarbussar:

—Perdona'm. No sé què m'ha passat. No m'esperava veure't. Tot... tot em fa massa mal encara.

En Jules es va quedar mirant amb una fixació estranya els regalims d'aigua que queien pel vidre.

—Sophie, cada dia, cada hora d'aquests sis mesos...

—Nou. Nou mesos.

—... d'aquests nou mesos que hem estat separats ha estat un turment per a mi. No saps quantes vegades, estant sol, m'ha semblat sentir l'eco de la teva rialla. No saps com t'he trobat a faltar.

La Sophie es va apartar un ble de cabells xop que li queia damunt la cara. Va mantenir les mans tenses sobre els genolls. Però l'expressió li havia canviat.

—Tu saps que quan em vas deixar...

—Jo no...

—Sí, tu vas decidir marxar i tenies raó. No em vaig portar bé. No vaig estar prou per tu. Tot em superava. Vas fer bé de marxar. Potser era el que jo necessitava: que marxessis per poder adonar-me de què significa viure sense tu.

En Jules s'hi va acostar més. Ella va tancar els ulls i va somiar amb els seus braços. No va poder donar crèdit a les paraules que van venir després.

—Casa't amb mi, Sophie. No et vull tornar a perdre mai més —va demanar, va suplicar en Jules agafant-li la mà i alçant-la a poc a poc fins a acostar-se-la als llavis.

La Sophie va tancar els ulls. Va notar que la tensió que havia acumulat al pit es fonia. La imatge d'en Martin estimant-la li va passar pel cap. La va rebutjar. El que li havia passat amb en Martin havia estat fruit de la soledat, de l'enyor. Després va obrir els ulls i va mirar en Jules. Una onada desesperada de desig la va omplir tota.

En Jules la va abraçar. La va estrènyer amb tanta força contra ell que li va semblar notar-li els ossos clavats a la pell.

—Casa't amb mi, de seguida. Començarem una vida nova.

En Jules conduïa amb una sola mà. Amb l'altra agafava fortament la mà de la Sophie. De tant en tant la mirava, com si volgués assegurar-se que encara era allà, al seu costat. Que no se n'havia anat. Que no havia fugit.

Va aparcar el cotxe al davant del seu bloc d'apartaments. La Sophie no va tenir temps de pensar en com havia enyorat aquell lloc; els seus ulls i els d'en Jules s'havien quedat enganxats en els llums intermitents d'un cotxe de la policia. Es van mirar enmig del brogit de la pluja. Van sortir tots dos del cotxe i es van agafar de la mà.

La senyora Carter es protegia sota un gran paraigua mentre parlava amb una parella de policies. Feia cara d'estar empipada. Segurament l'havien treta del llit. Anava amb sabatilles i tremolava sota la bata. En veure en Jules que s'acostava, el va assenyalar amb una mà:

—És ell —va dir amb una mica de ràbia a la veu.

—Jules Beck? —va preguntar-li un dels agents.

—Soc jo.

—Ho sento. Hi ha hagut un accident.

—Un accident? Què vol dir? Què ha passat?

—En Tyler Beck és el seu germà?

En Jules va empal·lidir. La Sophie es va enganxar més al seu cos i li va prémer la mà.

—El senyor Tyler Beck ha tingut un accident de cotxe.

—Està...?

—Ha mort.

La Sophie el va abraçar. El va estrènyer com si volgués prendre-li un tros d'aquella pena que acabava de caure-li al damunt. Va tancar els ulls. Va pensar en en Tyler.

Alt, prim, tan seductor.

Borratxo i enjogassat.

Mort.

Les paraules d'en Jules li van tornar al cap:

«Començarem una vida nova», li havia dit.

I li va semblar que, realment, aquella no era la millor manera de començar res.

CAPÍTOL 13

Estrena

A Walt Disney Studios bullien d'activitat. La data d'estrena de *Blancaneu i els set nans* havia estat anunciada per al desembre del 1937 i la primera mesura que s'havia pres un cop fet l'anunci havia estat incorporar més personal. Van entrar trenta-cinc noies noves al Departament de Tinta i Pintura, i es van contractar treballadors addicionals per al departaments de Background, Càmera i, fins i tot, per al de Rentatge de Cels.

Els horaris es van ampliar a llargues jornades que semblava que no tenien fi. Primer es va allargar l'horari dels dimarts i dels dijous des de les set del matí fins a les deu de la nit. Després, el treball nocturn es va estendre a tota la setmana.

Durant les darreres setmanes de producció

s'alternava un equip diürn i un de nocturn treballant a Tinta i Pintura. Hi havia tanta feina i era tan urgent que fins i tot alguns assistents d'animació i d'intercaladors es van destinar a pintar *cels*.

Tothom feia hores extres per acabar la pel·lícula a temps i tothom tenia la impressió que no ho aconseguirien.

El 27 de novembre del 1937, tres setmanes abans de l'estrena, el darrer *cel* de la pel·lícula va passar per Tinta i Pintura. A partir d'aquell moment, les noies feien torns al departament amb un bon llibre a les mans, parlant o descansant a la sala de les dones, a punt per si hi havia cap *cel* que s'hagués de reparar mentre els operadors de càmera treballaven tota la nit.

Un d'aquells matins de novembre, quan a l'estudi tot eren nervis, l'Art Babbitt va rebre la visita del seu amic Bill Tytla al despatx. En Bill duia un exemplar de la revista *Time* a les mans.

—No et perdis això, Art.

En Babbitt va deixar el que estava fent i va agafar la revista per donar una ullada a l'article que li mostrava en què es parlava del mafiós Willie Bioff i de la seva influència corrupta a través de la IATSE.

—Es veu que els representants de la IATSE

recorren els estudis d'animació tractant d'aconseguir afiliats! —va exclamar Bill Tytla escandalitzat. I va afegir—: Aviat els tindrem aquí.

—No, Bill. No, si jo ho puc evitar —va afirmar l'Art molt seriós.

En Babbitt es va posar mà a l'obra malgrat el poc temps que la finalització de les escenes de *Blancaneu* li deixava lliure. Com a fill d'immigrants sempre havia cregut en el treball dur i en la llibertat civil. No estava disposat a permetre que aquestes llibertats es veiessin compromeses per una colla de delinqüents.

Decidit a fer alguna cosa per mantenir els treballadors de Walt Disney Studios lluny de les urpes d'en Bioff i els seus homes, en Babbitt va anar a veure el responsable de Control de Producció, en Bill Garity, que el va enviar a parlar del tema amb en Roy Disney.

En Roy va opinar que calia tenir present el consell de la principal autoritat legal de l'estudi, i va ser així com, finalment, l'Art Babbitt va exposar els seus temors a en Gunther Lessing, l'advocat dels Disney, en el qual requeia el pes de les relacions laborals de l'empresa.

En Lessing va escoltar en Babbitt i es va mostrar interessat en el que li havia anat a explicar. Després d'unes quantes reunions, va acabar proposant-li la creació d'una organització social informal lligada a l'empresa que els serviria per defugir els perills que en Babbitt intuïa i que defensaria els interessos dels treballadors d'ingerències externes. Va ser així com es va anar perfilant l'esbós de la Federation of Screen Cartoonists, coneguda als estudis com la «Federació». El poderós advocat va animar un entusiasmat Babbitt a reclutar-hi el nombre més gran possible de treballadors i ell s'hi va abocar com sempre feia amb totes les coses, en cos i ànima.

En Babbitt no s'adonava del parany en què estava caient, ja que per a en Lessing aquella Federació naixent era una oportunitat no tan sols de bloquejar l'acció d'en Bioff a l'empresa, sinó d'aïllar Disney de qualsevol activitat sindical independent. En Babbitt, en canvi, la considerava una bona oportunitat per crear un sindicat que representés els treballadors de Disney.

El conflicte estava servit.

Mentre dins dels estudis el llarg treball de creació de *Blancaneu* arribava de manera implacable a la fi, una onada de curiositat i d'anticipació s'expandia a fora. Era evident que les forces publicitàries dels estudis Disney treballaven fort per convertir l'estrena del primer llargmetratge d'animació de la història en una atracció única aquell Nadal del 1937.

Una setmana abans de l'estrena, en Disney va convocar unes quantes noies del Departament de Tinta i Pintura per visionar les primeres proves de veu de *Blancaneu*; en volia conèixer la reacció. La Sophie hi va acudir amb la Ginni i, assegudes al terra de l'escenari de so, van veure per primera vegada la pel·lícula, encara que en blanc i negre. Quan la projecció va acabar es va fer un intens silenci. Algunes noies s'eixugaven les llàgrimes. Altres es miraven emocionades. La Sophie va saber, en aquell moment, que tant d'esforç no havia estat en va.

Amb això van començar a aparèixer nombrosos articles a la premsa que esbombaven als quatre vents com estava planejat l'esdeveniment i que detallaven les celebritats que hi assistirien i el preu que es pagaria per les entrades, que s'estaven exhaurint amb una celeritat sorprenent. Tot això va contribuir a crear un ambient d'expectació no exempt de nervis.

El dimarts 21 de desembre, el dia escollit per a l'estrena, no va fer gens de fred. Durant tot el dia va lluir un sol radiant i la tarda, dolça i tranquil·la, va donar pas a una posta de tebior rosada. Sens dubte, el temps s'aliava amb *Blancaneu* i convidava tothom a acostar-se al Carthay Circle Theater de Los Angeles per assistir a l'estrena. Només els més afortunats, però, n'havien aconseguit entrades i veurien la pel·lícula. La resta s'hauria de conformar a participar en les activitats programades per a abans de la projecció.

Una veritable multitud s'havia congregat a les portes del teatre des de primera hora de la tarda, atreta, sobretot, per la desfilada de rostres famosos que s'anunciava. Els personatges de Disney —en Mickey i la Minnie Mouse, l'ànec Donald i, sobretot, els set nans, que van ser rebuts com a veritables estrelles de Hollywood— van entretenir l'estoica espera del públic assistent.

Tothom, però, tant els que tenien entrada com els que no, van poder gaudir de la sorpresa més gran de la nit, la que s'havia mantingut més en secret: Dwarfland, una recreació a mida real del bosc dels nans que s'havia construït a la zona de l'autopista de Wilshire Boulevard, a l'entrada del teatre. Era un espectacular món de conte habitat pels set nans, que rebien els visitants mentre una orquestra interpretava la banda sonora de la pel·lícula. Dwarfland va ser una sorpresa original i càlida, un veritable regal de Nadal que feia pensar que, en la ment d'en Walt Disney, hi bullien idees i projectes inimaginables fins a aquell moment.

La cadena NBC Blue Network va emetre en directe l'esdeveniment i es va encarregar d'entrevistar els famosos que anaven arribant al teatre. Naturalment, l'entrevista més esperada va ser la d'en Walt Disney, que es va mostrar content i entusiasmat, i que, potser a causa dels nervis, es va oblidar dels noms dels nans.

Una papallona volava embogida per la panxa de la Sophie Beck quan descendia del cotxe i posava el peu a la catifa vermella. En Jules li va oferir la mà i, de bracet, la parella es va dirigir cap a l'entrada del Carthay.

La Sophie caminava enganxada al seu marit, gairebé amagada sota l'estola de pell, una mica avergonyida pel reclam d'aquell vestit tan vistós que la Lissette li havia fet. Ignorava que la seva bellesa resplendia gràcies a la joventut i a aquella innocència que es negava a abandonar-la. Si en Jules n'estava, de nerviós, no es notava. De fet, era tot un expert a amagar els seus estats d'ànim sota el somriure desvergonyit que sempre duia penjat a la comissura dels llavis. Aquella nit, a més, estava més atractiu que mai, elegantíssim amb el frac negre, d'on destacava com un nivi ocell la blancor del corbatí en contrast amb la brillantor dels seus ulls penetrants.

Abans d'entrar a la sala, la Sophie havia vist l'Art Babbitt en companyia d'en Martin, en Tytla i altres animadors. Les mirades d'uns i altres van volar inquietes a totes dues bandes de la catifa vermella i van acabar perdudes entre la gent que cridava intentant atreure l'atenció dels seus ídols.

No es van acostar per saludar-se. Ella havia desviat la mirada mentre intentava treure's del damunt aquella sensació incòmoda. No li va costar gaire perquè de seguida es va quedar absolutament bocabadada contemplant les estrelles que desfilaven cap a l'entrada del teatre tot somrient a les càmeres: Marlene Dietrich, Katherine Hepburn, la petita Shirley Temple –que no va deixar de fer-se fotografies amb un Mickey de la seva mida–, Cary Grant, Douglas Fairbanks Jr., Claudette Colbert i, fins i tot, Charles Chaplin!

—Mare meva! És increïble! —va murmurar a l'orella d'en Jules, sense poder acabar de creure el que veien els seus ulls.

Ell no li va respondre, però va poder intuir el seu somriure de triomf sota els potents llums dels focus i els llampeguejos de les càmeres dels fotògrafs, que fulguraven mentre la nit escombrava el capvespre.

En els meus dinou anys com a crític, cap personatge de la pantalla havia captivat el meu cor com ho han fet la Blancaneu i els set nans. Nens, joves, homes i dones: poseu-los a la vostra llista de desitjos.

La Sophie va alçar els ulls de l'exemplar de *Los Angeles Times* que llegia i els va clavar damunt d'en Jules, que esmorzava davant seu amb el cap enterrat a les pàgines de *Los Angeles Daily News.*

—Signat: Jimmy Fidler. Oi que és meravellós? —va afegir la Sophie alçant la veu, que se li va tornar més aguda en un intent d'abatre la muralla de paper que la separava d'en Jules. Com si s'hagués donat per al·ludit, va plegar el diari, va agafar la tassa de cafè i en va fer un glop tot mirant la seva dona amb ulls somrients. Tot ell vessava satisfacció.

—Totes les crítiques són fabuloses. En Walt ho ha aconseguit. *Blancaneu* ja és un èxit.

—Encara que ahir en Walt no les tenia totes.

La mirada d'en Jules, ara, es va tornar feixuga.

—No sé per què ho dius.

—Va, Jules, que tu també ho vas veure. Tots ho vam veure. Quan en Disney va arribar al Carthay Circle Theater, ahir al vespre, duia escrits a la cara tots els dubtes i les pors. Em va fer patir i tot.

—Patir? En Walt és un triomfador. Ha cregut sempre en aquest projecte, hi ha lluitat i, com no podia ser d'una altra manera, se n'ha sortit.

En Jules es va alçar i va anar cap a l'habitació. La Sophie el va seguir. No suportava aquell mal costum del seu marit de deixar-la amb la paraula a la boca, d'acabar totes les discussions amb una fugida, un cop de porta o amb totes dues coses alhora.

—No estic discutint l'èxit del projecte, Jules. Jo també n'he format part, ho recordes? I desitjo aquest èxit tant com tu. Com tothom. Però ahir, abans de començar la projecció, en Walt Disney no les tenia totes. I no és estrany, oi? Els riscos que ha corregut amb aquesta «bogeria» seva són evidents. Només un boig de debò hauria arribat a l'estrena sense tenir present el milió i mig de dòlars que ha costat el projecte. Només un boig no hauria dubtat de la reacció del públic. No t'adones que ahir encara hi havia la possibilitat que *Blancaneu* fos el punt final de Walt Disney Studios? I en Walt ho sabia. N'estic segura.

—Ja no recordes l'ovació del públic en acabar la projecció? La gent es va alçar, aplaudien entusiasmats. N'hi havia que ploraven...

La Sophie es va començar a descordar la bata d'estar per casa i es va dirigir a l'armari de la roba mentre en Jules anava al quarto de bany. Va alçar més la veu, que se li va tornar impacient:

—Sí, al final tots vam respirar. Però jo et parlo d'abans de la projecció. Per què no em vols entendre, Jules? A les vuit en punt del vespre, ni tu, ni jo, ni en Disney ni ningú tenia la seguretat que al públic li agradaria una pel·lícula de dibuixos animats sense pallassades ni colors brillants. Una pel·lícula de personatges. Un conte infantil que...

El soroll de l'aigua de la dutxa va interrompre el discurs de la Sophie. Era evident que les seves reflexions no tenien el més petit interès per a en Jules. Va seure al llit.

—En fi...

Va somriure. Potser res d'allò no importava gaire, ja. *Blancaneu* havia enfilat el camí de l'èxit. No pagava la pena perdre el temps parlant de pors i dubtes que s'havien fos en el precís moment que, com en Jules li havia recordat, els espectadors s'havien posat a aplaudir dempeus.

Va passejar la mirada per l'habitació de matrimoni. Damunt de la tauleta de nit encara reposava un dels fullets que s'havien repartit a les portes del Carthay amb les imatges dels set nans i aquell lema que havia trobat tan encertat:

Tres anys per crear-la,
una hora i mitja per gaudir-ne
i tota una vida per recordar-la.

Va sospirar. El vestit de nit que havia dut a l'estrena jeia desmaiat damunt de la butaca. Li havia dit a la Lissette que volia una cosa senzilla, però ella havia insistit a fer-li un model esplendorós que havia vist portar a la Claudette Colbert en una pel·lícula. El cos era de vellut negre i faldilla de seda estampada en negre i rosa. Havia costat una fortuna, però la veritat era que estava espectacular.

Va pensar, tot mirant el vestit, que la Lissette sempre se sortia amb la seva. No hi havia ningú al món capaç de fer-la canviar d'idea.

Les vides de la Sophie i la Lissette havien canviat molt des dels dies en què havien compartit apartament.

La Sophie s'havia casat amb en Jules després d'uns mesos de dol per la mort d'en Tyler, concretament el 3 de setembre del 1936. El casament havia estat un pur tràmit. Senzill i ràpid, amb l'únic testimoni de la Lissette, per part de la Sophie, i d'en Ben Sharpsteen, per part d'en Jules. Nuvis i testimonis es van acomiadar a la porta dels jutjats i la parella va començar sense més preàmbuls la vida com a marit i muller. Sense festes. Sense convit. Sense ni tan sols un brindis per la seva futura felicitat i sense regals. De fet, l'únic regal de noces que la Sophie va rebre el dia del casori havia estat l'elegant vestit de núvia de *chiffon* de color cru que la Lissette li havia cosit a mà. I era tan extraordinari que amb aquell regal ja en va tenir prou.

En Jules ho havia volgut així perquè la mort d'en Tyler encara pesava molt en l'ànim de tots.

I, a la Sophie, li va estar bé. Aquella decisió li estalviava problemes. Perquè sabia del cert que de cap de les maneres no hauria pogut compartir aquell moment amb els seus amics de l'estudi. No hauria pogut imposar a en Jules la presència d'en Babbitt, i no cal dir que no li hauria passat pel cap convidar en Martin a la seva boda.

Sí, era millor així. L'important, pensava ella aleshores, era que s'havia convertit en la senyora Beck. Havia pres una decisió i calia ser-ne conseqüent. Ara era una dona casada. Hi havia coses que calia canviar. Que canviarien.

Tampoc no hi va haver viatge de noces. Les feines respectives a l'estudi en ple vertigen final de *Blancaneu* ho impedien. El viatge tampoc preocupava gaire la Sophie, sobretot perquè en Jules li havia promès que així que s'estrenés la pel·lícula anirien tots dos a Nova York a conèixer la seva família.

Res d'això, però, semblava que ennuvolés aquella felicitat acabada d'estrenar. S'havia traslladat al seu apartament així que li havia demanat matrimoni per fer-li costat en aquells dies tan foscos després de la mort del seu germà. Ell va viatjar a Texas per enterrar en Tyler, però abans de marxar li havia donat via lliure per convertir l'apartament en el niu perfecte per a una parella. I la Sophie no es va fer pregar. En aquells moments, la Lissette estava massa afectada per donar-li un cop de mà. Així que va recórrer a la Ginni Coats per convertir l'apartament de solter d'en Jules en una veritable llar.

Les dues joves s'hi van posar amb ganes i entusiasme. El primer objectiu de les ànsies renovadores que tenien va ser l'única habitació que hi havia a l'apartament. La Sophie, assessorada pel bon gust de la Ginni, la va reformar de dalt a baix. Va pintar les parets d'un color verd fosc que va compensar amb una moqueta beix i els tocs grocs de les cortines, de l'entapissat de la butaqueta, dels globus dels quinqués penjats damunt les tauletes de nit i de detalls com el cobrellit i les catifes. El resultat va ser una habitació càlida que va enriquir amb l'adquisició d'un moble tocador de caoba, la part central del qual s'obria per mostrar un mirall i uns petits compartiments.

Va fer emmarcar les millors aquarel·les que tenia, aquelles tan estimades que havia pintat amb els Coats. Després de dubtar què podia fer-ne, va desar el dibuix de la sirena d'en Martin al fons d'una calaixera amb altres objectes que formaven part del passat, i amb petits detalls aquí i allà va acabar de transformar aquell espai, que fins a aquell moment havia estat només d'en Jules, en el seu espai. El de tots dos.

Quan va estar tot enllestit, la Sophie va experimentar una sensació que feia molt que no sentia. Un sentiment de pertinença, de casa, de llar, que gairebé havia oblidat. Es va adonar que des de feia anys, des d'abans de marxar de Nova York i tot, havia travessat l'existència com de puntetes. Sense adonar-se de què volia dir viure de debò. Potser perquè era massa jove i encara no sabia què volia. Però ara havia arribat a port. Els primers dies de viure allà, a casa seva, es quedava mirant els racons, els mobles, cada quadre penjat a la paret, en silenci, muda, sense pestanyejar, amb tota la cura posada perquè res no trenqués aquell equilibri que tant li havia costat d'aconseguir.

Va pensar que, per fi, se sentia totalment feliç.

La vida de la Lissette, mentrestant, havia transcorregut per camins molt més tortuosos que els de la Sophie. Malgrat els problemes i el malestar que les diferents addiccions d'en Tyler li havien causat en els últims temps, quan el jove va morir, tan sobtadament, se li va fondre el cor. Un silenci dens, trist, opac, va envoltar la seva vida i va quedar tancada en un món de records que semblava que eren el seu únic consol.

La Lissette ja no era ella mateixa. La seva alegria s'havia marcit. Es refugiava en la soledat i es retreia a totes hores no haver fet més per en Tyler i haver-lo deixat sol en aquells darrers mesos de la seva curta vida.

Sempre que la Sophie la visitava topava amb el mur sòlid del dolor de la Lissette, que, en veure-la, es llançava als seus braços amb un abandonament absolut, feta un mar de llàgrimes i repetint la lletania de les seves suposades culpes:

—Li vaig dir que no el volia veure més, Sophie.

—Ho havies de fer. No li feies cap favor acollint-lo a casa sense que fes res per complir les seves promeses de deixar l'alcohol i les drogues.

—Però va morir per culpa meva —deia la Lissette, amb un gran pes enfonsat al pit que li tallava la respiració i li omplia els ulls de llàgrimes.

—No és veritat. Es va matar perquè conduïa begut. Tu no hi vas tenir res a veure.

Però no l'escoltava. La Lissette no volia escoltar la Sophie, ocupada com estava a baixar als inferns de la memòria i de la culpa.

La Sophie, però, no es va rendir. L'anava a veure un dia sí i l'altre també. Li eixugava les llàgrimes. N'escoltava les queixes amb paciència i no es cansava de repetir-li la veritat. Durant dues setmanes, li va fer d'amiga, d'assistenta, de vetlladora. Mentre ella feia tots els possibles perquè mengés i s'arreglés, mentre li preparava el menjar i procurava que el petit apartament no sucumbís a la desídia de la seva amiga, la Lissette, immòbil de cara a la finestra de la sala, perdia la mirada en les cortines que es bellugaven com a fantasmes.

Fins que un dia, un parell de setmanes després de la mort d'en Tyler, la Lissette va rebre una amonestació dels seus caps a la Paramount; li exigien més puntualitat i li feien veure que el seu rendiment havia baixat d'una manera preocupant aquelles setmanes, per la qual cosa l'amenaçaven de rescindir-li el contracte si la situació no canviava.

—Això s'ha acabat, Sophie. Deixo la feina abans que me'n facin fora. No puc més! —va somicar la Lissette, que semblava haver caigut en un estat de pànic absolut.

La Sophie, en canvi, començava a veure la llum al final del túnel.

—I tant que pots! O potser prefereixes quedar-te sense feina als estudis? Sense ingressos? T'imagines què suposaria ara haver de tornar a cosir per a aquelles quatre clientes que no et pagaven mai?

—És que no puc... Que no em veus?

—Sí que et veig. Veig la Lissette sota aquesta altra noia que no conec. I com que et veig, et juro pel que tinguis de més sagrat que no deixaré que t'enfonsis més ni que facis malbé la teva vida per una persona que no et va merèixer mai.

—No diguis això!

—És la veritat. I ara, a la dutxa!

La Lissette va empassar-se la saliva per dominar la por. Va intentar forçar un somriure que no li va arribar als ulls. Però, convençuda o no, potser pel simple fet que ja no tenia forces per discutir amb la Sophie, va obeir. Aquell dia, les seves ferides van començar a cicatritzar.

Capítol 14

Screen Cartoonist's Guild

Al cap de gairebé un any de l'estrena de *Blancaneu*, la pel·lícula s'havia convertit en un èxit indiscutible. Havia batut tots els rècords d'espectadors i havia tingut uns guanys de més de cinc milions de dòlars. De fet, només sis mesos després d'iniciar el recorregut per la gran pantalla, Walt Disney Studios havia liquidat tots els deutes i encara quedaven un parell de milions al banc que semblaven destinats a la construcció d'uns nous estudis.

En Walt Disney havia demostrat que les bogeries eren possibles.

Blancaneu havia obert una via de possibilitats i era evident que en Disney ja tenia altres projectes amb els quals esperava continuar transitant per aquell camí d'èxit.

La idea que tenia era que el segon llargmetratge de la companyia, després de *Blancaneu i els set nans*, fos *Bambi*. N'havia comprat els drets el 1937 i, ja iniciat el 1938, havia posat els animadors a treballar en la història. Però el Departament d'Animació va trobar moltes dificultats per animar els cérvols de manera realista, i el projecte va quedar aturat mentre s'iniciaven dues noves produccions alhora: *Fantasia* i *Pinotxo*.

La producció de *Fantasia* es va iniciar poc després de l'estrena de *Blancaneu*. Era una pel·lícula totalment experimental, sense diàlegs, en la qual l'animació acompanyava peces de música clàssica.

La tercera que va estrenar-se va ser *Pinotxo*. El setembre del 1937, en plena producció de *Blancaneu*, l'animador Norman Ferguson havia mostrat una versió reduïda del conte de l'italià Carlo Collodi a en Walt, que en va quedar meravellat i no va dubtar a iniciar-ne la producció paral·lelament a la de *Fantasia*, posant al capdavant de totes dues els millors animadors de la companyia. Així, per exemple, l'Art Babbitt va supervisar el fragment de la simfonia pastoral de *Fantasia* juntament amb en Martin Locke, i va ser l'animador principal de la del *Trencanous*, alhora que assumia tasques de direcció en l'animació de *Pinotxo*. De la mateixa manera, en Martin i en Tytla assumien tasques similars en les dues pel·lícules.

L'Art Babbitt era al cim de la seva carrera. Era un dels animadors estrella de Disney i, també, un dels més ben pagats, però també era un home íntegre amb una gran empatia envers els animadors que es trobaven en una situació més precària, i no veia amb bons ulls la política salarial de Walt Disney Studios, ni el fet que no tots els animadors treballessin en igualtat de condicions ni gaudissin dels mateixos privilegis. Ignorava encara que, en aquell mateix moment, els treballadors de l'animació que feia anys que intentaven constituir-se en sindicat, amagats entre reunions clandestines fetes en locals cada vegada més insospitats, emmirallant-se en altres sindicats independents de la costa Est, acabaven de fer realitat els seus propòsits. Havia nascut l'Screen Cartoonist's Guild (SCG).

En Bill Littlejohn, el president, amb la valuosa col·laboració de la secretària, la Marion Altwell, i després d'una pacient feina d'infraestructura, havia aconseguit que el sindicat estigués present als estudis Walter Lantz i a la MGM. Però, malgrat aquests bons resultats, l'SCG encara no tenia entrada a Walt Disney Studios, on, en aquells moments, treballaven més de vuit-cents professionals.

Els quedava per endavant una dura batalla per lliurar.

No era un secret per a ningú que les relacions d'amistat entre la Sophie i l'Art Babbitt, així com amb la resta d'integrants del seu cercle d'animadors, s'havien refredat fins a arribar al punt de congelació. Era el peatge que la jove havia hagut de pagar després de casar-se amb en Jules Beck. Perquè en Jules i l'Art eren personalitats irreconciliables que pertanyien a esferes diferents, a mons oposats, i la Sophie tenia molt clar que havia de ser conseqüent amb les decisions que havia pres i que no podia introduir a la seva vida notes discordants que fessin difícil la convivència amb en Jules.

És clar que el matrimoni de la Sophie no havia estat l'únic motiu de distanciament. N'hi havia hagut un altre, de matrimoni, que també hi havia tingut molt a veure: el de l'Art Babbitt.

L'Art s'havia casat amb la jove Marge, la Blancaneu de carn i ossos, uns mesos després que la Sophie ho fes amb en Jules. Un cop casats, la parella s'havia traslladat a un agradable xalet al 5700 Hill Oak Drive. Havien quedat enrere l'època de les festes i reunions a Tuxedo Terrace, les trobades de la Sophie amb en Babbitt, en Martin i els altres animadors, anar a dinar plegats i fer pícnics a la platja. I les discussions, sovint acarnissades, sobre art i animació.

També les rialles.

I l'amistat.

Sí, s'havia acabat una època molt feliç. I s'havia acabat sense explicacions, perquè, de fet, no havien calgut les explicacions. Tots tenien molt clar que els temps havien canviat. Per què, doncs, calia parlar-ne?

Per això la Sophie no va saber gaire com reaccionar aquell migdia d'octubre quan l'Art la va anar a trobar a la sortida del Departament de Tinta i Pintura.

—Hola, Sophie.

Es va quedar palplantada observant en Babbitt com si fos una aparició. Va notar com les galtes se li envermellien i li cremaven. Tots els silencis, totes les explicacions no donades, totes les converses no mantingudes, es van convertir, de cop, en flamarades que li encenien la cara. No va poder ocultar la seva torbació.

—Hola, Art —va aconseguir dir, per fi.

I van començar a avançar, tots dos de costat, sense mirar-se. La Sophie ho feia amb passes vacil·lants, com si no tingués sang a les venes.

—Et deu estranyar que...

—Sí —va respondre ella, sense deixar que acabés la frase.

Es van mirar tots dos de cua d'ull i van esclatar a riure com si la muralla invisible que s'interposava entre ells comencés a fondre's gràcies a l'afecte que mai havien deixat de sentir l'un per l'altre.

—He pensat que podríem dinar junts. Fa temps que tinc ganes de parlar amb tu, Sophie.

Ella va esbossar un somriure confós.

—Bé, si no tens cap altre compromís. Si no has de dinar amb en Jules.

—No, avui en Jules està enfeinat.

L'Art i la Sophie es van unir a la riuada de treballadors que sortien a dinar. Alguns ho feien als menjadors de l'estudi. Però no semblava que fos la intenció de l'Art, que, amb passos ferms, es dirigia cap a l'aparcament, que en aquell moment bullia d'activitat. Quan la noia va veure el Buick 40 Sedan d'en Babbitt va sentir com un pessigolleig nerviós li naixia a la panxa i un munt de records i de sensacions li van pujar al cap i la van embolcallar en una sensació a mig camí entre l'alegria i l'amargor.

—He pensat de portar-te a dinar a un lloc una mica especial. L'ocasió bé s'ho val.

—Però no tenim gaire temps. Jo he de tornar a la feina i...

En Babbitt va mirar la Sophie amb aquells ulls seus tan calculadors i va obrir la porta de l'acompanyant del cotxe amb un somriure trapella penjat dels llavis. Es va posar al volant, el motor va rugir i les rodes van grinyolar mentre enfilaven la sortida de Walt Disney Studios.

L'Art Babbitt va conduir fins al 9039 Sunset Boulevard, on acabava d'obrir portes un nou restaurant, el Café La Maze. Per fora era un local com tants altres que omplien els carrers de Los Angeles: petit i d'una sola planta, amb l'entrada protegida per un petit envelat ple d'estrelles. L'Art semblava entusiasmat.

—De debò que no el coneixies?

La Sophie va negar amb el cap mentre pensava que en Jules solia preferir opcions més clàssiques quan sortien a menjar fora, com el Musso & Frank Grill i els seus insuperables *veal scaloppine* amb salsa de Marsala.

—De fet —continuava explicant—, no hi he vingut mai a dinar. Però a l'hora de sopar l'ambient és insuperable. Aquí et pots trobar les cares més conegudes i fotografiades de Hollywood.

El maître els va rebre sol·lícit.

—Tinc una reserva per a dues persones a nom d'Art Babbitt —li va dir.

Mentre es dirigien cap a la taula, la Sophie no va poder evitar somriure. L'Art continuava sent l'home segur de si mateix de sempre, que no rep mai un no per resposta. Es va adonar de com havia trobat a faltar la manera directa i arrauxada de fer les coses del seu amic.

Es van menjar el primer plat enmig d'un ambient distès, intentant sempre tapar amb paraules els silencis incòmodes. Van parlar de tot una mica, es van posar al dia i van obviar el silenci d'aquells darrers temps, com si mai s'hagués esdevingut.

—Tenim una casa molt agradable. La Marge l'ha decorat al seu gust. No té res a veure amb aquell desert buit de mobles de Tuxedo Terrace. Només m'ha deixat llibertat absoluta al meu estudi d'animació, on no entra ningú.

La Sophie va somriure, i els dos clotets, també.

Mentre esperaven el segon plat, l'Art va encendre un cigarret. N'hi va oferir un altre, que ella va refusar.

—La Marge s'ha convertit en una mestressa de casa extraordinària. Li encanta organitzar festes i reunions. Sempre tenim la casa plena de gent.

—Això no és cap novetat per a tu —va dir la Sophie, i va fer un glop de la copa de vi mentre recordava la noieta de quinze anys i cara pigallada que havia conegut quan va entrar als estudis. Va fer un càlcul ràpid: la Marge devia tenir ara dinou anys. Una joveneta al costat de l'home madur que era l'Art. Va mirar de treure's aquells pensaments del damunt. Sempre havia trobat que la Marge no feia per a l'Art, que era massa jove, massa immadura. Però el fet era que estaven junts. Que eren marit i muller com ella i en Jules. Potser s'havia equivocat. Potser l'edat no tenia gens d'importància. Què en sabia, ella?

—I tu?

—Jo, què?

—Encara viviu al mateix lloc? A l'apartament d'en Beck?

—Sí.

—Va ser terrible la mort del seu germà.

—Sí que ho va ser —va murmurar ella mentre deixava la copa a la taula.

—I ets feliç? Tot va bé?

La Sophie es va quedar mirant l'Art als ulls. Va moure una mà com si pretengués dissipar aquella pregunta que s'havia quedat surant a l'aire, incapaç de badar boca. Li havia preguntat si era feliç? Ho era! És clar que ho era. Estava casada amb l'home de qui estava enamorada. Tenia una casa que se sentia pròpia i s'havien acabat els problemes de diners. Ara, fins i tot n'enviava cada mes a la família. En Jules no només no s'havia oposat al fet que ajudés econòmicament a casa, sinó que l'animava a fer-ho, tot i que els diners sortien, evidentment, de la seva butxaca. Què més podia demanar? Què més calia per ser feliç?

—Perdona. T'he incomodat. No tinc dret a ser tan directe. Però, és clar, no sé ser de cap altra manera.

—No, no... —va mentir la Sophie.

—Em preocupava per tu, només.

—És clar. No cal que ho facis. Soc molt feliç, Art.

La mirada de la Sophie va reviscolar després de dir aquestes paraules. El cambrer va arribar amb els segons plats i van menjar una estona en silenci.

Quan encara no havien acabat, l'Art va tornar a la càrrega:

—He de confessar que, aquesta trobada, la tenia pensada des de fa molt de temps.

La Sophie va alçar els ulls del plat.

—No pot ser que la nostra amistat acabi així, evaporant-se, pel simple fet que tots dos ens hem casat amb persones que a l'altre...

—... no li cauen gens bé?

—Com és que sempre em llegeixes els pensaments?

—Ets transparent.

Es van mirar durant uns segons i es van posar a riure.

—Però hi ha una cosa de què et volia parlar.

La Sophie es va torcar els llavis amb el tovalló i va buidar la copa. Es va disposar a escoltar en Babbitt.

—Sophie, no m'agrada la política dels estudis.

Ella va alçar les celles. L'havia descol·locat.

—Ara em sembla que no et segueixo.

L'Art se li va acostar més, com si intentés esborrar l'espai que hi havia entre tots dos.

—Saps perfectament el que ha suposat *Blancaneu* per a Walt Disney Studios.

—És clar.

—L'èxit. *Blancaneu* ha guanyat quatre vegades més que qualsevol altra pel·lícula estrenada a Hollywood aquest any. I en Disney vol invertir aquests guanys en uns nous estudis. Està experimentant amb noves tècniques d'animació i de so.

—Però això no és dolent...

L'Art va fer un senyal al cambrer i li va assenyalar l'ampolla de vi buida.

—Una altra, si us plau.

Va continuar parlant. La Sophie va pensar que, com sempre, era impossible no escoltar atentament l'Art Babbitt quan parlava.

—Però tu saps sobre qui reverteix l'èxit dels estudis, Sophie?

—Bé, jo crec...

L'Art no la va deixar continuar:

—No, no em miris a mi. Ni al teu marit. Nosaltres som uns privilegiats.

Va dibuixar un somriure murri als llavis.

—O potser jo ja no ho soc tant.

—A què et refereixes?

—A l'oncle Walt, no li va fer gens de gràcia el meu matrimoni amb la Marge. Massa jove per a mi, és clar. Ja saps que ell pertany a la vella escola.

—Art, no sé on vols anar a parar amb tot això.

L'Art Babbitt va continuar parlant, ignorant les febles protestes de la noia:

—No vull que et fixis en els animadors, que cobrem tres-cents dòlars a la setmana, sinó en els que en cobren dotze. Mira, Sophie, als estudis no hi ha una política econòmica clara. L'escala salarial és un concepte inexistent a Walt Disney Studios. Malgrat l'èxit de *Blancaneu*, la majoria dels sous continuen sent baixos. Les pagues extres i els augments es donen irregularment i segons el caprici de la direcció. I tots aquests problemes salarials són, evidentment, molt més greus per als treballadors que ocupen els escalafons més baixos. Hi ha professionals que treballen per sous que són de subsistència.

—Jo... No ho sé.

—Sí que ho saps. Que potser té res a veure el sou d'en Jules amb el teu? Amb el dels intercaladors? Amb el dels assistents d'animació? No hi has pensat, en això?

El cambrer va arribar amb l'ampolla i va tornar a omplir les copes. En Babbitt va fer un glop llarg i amb la mirada atrapada en els reflexos vermells que encenien la copa va dir:

—Mira't a tu mateixa. A les teves companyes del Departament de Tinta i Pintura. Dones joves i treballadores, sense possibilitats de promoció. Ja no recordes que vas entrar a Disney plena de somnis, Sophie? Volies ser animadora! Tenies un projecte. No em diguis que te n'has oblidat.

La Sophie va clavar la mirada al plat on descansaven les engrunes del menjar buscant, potser, les dels seus somnis. Mentrestant, l'Art seguia parlant i acompanyava les seves paraules amb copets rítmics del dit damunt de la taula, entregat amb cos i ànima al que sentia en aquell moment. Espetarregava de tanta energia com tenia. La Sophie s'havia quedat molt seriosa. Silenciosa. Una sensació de pànic no desitjada s'havia ensenyorit del seu pit.

—Potser arribarà el dia que tothom tindrà els mateixos drets als estudis. Les dones, també. Però fins que aquest dia no arribi em sembla que hi haurem de fer alguna cosa.

—Però...

—Ja ho sé, ja ho sé... Tot això potser et ve de nou. Però crec que podries ser una peça indispensable i fonamental per copsar com estan els ànims al teu departament.

—Art, de veritat que no t'entenc. On vols anar a parar?

L'home va agafar la mà de la Sophie que reposava damunt la taula.

—Parlant clar, Sophie. Soc membre la Federació. Ens està costant molt tirar endavant aquest projecte; en part, perquè encara no ha rebut el vistiplau del Govern laboral. Però no em vull quedar de braços plegats mentre als despatxos de Disney Studios i als governamentals omplen papers. Jo m'estic movent tant com puc. Necessito tenir contactes a tots els departaments per saber exactament en quina situació laboral es troben els treballadors de l'empresa. Et necessito al meu costat. Tu saps de què va tot plegat. Podries convertir-te en el meu contacte a Tinta i Pintura. Crec que necessitem gent com tu.

La Sophie es va remoure incòmoda a la cadira. El record d'aquelles reunions secretes a què havia assistit amb la Marion li van venir al cap. En Jules no n'havia sabut mai res. I ara no era un bon moment per als secrets. Va mirar el petit rellotge de polsera que duia al canell amb un gest nerviós. S'havia posat tensa, estava a la defensiva.

—Faig tard, Art.

Es va alçar i va demanar el barret i la jaqueta al cambrer. L'Art la va mirar sense comprendre gaire res. Va pagar el compte i tots dos van sortir de La Maze.

Els dies d'hivern passaven amb una monotonia implacable. La Sophie va baixar del tramvia i va enfilar el camí cap a casa pensant com podia ser que ja hagués passat el Nadal i que només faltessin tres dies per a Cap d'Any.

Es va amanyogar dins de l'abric. Tenia fred. La nit començava a arreplegar-se al costat de les voreres. Els carrers li semblaven més foscos i tristos que mai. Una ràfega d'aire fred i humit li va assotar la cara. Havia estat un dia esgotador. Potser era això, el cansament que arrossegava, que li feia veure-ho tot més negre i difícil. Tenia massa coses al cap.

Va creuar la porta d'entrada a l'edifici d'apartaments com una ratxa de vent, sense tornar la salutació a la senyora Carter, que va murmurar alguna cosa desagradable entre dents. Va obrir la porta de casa i va llançar les claus damunt del moble del petit rebedor. El mirall li va retornar un reflex fatigat. Va anar cap a la cuina i abans fins i tot de treure's l'abric i el barret es va preparar un cafè ben carregat.

Amb la tassa fumejant al davant, la Sophie va intentar debades deixar el cap en blanc. Va aclucar els ulls per respirar millor i va exhalar un silenciós sospir d'alleujament. Va encendre un cigarret i va deixar caure despreocupadament la cendra dins la tassa de cafè buida.

Aquelles darreres setmanes les discussions amb en Jules havien estat contínues. Ella li exigia que complís la promesa que li havia fet quan es van casar d'anar a Nova York a visitar la seva família. Al llarg d'aquells dos anys, sempre havia trobat alguna excusa per no fer-ho. Primer havia estat culpa de *Blancaneu i els set nans*. Després, els motius havien anat variant i no havia trobat mai el moment idoni per viatjar. L'ascens d'en Jules Beck a Walt Disney Studios continuava imparable i acabava d'assumir les tasques de director assistent en les dues produccions de Disney que estaven en marxa. La Sophie havia hagut d'acostumar-se a la soledat que les obligacions d'en Jules li imposaven. Es veien poc. Parlaven menys. Tota sola s'encarregava de la casa, del dia a dia, mentre als estudis la feina se li feia monòtona, se li morien les esperances de canvi i les il·lusions minvaven.

Un cop de timbre la va treure d'aquelles fosques cavil·lacions. Es va alçar sense esma i va anar a obrir. El rostre se li va il·luminar en veure qui hi havia darrere de la porta.

—Lissette!

—Molesto? Sento no haver-te avisat que venia, però passava per aquí a prop i...

La Sophie la va interrompre mentre l'arrossegava cap a l'interior de l'apartament, li treia l'abric, la feia seure i tornava a preparar cafè.

—Saps perfectament que no molestes mai. Al contrari, ets el millor que m'ha passat en tot el dia —va respondre-li mentre es movia nerviosa per tot el pis sota la mirada perspicaç de la seva amiga.

Finalment, la Sophie va anar a seure amb la Lissette. Havia deixat una safata a la taula amb la cafetera, dues tasses i un platet amb galetes Mallomars.

—Ei, que vols que em posi com un porquet, o què? —va queixar-se la Lissette, clavant uns ulls goluts damunt les delicioses galetes de xocolata.

—Va, que un dia és un dia.

Van atacar les galetes, que feien baixar avall amb glopets de cafè. Quan van estar ben tipes, la Lissette va treure un paquet de cigarrets de la bossa i es van posar a fumar.

—Com han anat el Nadal, preciosa? —va preguntar, expulsant fum i paraules, tot junt.

—Bé.

—M'enganyes. Te'n passa alguna, ho noto.

La Sophie va exhalar un gran núvol de fum que va dirigir cap al sostre.

—Volia anar a Nova York. En Jules encara no coneix la meva família, saps? A ells, els estranya que no hi hàgim anat. Sé que els sap greu. Però...

—Però?

—Em va dir que ara no es podia permetre agafar vacances.

—I te'l creus?

—Sí. És clar que sí. Tots dos tenim pocs dies de festa per Nadal i el viatge és llarg. Encara que si ell hagués volgut...

Amb la mirada una mica perduda i parlant amb veu baixa, va afegir:

—Sovint penso que en Jules no vol conèixer els meus pares ni la meva germana perquè no vol pertànyer a cap família. És... és com si la idea en si li fes nosa.

Hi va haver un silenci tens fins que la Lissette, canviant de tema, va preguntar:

—I no heu fet res? Tots dos junts, vull dir?

La Sophie va fer un somriure amarg.

—Vaig intentar fer una celebració familiar. Volia celebrar el Nadal a casa, com ho feia de petita a Nova York. Volia que fos bonic.

Va callar i la mirada va semblar que se li perdia en aquella infantesa llunyana.

—Tenia pensat cuinar gall dindi, puré i, fins i tot, volia preparar ponx d'ou —va assenyalar al voltant—. Em vaig dedicar a decorar l'apartament. Ho veus? El vaig omplir d'espelmes i vaig posar els regals al peu de l'arbre. Gairebé em feia il·lusió i tot!

—I què va passar?

La Sophie es va inclinar damunt de la taula i s'hi va recolzar amb les mans al cap.

—Uns dies abans vaig treure el tema. Vaig comentar que estava comprant el que necessitava per al sopar de Nadal, però em va dir que m'ho tragués del cap, que per un dia que tenia de festa preferia sortir a sopar fora. Vam acabar celebrant el Nadal al restaurant del Hollywood Hotel. Va ser un sopar fred. Tots dos sols com dos mussols, sopant en silenci, sense saber què dir-nos. No havia enyorat mai tant els de casa!

—Em sap tan de greu, això que dius!

La Sophie va empassar-se la saliva i va esguardar la seva amiga amb una mirada tèrbola. Va somriure com si despertés d'un somni i tornés a la realitat. Va aprofitar el silenci que s'havia instal·lat entre totes dues per aixecar-se i portar les tasses a la cuina.

La Lissette va mirar cap al jardí, que semblava que dormia darrere del finestral. Va pensar en el que havia anat a explicar a la Sophie i va decidir tancar amb pany i forrellat aquella notícia que li glatia al pit. Perquè, com li podia dir a la seva millor amiga, que arrossegava la tristesa d'un matrimoni fracassat, que ella acabava de conèixer l'home de la seva vida? Com podia parlar-li d'en Gabriel Espinosa, el productor mexicà que havia conegut als estudis, i que havia aconseguit fer-li creure de nou que el món era un lloc bonic on tot era possible?

La veu de la Sophie li va arribar des de la cuina barrejada amb el soroll de les tasses que rentava:

—Digues, has vingut per alguna cosa en especial, estimada, o només és una visita de cortesia?

La Lissette va tancar els ulls i va repenjar el cap al respatller del seient.

—Trobes que una no pot anar a veure una amiga sense que hi hagi cap motiu especial? Tenia unes ganes boges de veure't. Això és tot.

Li va contestar la rialla de la Sophie.

Quan en Jules va arribar a casa aquella nit, la Sophie encara paladejava la dolçor que la visita de la Lissette li havia deixat al cor. Però la dolçor li va durar ben poc.

En Jules la va besar distretament a la galta i es va tancar a l'habitació. La Sophie va sentir que obria i tancava la porta del quarto de bany. Quan en va sortir, la Sophie va veure que s'havia mudat.

—Què fas, que no t'arregles? —li va dir ell en un to eixut—. Si no t'afanyes, arribarem tard.

—Arribar tard? On hem d'arribar tard?

En Jules es va acostar a la seva dona mastegant un renec.

—Com pot ser que te n'hagis oblidat?

—Oblidat de què?

—T'ho vaig dir! Sopem amb en Norman i en Jack i les seves dones. Per Déu, Sophie. Te'n vaig parlar el dia de Nadal. És un sopar important per a mi. Un sopar de feina. Tenim taula al Musso & Frank Grill.

Estava molest. Mirava la Sophie amb els ulls lluents com una brasa i amb la barbeta alçada en senyal d'avís. Ella havia envermellit. No recordava que li hagués comentat res d'aquell sopar. O potser no li havia prestat atenció.

—No sé de què em parles! —va respondre-li ella amb l'orgull revoltat. El va mirar amb ulls altius i se'n va anar cap a l'habitació amb una calma darrere la qual s'amagava la ràbia resignada que sentia.

Ell la va seguir a grans gambades, estrenyent els punys.

—Per què m'ho fas, això? Vols fer-me quedar malament amb els meus companys de l'estudi, oi? No suportes que a mi em vagin bé les coses. Això és el que passa.

—Jo? Però què dius? —va respondre la Sophie, deixant al descobert la seva fragilitat. Sempre li tremolava la veu quan s'angoixava, quan es posava nerviosa o quan s'enfadava. Es va estirar al llit, cansada, reprimint les ganes de plorar, sentint els batecs del cor i com la sang li corria per les venes.

—Et vols aixecar i arreglar-te?

—No! No ho penso fer! N'estic tipa! —va cridar la Sophie i, ara sí, va sostenir, desafiadora, la mirada d'en Jules, que, acostant-se-li, la va obligar a aixecar-se estirant-la bruscament pel braç.

Es van quedar l'un davant de l'altre, amb l'única companyia de les respiracions agitades. El silenci incòmode, amenaçant, els va obligar a mirar-se als ulls durant uns segons eterns. Després, ell va sospirar profundament, va agafar la Sophie dels braços amb cura per damunt dels colzes, se la va acostar al cos i la va abraçar.

—Si us plau, Sophie —va dir serrant les dents i amb el coll rígid de la tensió.

Ella es va girar d'esquena per ocultar els ulls plens de llàgrimes. Se sentia molt desgraciada. Però no li quedaven forces per revoltar-se. O, potser, ja no sabia fer-ho. Es va desfer de la seva abraçada i va començar a vestir-se de pressa amb mans tremoloses i dits balbs, que no encertaven a cordar-se els botons. Es va anar a rentar la cara al lavabo. Es va mirar al mirall. El seu rostre evidenciava que els sentiments que duia tan ben amagats a l'ànima havien sortit de cop a fora, a borbollons, amb una intensitat gairebé insuportable. Va decidir no fer res per amagar-los. No es va maquillar. Ni tan sols es va pentinar. Tenia un aspecte horrible. Quan va acabar de vestir-se, va anar cap al menjador, on en Jules l'esperava amb la mirada perduda i turbulenta.

En aquell moment van trucar a la porta. Mentre ella es posava l'abric i es col·locava el barret, en Jules va anar a obrir. La Sophie va sentir que parlava amb la senyora Carter i que tancava la porta.

—Què volia? —va preguntar-li amb expressió

preocupada, com si intuís que alguna cosa espantosa estava a punt de passar.

—Ha arribat un telegrama per a tu.

En Jules li va entregar el telegrama i ella el va obrir. Va passar ràpidament la mirada per aquelles dues línies terribles. Les mans li van començar a tremolar i el paper li va caure als peus. Va córrer a tancar-se a l'habitació ignorant les preguntes d'en Jules.

CAPÍTOL 15

Comiat

Els últims veïns van abandonar la sala de la galeria i la Sophie va deixar escapar un sospir alleugerit. L'Elionor, vestida de dol de cap a peus, va començar a recollir plats, gots i les restes de menjar que havien servit als assistents al funeral.

La Sophie va anar a arraulir-se al costat del seu pare al sofà de tres places on la Vera ja no tornaria a seure mai més a fer mitja. Va agafar una d'aquelles mans arrugades i enyorades entre les seves i va ser incapaç de contenir una sobtada onada de llàgrimes. En Joseph la va abraçar i ella va pensar que havia passat massa temps des de la darrera abraçada. Un sentiment de soledat li va provocar un calfred.

—Està bé, papà?

Els llavis de l'home van dibuixar un gest que volia ser un somriure. La pèrdua de la Vera li havia deixat l'ànima molt entristida. La Sophie no l'havia vist mai tan afligit.

L'Elionor va tornar de la cuina i va seure davant seu, a la butaca de flors. Un floc de cabells rossos va brillar sota la llum de la làmpada de peu que hi havia al costat del sofà. La Sophie va alçar el cap i va clavar els ulls en la seva germana. Fins i tot vestida de dol estava bonica. Sempre havia admirat el seu aspecte patrici, els cabells rossos i ondulats que ara duia recollits en un monyo discret, i el nas una mica llarg i afuat que tant li recordava al de la mare. L'Elionor s'havia quedat amb la mirada perduda, un hàbit familiar que també havia heretat de la Vera.

La Sophie també es va perdre en els seus pensaments. Els darrers dies havien estat terribles. El telegrama que havia rebut a Los Angeles li anunciava que la seva mare havia patit una embòlia cerebral i que el seu estat era crític. Havia fet la maleta de pressa i corrents, i en Jules l'havia acompanyat amb el cotxe a l'estació. Durant el trajecte no havia parat de parlar. La Sophie no li havia prestat gaire atenció; tenia moltes altres coses al cap i una pena massa gran per ser explicada amb paraules tancada dins del cor. Intuïa vagament que el seu marit s'havia estat disculpant tot el trajecte.

Disculpes per haver estat tan brusc amb ella. Per no poder-la acompanyar a Nova York en una ocasió tan greu... Paraules!

En arribar a l'estació, va saltar del cotxe gairebé sense acomiadar-se'n.

—Digue'm alguna cosa així que arribis —havia dit en Jules, visiblement amoïnat.

Però la Sophie ja havia agafat la maleta lleugera i s'havia endinsat a l'estació sense mirar enrere, oblidant-se a l'instant d'ell, de les seves preocupacions i de les seves disculpes, amb totes les esperances posades a arribar a temps a casa.

«Arribar a temps a casa», va mastegar per dins, sense deixar anar la mà del seu pare, que tremolava lleugerament dins de les seves. Sí que hi havia arribat, a temps. A temps de veure morir la mare, a qui ja no va reconèixer en el cos d'aquella dona vella i maltractada per la malaltia. A temps de comprovar com es trencaven a bocins totes les esperances d'una recuperació miraculosa. A temps d'acomiadar-se'n per sempre.

L'Elionor, que seia amb l'esquena recta i les mans a la falda, tancada en un silenci hermètic, es va inclinar una mica cap endavant i es va dirigir a en Joseph.

—Papà, no ha pres res. Li preparo alguna cosa calenta?

L'home va alçar la mirada com si aquell gest li

costés un esforç sobrehumà. No va semblar que hagués entès el que la seva filla gran li deia.

—Hauria de prendre alguna cosa i anar a descansar, papà —va afegir la Sophie.

En Joseph va girar el cap a poc a poc i la seva mirada es va creuar amb la d'ella. «On són aquells ulls lluminosos, la llum de la meva infantesa? On ha anat a parar la seva mirada plena de curiositat?», es va preguntar la noia.

En Joseph es va intentar alçar amb dificultats. Les dues germanes van córrer a ajudar-lo.

—Deixeu, deixeu. M'estiraré una estona.

Van veure com el seu pare s'allunyava, impotents. La mort s'havia endut la seva mare. I potser, també, una part del seu pare.

—Ho superarà? —va preguntar la Sophie.

Als ulls de l'Elionor, hi lluentejava una llàgrima. Es va encongir d'espatlles, en un gest no tant d'ignorància com de derrota:

—Li faré una estona de companyia.

La Sophie va afirmar amb el cap. Quan la seva germana va desaparèixer de la sala, es va acostar a la galeria. Va descórrer les cortines. La nit sense lluna semblava que abastava tot el carrer. Totes les cases. A la llum escassa dels fanals, les llambordes brillaven amb la humitat. Va tancar els ulls amb força i va mirar d'imaginar-se els sorolls de la ciutat que no descansava mai: el brogit dels motors dels cotxes, la bonior de les botzines, el guirigall dels martells pneumàtics i el terrabastall dels trens elevats. En realitat, però, li arribava un murmuri lleu i llunyà. Com si Nova York fos encara un somni irreal.

No va ser conscient del pas del temps. Encara estava dreta davant de la finestra quan va sentir el pes d'una mà a l'espatlla. Va posar la seva al damunt per impedir que alcés el vol. No hi va haver paraules. L'Elionor i la Sophie van romandre davant de la galeria molta estona, juntes en la pèrdua. Unides en el dolor. Fins que la boirina lletosa del capvespre va començar a fondre passat i present.

La Sophie no tenia gens de pressa per tornar a Los Angeles. Havia escrit un telegrama a en Jules per comunicar-li que s'estaria amb la família a Nova York com a mínim quinze dies més. Li havia demanat que ho arreglés tot als estudis perquè li concedissin un permís. Sabia que amb la seva influència la seva feina no corria perill, però, en aquells moments, aquella no era la preocupació més gran que tenia.

En Jules no li havia esmentat en cap moment la possibilitat de viatjar a Nova York per estar amb ella i la seva família. Ella tampoc no l'hi havia demanat.

—Llavors, el teu marit i tu passeu per un mal moment?

Aquella tarda freda de gener, l'Elionor no havia d'anar a l'hospital i, tot dinant, havia comentat al seu pare i a la seva germana que sortiria a la tarda. La Sophie l'havia animat a fer-ho, i li havia dit que no havia de patir per res perquè ella no se separaria d'en Joseph. Però quan ja estava a punt de sortir, l'home, una mica més recuperat, s'havia entestat que les dues germanes sortissin juntes i es distraguessin lluny de la tristor d'aquelles quatre parets, on encara s'ensumava la presència de la mort. L'Elionor i la Sophie s'havien fet pregar, però, finalment, havien marxat juntes, una mica neguitoses. Però el neguit s'havia anat diluint pel camí.

—Sí, ho podríem dir així —va respondre la Sophie, apesarada.

El cambrer els va servir els *capuccini* i els *cannoli* sicilians. La Sophie va obrir molt els ulls. Li va venir salivera.

—Quina gran idea haver vingut al Reggio! Gairebé em sembla que era en una altra vida quan hi venia a berenar.

Les germanes Simmons, per iniciativa de l'Elionor, havien agafat el metro fins a Greenwich Village i, xerrant relaxades per primer cop en molts dies, es van encaminar cap a la cafeteria entre les restes de neu bruta que s'arraulia a les voreres. Les taules i cadires verdes de l'exterior del Caffe Reggio també estaven cobertes de neu. A dintre del petit local, però, l'atmosfera era càlida, tranquil·la i acollidora. Van seure en una taula a prop de la finestra. Tot allà dins semblava quc convidava a les confidències.

—Què us passa, exactament?

La Sophie, que s'havia quedat abismada en els seus pensaments, va alçar els ulls i va mirar fixament la seva germana.

—No t'ho sabria dir, Elionor. Ni jo mateixa ho sé.

—Però n'estàs enamorada?

La Sophie es va acostar la tassa del *capuccino* als llavis mentre assentia distreta, amb els ulls tancats, assaborint aquell plaer tebi.

—Potser et molesta que t'ho pregunti.

—Per què? Ets la meva germana —va respondre, i va somriure tranquil·litzadora.

—Saps?, ens va estranyar molt que no ens el vinguessis a presentar.

—Ho entenc.

L'Elionor va estossegar una mica, incòmoda.

—No et venia de gust fer-ho?

—Em vaig trencar el cap pensant com us diria que m'havia casat. Hauria estat molt millor venir a Nova York i presentar-vos en Jules. Em martiritzava pensar que la mamà no entendria aquella manera de fer les coses. Que us sabria greu a tots. Però ell no podia viatjar a Nova York i jo...

Les paraules se li van quedar embussades a la gola. Va clavar una mirada trista i eloqüent en la seva germana gran.

—Disculpa'm —va murmurar l'Elionor, abaixant els ulls. I es va empassar la saliva, amoïnada—. He estat molt poc delicada.

La Sophie va treure un paquet de cigarrets de la bossa. En va oferir un a l'Elionor, i es van posar a fumar.

—No et preocupis, creu-me. El que passa és que encara no estic preparada per explicar el que em passa. Potser ni jo mateixa ho sé. Estic feta un embolic. En Jules és l'home més encantador del món quan fas les coses a la seva manera.

Va haver de fer una pausa. Tenia la veu esquinçada com si estigués a punt de posar-se a plorar.

—Viure amb ell és molt més difícil del que em pensava, saps?

L'Elionor va afirmar amb el cap. Va deixar caure la cendra del cigarret al platet. La fina columna de fum creava un espai nebulós entre les dues joves. Va canviar bruscament de tema.

—He de confessar-te que no t'he portat aquí per casualitat.

—Què vols dir?

—És que havia quedat... amb algú.

La Sophie va quedar ben sorpresa. Per uns segons no va saber què dir ni com reaccionar. Però, de sobte, una idea es va començar a obrir pas pel seu cap i els llavis li van dibuixar un gran somriure.

—Elionor! Surts amb algú?

L'Elionor va envermellir i va moure tímidament el cap, afirmant, sense atrevir-se a parlar.

—Això és... magnífic! Però per què no m'has dit que tenies una cita? No hauria vingut. No vull molestar.

Se sentia realment emocionada. Encara que amb l'Elionor no havien parlat gaire d'aquell tema, per no dir gens, estava segura que la seva germana no havia tingut gaires relacions. De fet, havia estat testimoni de la seva soledat en l'anterior visita nadalenca a casa. Les dues germanes es van mirar intensament i la Sophie va descobrir, aleshores, una brillantor nova en els ulls de l'Elionor que li confirmava totes les sospites. I allò era una bona notícia.

Es va aixecar amb la intenció de marxar; estava decidida a no fer nosa. Amb les presses, el barret i els guants que tenia a la falda li van caure a terra. Es va ajupir per recollir-los mentre murmurava excuses.

—Et deixo. No vull...

—No! —va contestar-li l'Elionor, incorporant-se una mica per veure millor la Sophie, que seguia ajupida intentant recuperar un guant de sota la taula—. Tu et quedes. Te'l vull presentar. I, a més, ja és massa tard.

L'Elionor va tornar a seure còmodament amb els ulls clavats a la porta d'entrada. Li somreien enjogassats. La Sophie es va alçar de pressa i es va clavar un bon cop de cap a la taula. Va deixar escapar una paraula gruixuda entre dents; amb les peces recuperades a les mans i les galtes envermellides per l'esforç i la vergonya, va girar el coll per mirar cap a la porta. L'Elionor va arrugar les celles i va clavar la vista a terra, però reia per dins.

—Sophie, et presento el doctor Damien Howard. És... un amic.

Un home d'uns quaranta anys, alt i amb un impecable abric negre s'havia acostat a la taula. Quan es va treure el barret per saludar-les, la Sophie es va fixar en els cabells rossos i una mica esclarissats que duia pulcrament pentinats cap enrere. Els ulls, que eren una estranya combinació de verd i marró, com si estiguessin fets de molsa i torba, la miraven divertits.

Va encaixar amb ell. Li va agradar la manera enèrgica de donar-li la mà. A primer cop d'ull, li va semblar una persona sòlida i afable. Sense serne conscient, va sospirar alleugerida.

Van convidar en Damien a seure amb elles i van demanar més *capuccini* i més *cannoli*. La Sophie i en Damien es van observar de cua d'ull durant uns segons enmig d'un silenci encuriosit i ple d'expectatives. Aviat, però, aquell silenci es va convertir en una conversa planera i amena. L'Elionor es va relaxar; somreia i era feliç.

Quan van sortir al carrer, en Damien la va besar als llavis i va fer dos petons a les galtes a la Sophie.

—Quina llàstima no poder allargar aquesta vetllada, però ja faig tard. Aquesta nit estic de guàrdia a l'hospital.

—Ves-te'n tranquil. També es fa tard per a nosaltres. El papà està sol a casa —va respondre-li l'Elionor.

Es van separar i van agafar camins oposats. L'Elionor i la Sophie van anar de bracet i gairebé van córrer fins al metro, obrint-se pas entre la brisa gelada, que semblava que els havia donat energia.

Com que estava acostumada a matinar, l'Elionor es retirava molt d'hora a les nits. La Sophie es quedava una bona estona llegint a la còmoda butaca d'orelles del seu pare, a la sala de la galeria. La lectura se li feia difícil, interrompuda sovint pels seus propis pensaments i pels sorolls nocturns, que la neguitejaven. Amb nostàlgia recordava el temps en què de les cambres de la casa en sortien remors de veus tranquil·litzadores que li feien més amable la foscor.

Cada nit intentava llegir un parell de pàgines mentre s'esforçava a foragitar del cap i del cor tota aquella nostàlgia. Només quan els ulls se li començaven a tancar, s'alçava i anava cap a l'habitació del seu pare per assegurar-se que ja dormia i que no la necessitaria més. Aleshores sospirava tranquil·la, apagava tots els llums menys el del distribuïdor per no ensopegar, i gairebé de puntetes recorria el fred passadís i entrava a l'habitació que compartia amb l'Elionor.

Aquella nit va repetir el mateix ritual, però amb l'esperança posada a trobar-la desperta. Tenia ganes de continuar xerrant amb ella, encara que no quedava gran cosa més a dir perquè havien estat parlant d'en Damien durant tot el viatge de tornada a casa, i li semblava que ja ho sabia tot sobre ell. La Sophie no recordava haver tingut mai una conversa tan distesa ni tan íntima amb ella. Semblaven dues adolescents il·lusionades, xiuxiuejant-se secrets d'amor a l'orella.

Quan la Sophie va entrar a l'habitació, però, l'Elionor estava profundament adormida. Es va començar a despullar sense fer soroll i sense poder evitar observar el rostre bell i relaxat de la seva germana. Sempre l'havia tinguda per una dona solitària que no feia amics fàcilment, que desconfiava de tothom, fins i tot d'ella mateixa, i amb qui era difícil comunicar-se. Però havia canviat. La vida l'havia canviat. I l'amor, també.

El fred la va obligar a acabar de despullar-se de pressa; es va ficar al llit i una esgarrifança glacial li va eriçar la pell. Es va tapar amb el cobrellit fins a les espatlles. Com adorava aquella sensació de protecció que sentia sota els llençols! De mica en mica les esgarrifances es van anar convertint en una escalfor dolça i plaent. Es va adormir de seguida.

A trenc d'alba, la sensació que alguna cosa humida i enganxosa l'embolcallava la va despertar. Va encendre el llum, es va incorporar una mica i va apartar la gira del cobrellit. El que va veure la va horroritzar.

Del que va passar després, la Sophie només en guardava petits flaixos a la memòria; imatges soltes i inconnexes i el record d'aquell dolor punxant al ventre.

Recordava la cara de terror de l'Elionor, els llums dels llargs passadissos de l'hospital i els ulls d'en Damien clavats en ella mentre repartia ordres arreu.

Després res.

Quan es va despertar, en Joseph seia al costat del seu llit a l'hospital i li agafava una mà. L'Elionor estava dreta a l'altre costat.

—Què m'ha passat?

La porta de l'habitació es va obrir i va aparèixer en Damien amb la bata blanca de metge.

—Com et trobes, Sophie? —va preguntar amb un somriure tranquil·litzador als llavis mentre consultava l'informe mèdic que estava penjat als peus del llit.

No va respondre. De fet, no li feia mal res, però els seus ulls evidenciaven un neguit angoixant.

En Damien, endevinant el malestar de la Sophie, es va afanyar a donar-li explicacions.

—Sophie, estàs embarassada.

Els ulls de la noia es van obrir molt, plens d'estupor.

—Embarassada?

—Sí. Has tingut una hemorràgia i has estat a punt de tenir un avortament espontani. Però, per sort, l'Elionor ha reaccionat de pressa. Hem pogut ajudar-te amb medicació. El fetus està bé. Ara només cal que descansis molt; no hi ha res que ens faci pensar que hi hauria d'haver més problemes.

—Però... no ho entenc!

En Joseph va picar uns copets suaus a la mà de la seva filla.

—Estàs embarassada, filla. Embarassada! —va cridar amb entusiasme renovat.

Tot seguit, una malenconia ombrívola li va pujar als ulls. Pensava en la Vera, que ja no podria conèixer aquell net, i l'alegria que l'havia envaït en conèixer la notícia li va semblar un acte d'autèntic egoisme.

La Sophie jeia al sofà de la saleta sota la tebior d'una manta. S'havia mig endormiscat i el llibre que llegia li havia caigut a terra. Al carrer, les fulles dels arbres s'agitaven amb frisances ràpides; l'ombra del fullatge es desplaçava lentament per terra. La tarda s'escolava mandrosa.

S'avorria. El seu pare no li deixava fer res. La renyava si s'aixecava del sofà. L'aclaparava amb tantes atencions. Però, en el fons, estava contenta que fos així. En Joseph semblava que havia revifat aquells dies; una nova vida s'obria pas amb força i s'enduia les darreres sentors que la mort havia deixat en aquella casa. Es tornava a sentir útil i a poc a poc recuperava l'energia.

La Sophie va ensumar la dolçor amarga del cafè acabat de fer. Si en Joseph en preparava a la tarda, volia dir que l'Elionor estava a punt d'arribar i que es reunirien tots tres a la sala per prendre'l. Efectivament, al cap d'uns minuts es va sentir el pany de la porta que s'obria i les passes enèrgiques de la gran dels Simmons que pujava les escales. La Sophie va rebre la seva germana amb un somriure. En Joseph va aparèixer amb la safata amb el cafè i unes quantes galetes de mantega. Al cap d'una estona les va deixar soles.

—Com et trobes? —va preguntar l'Elionor a la seva germana.

—Estic bé. Però m'avorreixo mortalment —es va queixar la noia en un to de veu que recordava el d'una nena aviciada—. El papà no em deixa fer res. Em renya si m'aixeco.

—Pare i metge! Una barreja explosiva.

L'Elionor va assaborir el cafè que li quedava a la tassa en silenci. Estava deliciosament calent i havia perfumat la sala amb aquella sentor meravellosa. No deixava de llambregar la Sophie de cua d'ull.

—Ja fa una setmana que saps que estàs embarassada. Però et miro i em sembla que encara no t'ho creus. Que no has reaccionat.

—No, no ho he fet. Ja t'ho he dit, Elionor; en Jules i jo no havíem parlat mai de nens. No és que no en volguéssim, suposo que tots dos ho deixàvem per a més endavant.

—Però ara estàs embarassada!

La Sophie va continuar desgranant els seus pensaments com si la seva germana no fos allà.

Necessitava parlar per aclarir tot el que tenia a dins.

—Fa més de dos anys que vivim junts i no havia passat mai res. Anàvem amb compte.

—Però ha passat, Sophie! I no entenc com és que encara no li has donat la notícia.

—Jo...

L'Elionor es va alçar de la butaca i va anar a seure al costat de la seva germana. Li va agafar les mans.

—Sophie, mira'm als ulls i digue'm la veritat. No la vols, aquesta criatura?

Va sentir que el cor se li agitava sense control. Tota ella feta un devessall de llàgrimes, amb la veu entretallada pels sanglots, es va abraçar a l'Elionor.

—Jo sí que la vull. Però no sé si en Jules la voldrà. No ho sé, Elionor! Tinc tanta por!

L'Elionor va acaronar els cabells espessos i rinxolats de la seva germana.

—Doncs t'hi has d'enfrontar i prendre decisions, Sophie. És la primera cosa que has de fer pel teu fill.

La Sophie va assentir a poc a poc amb el cap mentre que, d'esma, es posava les mans al ventre en un gest tendre i protector. Era la primera vegada que ho feia. Era la primera vegada, també, que sentia a dins seu el misteri de la vida.

Capítol 16

Eve

Feia una meravellosa tarda de primavera. Els edificis fulguraven il·luminats pels raigs de sol enjogassats. La Sophie va baixar del tramvia i va enfilar aquell carrer tan familiar caminant sense pressa, tota ella plena d'una dolça sensació de benestar, mentre observava el lleu tremolor de les fulles dels arbres que s'estremien amb la brisa. La idea de la marxa de la Lissette la va assaltar de cop, i tot el que l'envoltava, tan acollidor fins a aquell moment, es va tornar una mica més aspre.

La Lissette se n'anava a viure a Mèxic amb en Gabriel i havien quedat per fer un comiat íntim, un comiat diferent del que havien celebrat feia uns dies al Musso & Frank Grill, amb en Jules i en Gabriel. Aquell vespre, les dues amigues s'havien escapat juntes al servei de senyores per retocar-se el maquillatge i s'havien confabulat per acomiadar-se, soles, al mateix lloc on s'havien conegut, en aquell apartament de sobre el garatge tot ple de mobles tronats atapeïts en aquells escassos trenta metres quadrats.

La Lissette li va obrir la porta vestida amb uns pantalons amples i un jersei folgat. La Sophie va enyorar les bates d'estil oriental que tants records li portaven. Les bates de la Lissette, la cafetera tothora a punt als fogons, l'estufa que a l'hivern emetia una lluentor càlida, la taula gran sempre plena d'andròmines i, malgrat tot, tan ordenada, el sofà llit —la decadència del qual s'amagava sota una flassada de colors alegres—, tot plegat constituïa l'escenari que reproduïa la seva arribada a Los Angeles amb el bagatge encara intacte de les seves il·lusions i dels seus projectes. Una vida nova per viure.

Les dues noies es van abraçar emocionades. S'agafaven i es deixaven anar de les mans. Es van observar rialleres, com si fes anys que no es veiessin.

—Encara no m'acostumo a la teva panxa.

—Si vols que et digui la veritat, jo tampoc —va riure la Sophie, acariciant aquell ventre que es començava a inflar.

La Lissette va posar la cafetera al foc, va agafar les mateixes tasses escantellades de sempre i hi va abocar un cafè negre que, de seguida, va escampar un núvol perfumat pel petit menjador. Després, va seure davant de la Sophie i li va tornar a agafar les mans:

—De debò que ets feliç? És això el que volies?

—Tu com em veus?

La Lissette va somriure. Tenia els grossos ulls verds clavats en la seva amiga i la mirava amb una tendresa nova, plena de la malenconia que li provocava la separació que s'acostava.

—Estàs preciosa. Els ulls se t'han tornat dolços. I els cabells... Déu meu!, com t'ho fas per tenir aquests cabells tan sedosos i brillants?

La Sophie es va recollir amb coqueteria uns rínxols rebels amb els dits.

—Deu ser cosa de l'embaràs. El cos et canvia, però no tots els canvis són dolents.

Sense adonar-se'n, també la Lissette es va posar un floc de cabells darrere de l'orella.

—Hem pogut parlar tan poc! Els preparatius del viatge em faran parar boja. En Gabriel és un encant, però està tan pesat amb la seva tornada a Mèxic!

Van riure tot assaborint el cafè, mirant-se als ulls, cadascuna vivint aquell comiat a la seva manera.

—Em va sorprendre quan em vas dir que estaves embarassada. «En Jules i la Sophie seran pares?», vaig pensar. No m'ho podia creure.

A la Sophie se li va marcir una mica el somriure que li il·luminava el rostre. Es va posar a la defensiva.

—No sé per què ho dius.

Als ulls de la Lissette no hi havia ni retrets ni crítiques. Només molt d'amor i un polsim de preocupació.

—No t'enfadis, preciosa. Però és que, abans d'anar a Nova York, quan va morir la teva mare, en Jules i tu no estàveu gaire bé. Per això et vaig amagar durant una temporada la meva relació amb en Gabriel. Em semblava un acte de pur egoisme ser tan feliç quan tu...

La Sophie va fer un lleu moviment amb la mà i la Lissette va callar. Però de seguida va tornar a la càrrega.

—No m'havies parlat mai que volguéssiu tenir fills. I tu i jo ens ho hem explicat tot.

La Sophie es va reincorporar una mica a la cadira. Una espurna d'impaciència li va brillar a la mirada. Va sospirar:

—En Jules i jo no ens havíem plantejat ser pares, tens raó. Però va passar.

Es va mossegar el llavi inferior abans de seguir parlant:

—Vaig témer com reaccionaria en saber la notícia. No tenia ni idea de com s'ho prendria. Però jo havia estat a punt de perdre el fill que duia a dins i havia pres una decisió. Volia ser mare!

Va fer una pausa i va sospirar; va ser un sospir gran, relaxat, amb el qual va semblar expulsar fora del cor antigues pors.

—Però quan l'hi vaig dir, quan li vaig dir que estava embarassada, ell va reaccionar molt bé. Va venir de seguida a Nova York, va conèixer la meva família, va tenir cura de mi durant aquell parell de setmanes que van haver de passar fins que els metges em van donar l'alta definitiva i em van permetre viatjar a Los Angeles. Saps?, se'l veia feliç amb la idea de ser pare. I encara n'està. Aquest fill ens ha portat molta pau.

—Però has deixat la feina als estudis, tot el que fins ara era la teva vida.

La Sophie es va alçar i va caminar a poc a poc cap a la finestra amb les mans als ronyons. Les cortines deixaven passar la claror daurada de la tarda. Es va quedar observant aquell carrer tan conegut, d'esquena a la Lissette.

—Sí, tens raó. He abandonat els somnis i al seu lloc hi he posat la realitat.

—Potser més endavant te'n penediràs.

Es va girar de cop. Va parlar de pressa, a la defensiva, però sense ràbia ni rancúnia:

—I tu, Lissette, estàs del tot segura que el teu destí és a Mèxic? No te'n penediràs, tu, d'abandonar la teva feina a la Paramount per seguir un home fins a un país desconegut que no és el teu?

—Nosaltres tenim un projecte professional en comú. No és el mateix.

La Sophie es va acostar de nou a la seva amiga,

que no s'havia mogut de la cadira. Es va ajupir i li va passar els braços pel coll, i la va abraçar amb tendresa. La noia va tancar els ulls i va recolzar el cap damunt d'aquells braços acollidors.

—Amiga meva —va dir—, ni tu ni jo sabem què ens oferirà el futur. Vivim i amb això ja fem prou. Però una cosa sí que et vull dir: això que duc al ventre ha fet més intensos els colors de la meva vida. Més autèntics. No em vull perdre aquesta experiència per res del món, encara que per fer-ho hagi de renunciar a altres coses.

La conversa es va anar allargant. No es volien separar perquè no sabien quan es tornarien a veure, si és que la vida els oferia la fortuna de tornar a coincidir. Però estaven segures que es tindrien l'una a l'altra, si es necessitaven.

La Lissette va acomiadar la Sophie a la porta, amb els ulls plens de llàgrimes.

—No te'n vas tan lluny, Lissette —va dir-li fent-se la valenta, mentre mirava d'empassar-se el nus que se li formava a la gola.

—Tens raó. Mèxic és aquí mateix.

En arribar, però, a la Lissette li va semblar que Mèxic era molt lluny. Lluny de tot el que havia conegut fins a aquell moment. En un altre món. Un món on arbres de fullatges enormes conversaven amb els núvols. On el mar semblava ebri d'escuma. Li va semblar una terra de ruïnes silents i irreductibles. De perfums desconeguts i de colors de jade. De sorolls estridents i de misteriosos cants d'ocells; de llegendes amb plomes de quetzal. I, també, d'esglésies fosques amb sants a les parets i altars daurats que brillaven resplendents.

Durant les setmanes que en Gabriel la va dur a conèixer les belleses mexicanes properes a Ciutat de Mèxic on haurien d'establir-se, la Lissette es va deixar conquerir per les platges paradisíaques de Tecolutla, en va recórrer els manglars a bord d'una *panguita* i es va omplir els ulls i l'esperit d'una vegetació tan esplendorosa que semblava sortida de la imaginació dels homes.

A Teotihuacán va poder donar la mà a la història i es va passar hores mirant d'escatir els misteris que amagava la Piràmide del Sol.

Van passejar pels carrers empedrats de San Miguel de Allende, que eren com mosaics de colors, amb *zocos* curulls d'artesania popular i esglésies antigues que explicaven mil històries. Allà, la música hi habitava com un veí més. Els sabors de la cuina mexicana provocaven sensacions insospitades al paladar de la Lissette.

Dia a dia, la jove es va anar convencent que, fins aleshores, havia viscut amb els sentits adormits. Perquè els sabors, els colors, les melodies, tot el que era bo i el que no ho era tant es vivia amb més intensitat a Mèxic.

Però aquelles curtes vacances mexicanes es van acabar aviat i la Lissette i en Gabriel van anar cap a Ciutat de Mèxic, on ell tenia casa i els estudis cinematogràfics Churubusco, que eren petits, com l'embrió d'un somni, però que volia convertir en l'autèntic Hollywood Chilango.

En arribar a la capital, la Lissette se sentia immersa en un estat d'exaltació; tota ella estava imbuïda de bones vibracions i d'esperança en el futur. Estava segura que res no podia anar malament. Confiava en el gran potencial econòmic d'en Gabriel per aconseguir fer realitat els seus somnis i en l'experiència que havia acumulat durant aquell any passat a Hollywood. Es tenien l'un a l'altre i tenien el cinema, que estava present en tots els seus plans. Sabien que abans d'arribar a assolir l'èxit que somiaven haurien de treballar molt. I estaven disposats a fer-ho.

Amb allò amb què potser no comptava la Lissette era el que va trobar a Ciutat de Mèxic des del dia de l'arribada. En Gabriel es va incorporar a la feina dels estudis de seguida. Es passava els dies en reunions, viatges i gestions; eren els primers engranatges que posarien en marxa la roda dels estudis, en els quals ella encara no podia col·laborar gaire. Tot d'un plegat, el somni mexicà de la Lissette s'havia transformat. De tenir en Gabriel al seu costat les vint-i-quatre hores del dia, va passar a trobar-se sola i estranya en l'enormitat d'una casa situada en un barri residencial allunyat del centre, Las Lomas. La casa era massa gran i li queia al damunt. No entenia el que li deia la criada, i encara menys la cuinera. Li feia basarda anar sola fins al centre de la ciutat perquè sempre es perdia amb el cotxe i, durant setmanes, es va passar el dia anant del reixat del jardí a la gran i luxosa sala, i d'allà, altra vegada al reixat per veure si veia arribar en Gabriel.

Però totes les pors s'esvaïen quan, de nit, sopaven tots dos sols a la gran terrassa davant de la bassa plena de gardènies. Ell li explicava el que havia fet durant el dia, amb qui s'havia entrevistat, com anaven els plans per als estudis. Ella l'escoltava en silenci, amb els ulls clavats a la ciutat que s'estenia als seus peus, plena de llums que titil·laven i amb dotzenes d'esglésies que alçaven al cel les seves cúpules brillants.

Les nits d'aquells primers mesos a Ciutat de Mèxic eren un bàlsam per a la Lissette, però la soledat i les pors, els dubtes, tornaven amb força cada matí, quan la brisa tèbia, carregada d'olors dolces, feia voleiar les cortines del dormitori i la despertava acaronant-li els cabells.

Li van posar Eve. Va néixer un migdia de finals de juliol, una mica abans del previst. La calor era plomissa i enganxifosa. La Sophie es va passar gairebé un dia sencer entre patiments de part, escridassant en Jules cada vegada que ell s'atrevia a entrar a l'habitació de l'hospital i enganxada com un musclo a una roca a la mà de l'Elionor, que, juntament amb en Joseph, havia arribat a Los Angeles dies abans per no perdre's el naixement de la criatura.

El part va ser laboriós, però el dolor va quedar relegat a l'oblit quan, per fi, aquella nena sana i forta va saludar la vida amb un plor indignat.

La petita Eve era preciosa. La Sophie va saber des de l'instant que la va tenir als braços per primera vegada que aquella criatura s'havia convertit, ja, en tot el seu univers. No podia deixar de mirarla. Li semblava que estava increïblement ben feta, amb aquells ditets com de joguina acabats en ungles perfectes. La va envair una onada de tendresa tan intensa que no podia deixar de plorar.

La recuperació va ser molt ràpida, i després d'uns quants dies ja van poder dur la nena a casa. No a l'apartament d'una sola habitació de Hollywood Boulevard, sinó a la casa que havien comprat i arreglat preveient el creixement de la família.

Tan aviat com en Jules i la Sophie van tornar a Los Angeles des de Nova York, després del Nadal, es van posar a fer plans per mudar-se a un lloc on poder criar el seu fill. La Sophie només va posar una condició: volia que la seva futura llar fos a Westwood, a prop dels bosquets on tantes vegades havia anat a pintar aquarel·les amb els Coats. Aquell barri airejat i tranquil, que limitava a l'est amb Beverly Hills i amb la ciutat de Santa Monica a l'oest, era per a la Sophie un veritable paradís a la Terra i no li importava gens allunyar-se del centre sorollós de Los Angeles.

No va ser difícil trobar el que buscaven. Per bé que s'estava posant de moda mudar-se a Westwood, el barri encara era ple de solars buits i de cases per poder triar. Se'n van quedar una de pissarra grisa amb teules vermelles fins on s'enfilaven les glicines. Era enorme, amb tres habitacions al pis de dalt, i un menjador, cuina independent, una gran sala i una biblioteca a l'inferior, que desembocaven en un jardí on creixien arbres fruiters i per on s'escampaven bancals plens de flors. Era una casa preciosa i la Sophie estava convençuda que el fill que esperava l'ompliria d'alegria.

Es va passar els darrers mesos de l'embaràs moblant la casa i condicionant-la per a l'arribada del petit. Uns dies abans del part, quan en Joseph i l'Elionor van arribar a Los Angeles, la Sophie va tenir la satisfacció d'allotjar-los a la seva nova i còmoda llar.

Eren temps en què, sovint, es parava a pensar en el que la vida li oferia. Tot havia canviat tant! Tenia vint-i-quatre anys i ja gairebé no quedava res de la noieta que havia arribat a Los Angeles amb una maleta en una mà i els dibuixos a l'altra. Aquella Sophie era una altra Sophie. Una noia diferent de la dona d'ara, amb menys capes de vida viscudes. Aleshores, fer-se un lloc en el món de l'animació era el seu únic somni i objectiu. S'havia enamorat, i l'amor l'havia fet patir. Havia passat molt de temps sola, lluny de casa i de la seva família, sense poder ni tan sols ajudar-los, patint les seves penes en la distància. Passant privacions. Era cert que havia trobat bons amics que li havien fet costat, i aquest havia estat el seu gran consol quan es va separar d'en Jules perquè no podia suportar més temps les seves infidelitats i el distanciament que hi havia entre ells. Havia entrat a treballar a Disney, sí, però això, a diferència del que creia, no havia servit per fer realitat els seus somnis, sinó que l'havia deixat aturada en un carreró professional sense sortida. Ara sabia que no hi havia dones animadores i que el seu futur als estudis es limitava al Departament de Tinta i Pintura.

Per tot això, i perquè duia una nova vida al ventre, ho havia deixat tot sense mirar enrere. O gairebé. Perquè era cert que li canviava l'expressió de la cara i els ulls se li entelaven quan l'atrapava la nostàlgia i el pensament se li omplia d'imatges dels estudis i de l'Art, i d'en Martin, i d'aquella passió fugaç i estranya que tots dos havien viscut.

Però la Sophie reaccionava de pressa davant d'aquestes onades de records que la deixaven afeblida uns instants. No volia pensar en tot allò. L'únic que pagava la pena era el present. Els mals moments amb en Jules havien quedat enrere. Ell l'estimava. I ella sabia que el matrimoni no era un camí de roses per a ningú. L'anunci d'aquell embaràs inesperat havia canviat totes les expectatives.

I, ara, l'Eve ho era tot. Passat, present i futur.

Sí, l'Eve ho havia canviat tot.

Després del naixement de l'Eve, en Joseph i l'Elionor encara es van estar una setmana a la casa de Westwood. Van ser uns dies meravellosos, plens de moments d'intimitat que es van convertir en un tresor impagable després de tantes separacions i de tanta distància. La Sophie associaria per sempre aquells dies a l'olor de nadó, de pólvores de talc i del cafè intens que es prenien després de dinar a la terrassa mentre alletava la nena.

Sovint la Sophie aprofitava que la seva germana es quedava vigilant el son de l'Eve per sortir al jardí amb el seu pare. Ben protegits amb barrets contra el sol de justícia d'aquella canícula tòrrida, arrencant males herbes o arreglant els parterres, escoltava les històries i els records que en Joseph no es cansava mai de narrar. Normalment eren anècdotes de quan l'Elionor i ella eren petites, històries divertides que omplien l'aire de rialles.

Les converses amb en Joseph també eren una oportunitat per parlar de la Vera, per recordar-la i, fins i tot, per conèixer-la millor. Perquè, per a ell, el record era l'àncora a què s'aferrava per no submergir-se en les profunditats de la tristesa.

També van ser dies de confidències entre germanes, perquè, a més, l'Elionor tenia una gran notícia per donar.

—En Damien i jo ja tenim data per a la boda.

La Sophie no va poder ofegar un crit de sorpresa.

—Ho dius de debò? Déu meu! Això és meravellós. Ho sap, el papà? Suposo que tindré temps per arreglar-ho tot, per preparar el viatge. Hauries d'esperar que l'Eve creixés una miqueta, és molt petita encara per fer un viatge tan llarg, i jo...

L'Elionor va interrompre la seva germana amb una gran riallada.

—Tranquil·la, dona. I no m'ho preguntis tot alhora que no sé per on començar.

—Perdona'm. És que estic impacient per conèixer-ne els detalls.

—El papà està al corrent de tot, però ha volgut que fos jo qui t'ho digués.

Va fer una pausa solemne que va irritar la Sophie.

—Elionor, va, m'estàs posant nerviosa.

—Ens casarem a finals de novembre, just abans que en Damien ocupi el nou càrrec al Mount Sinai. No sé si saps que també té previst obrir una consulta a casa.

—On viureu?

—De moment a l'apartament d'en Damien.

L'Elionor va endevinar la preocupació als ulls de la seva germana.

—No pateixis. No es tracta d'un apartament gaire gran, però el papà vindrà a viure amb nosaltres. En Damien l'adora i ja és hora que es jubili i que pugui descansar. Jo també deixo l'hospital. Treballaré com a infermera a la consulta de... del meu marit.

Les dues germanes es van mirar als ulls i van esclatar a rialles nervioses i engrescades. Després, l'Elionor va sospirar teatralment.

—Ja ho veus! Hauré de viure amb dos metges. És una tragèdia!

—I la casa? Vull dir casa nostra?

—No és moment de posar-la a la venda, encara que comença a haver-hi una mica més de moviment immobiliari. Algunes de les antigues cases del nostre barri ja s'han enderrocat per aixecar-hi pisos.

—Oh!

—Però tot arribarà, i quan venguem la casa podrem pensar a comprar un pis més gran. O una casa.

Es va fer un silenci que el plor de l'Eve, reclamant menjar, va trencar.

—Aquesta nena és puntual com un rellotge.

—La nostra Eve està feta una golafre!

Les dues germanes es van aixecar alhora per atendre la petita. Abans de fer-ho, però, la Sophie va abraçar l'Elionor:

—Me n'alegro tant, Elionor! Que contenta que estic!

L'Elionor es va quedar molt quieta. Va tancar els ulls per sentir amb tot el cos l'escalf d'aquella abraçada.

Faltaven només dues setmanes per al casament de l'Elionor. La Sophie vivia nerviosa i des de la distància els preparatius, encara que ella també tenia moltes coses a fer abans de marxar cap a Nova York. I les havia de fer sola perquè en Jules vivia absort en la feina i en el seu èxit professional, alliberat de qualsevol altra cosa que no fos preocupar-se per ell i les seves coses, perquè sabia que darrere seu la menuda i fràgil Sophie aguantava amb totes les seves forces el pes d'aquella família.

Aquell matí de novembre del 1939 s'havia aixecat gris i aviat no hi va haver ni un forat per al sol entre els núvols. La Sophie, dreta a l'habitació de matrimoni, recorria amb la mirada les quatre maletes a mig fer, totes obertes en un desordre que semblava irreversible. Va esbufegar sorollosament i va seure al llit, esgotada. El cel començava a acerar-se amb una brillantor de metall. Plouria, i potser per això, va pensar, tenia l'ànim foragitat.

L'horrible rellotge de peu de la sala va tocar amb parsimònia deu batallades. Havia estat un caprici d'en Jules, una antiguitat caríssima que no acabava de trobar el seu lloc entre els mobles moderns i funcionals que decoraven la casa. La Sophie no el suportava. Li feia basarda la manera com aquella baluerna tocava les hores i els quarts. Sempre tenia un ensurt quan en sentia el so una mica macabre, com si més que anunciar l'hora, anunciés desgràcies.

Es va alçar i va anar cap a la cuina per preparar el biberó de l'Eve. Li va estranyar que la nena no l'hagués reclamat a crits, com feia sempre. L'Eve era una goluda, i mitja hora abans de la presa se solia despertar gemegant, primer d'una manera discreta, com si fos un gatet que cerqués carícies; de mica en mica, però, apujava el volum de les protestes i feia un autèntic guirigall que no cessava fins que la seva mare arribava amb el biberó, que s'empassava sense respirar.

La Sophie va entrar a la cambra infantil. Com sempre que ho feia, la va envair aquella agradable sentor de protecció i d'amor.

—Que no té gana, avui, la meva nineta? —va preguntar acostant-se al bressol.

L'Eve dormia.

No es movia.

Tenia els ulls tancats en una calma infinita i les mans fredes.

La Sophie la va agafar en braços.

El rellotge va anunciar lúgubrement que era un quart d'onze.

Un crit de dolor es va unir al so del rellotge.

Va ser un crit animal, una onada abassegadora que es va obrir pas per la casa i va arrabassar els altres sons. L'alegria. La vida.

Després, silenci.

La Sophie, bressolant el cos exànime de la seva filleta, es va acostar a la finestra que donava al jardí. Al cel s'engendraven núvols de tempesta. El vent s'havia posat a bufar i els arbres gemegaven. El dia va semblar que es fonia amb la nit.

Va observar el seu reflex al vidre.

Una fulla va caure d'un arbre.

Sense fer remor.

Octubre del 1940
Octubre del 1945

AIRES DE TEMPESTA

«Podeu esperar que reculli els llapis?».

ART BABBITT

Capítol 17

Tornar a començar

500 South Buena Vista Street, Burbank
Walt Disney Studios

Aquell matí de mitjan octubre del 1940, un taxi va creuar l'entrada principal de Walt Disney Productions a Burbank, va passar per davant de la garita i va resseguir la rotonda on destacava el nom dels estudis emmarcat amb flors blanques. La Sophie, amb el cap recolzat a la finestrella del vehicle i els ulls ben oberts, contemplava meravellada els edificis del campus separats per zones enjardinades plenes d'arbres i flors i de bancs per seure. Era la primera vegada que trepitjava els nous estudis i tot el que n'havia sentit a dir es quedava curt. Va somriure amb nostàlgia en pensar en el petit edifici d'Hyperion Avenue, al costat de la benzinera. Va recordar la solitud d'aquella avinguda desèrtica, els llavis vermells de la Carol i el cotxe que la seguia arrambat a la vorera. Aquell dia, el primer dia que havia entrat a Walt Disney Studios, havia conegut en Jules. Va tancar els ulls i va sospirar.

En Walt Disney i el seu equip humà s'havien traslladat a Burbank el gener del 1940.

Els guanys de *Blancaneu* havien acrescut les expectatives i les ambicions d'en Disney. Esperonat per l'èxit del primer llargmetratge, va comprar cinquanta-un acres de terreny a Burbank, a dinou quilòmetres del centre de Los Angeles, i va començar a aixecar la nova factoria de somnis. Uns estudis moderns pensats per produir pel·lícules d'animació.

En Disney es va involucrar personalment i de manera absoluta en la realització d'aquell projecte. Des del disseny dels diversos edificis i l'estructura de la torre d'aigua emmarcada amb la imatge d'en Mickey Mouse fins a les cadires dels animadors, tot va passar pel seu ull crític i les seves mans. No va deixar res a l'atzar perquè el repte era gran. Aquells estudis havien de ser una fàbrica de producció autosuficient i avançada amb totes les instal·lacions necessàries per continuar l'estela d'èxit iniciada amb *Blancaneu*.

El complex dels estudis estava presidit pel gran edifici d'Animació, situat al centre del campus. L'edificació, de tres plantes, en forma de doble H i grans finestres que permetien l'entrada de llum natural, cosa que facilitava la feina als animadors, era la joia dels estudis i acollia no només els artistes del Departament d'Art i d'Animació, sinó també els departaments Comptable i Legal, i el de Storyboard, a més de sales d'assajos per als compositors i arranjadors musicals. Als carrers adjacents es van emplaçar els edificis de Tinta i Pintura i el Departament d'Edició, a més de les instal·lacions de so, que incloïen estudis de doblatge, d'efectes i de gravació de veu. Alguns d'aquells edificis estaven comunicats per túnels subterranis; es garantia, així, que els *cels* pintats originals es poguessin transportar de manera segura d'un lloc a un altre sense veure's exposats a les inclemències del temps. En Disney havia pensat en tot.

A més d'aquests edificis, que allotjaven tot tipus d'artistes i professionals, els estudis de Burbank disposaven d'una gran sala de cinema, un escenari acústic, una cafeteria on se servia menjar i beguda als treballadors durant tota la jornada i un club privat, el Penthouse Club.

El taxi es va aturar i la Sophie es va haver d'empassar la immensa tristesa que sentia.

Va baixar del vehicle, es va allisar la faldilla del vestit amb la mà i va comprovar que les mitges de niló estiguessin impecables i no li fessin arrugues. S'havia arreglat amb la intenció de donar una imatge seriosa i formal. Per això havia triat aquell vestit camiser blau marí, botonat de dalt a baix i ajustat a la cintura amb un cinturó prim de pell clara que feia joc amb els guants. Duia un graciós barret de palla trenada rematat amb una llaçada del mateix color que el vestit, que li queia inclinat cap a un costat i sota del qual els rínxols rebels es mantenien impecables. Es va penjar la petita bossa de pell negra, nansa curta i tancament daurat al colze dret i va agafar el portafolis amb la mà esquerra. A dins, hi descansava una mostra de l'obra que havia pintat aquells mesos a Mèxic. Les seves aquarel·les mexicanes.

El taxi l'havia deixada davant de l'edifici central, el d'Animació. En Jules li havia comentat que aquell era el cor bategant dels estudis. Era allà on en Disney tenia el seu regne públic i privat: l'oficina de treball i l'oficina formal, on rebia visites i feia entrevistes. Era en aquesta darrera oficina on, precisament, estava citada la Sophie aquell matí de tardor bressolat encara per un vent càlid.

Va sospirar i decidida va travessar la porta per encarar aquell nou repte.

Una recepcionista de somriure encantador li va indicar que el despatx que buscava era el 3H, al tercer pis. Va pujar i va enfilar un llarg passadís acompanyada pel tecleig de les màquines d'escriure i el ritme alegre de les cançons que s'escapava per la porta oberta de la gran sala d'assajos.

Finalment, va arribar davant d'una porta de vidre on es destacava el rètol que buscava: 3H. La va obrir i va entrar a una sala àmplia i lluminosa presidida per la taula de la secretària, que custodiava una porta tancada i infranquejable per als qui no havien estat citats prèviament: la del despatx d'en Walt Disney.

La Dolores Voght era la secretària d'en Walt, encara que quan havia començat a treballar a Hyperion Avenue ho havia fet en qualitat de secretària d'en Roy. En una ocasió, s'havia publicat en algun mitjà que els estudis de Disney podien presumir dels treballs de secretaria més envejables del món. Als estudis, tothom coincidia amb aquesta afirmació i la Dolores, orgullosa del prestigi que havia aconseguit amb la seva feina, treballava per fer honor a aquella fama merescuda; això sí, amb humor i alegria, perquè era una dona vital i divertida, i només la seva presència ja acostumava a aixecar els ànims de qui l'envoltaven.

La Dolores solia dir que, en aquells estudis, tots treballaven com gossos, però que ella gaudia de cada minut de feina.

Quan la Sophie va entrar, va aixecar les ulleres que duia penjades d'un cordonet daurat i a través dels vidres va observar la jove. Va somriure, afable, i la Sophie es va presentar:

—Soc Sophie Beck. Tinc una cita amb en Walt Disney.

Sense deixar de somriure ni un segon, la dona va fer una ullada ràpida a una llista que tenia damunt de la taula. Va despenjar el telèfon i va anunciar:

—La senyora Beck ha arribat, Walt.

Va penjar el telèfon i va dirigir a la Sophie unes paraules que devia haver repetit milers de vegades:

—Segui un moment, si us plau. En Walt la rebrà de seguida.

La Sophie es va encaminar cap al gran sofà raconer de color marró que ocupava la zona més propera als finestrals. Hi va seure i va deixar el portafolis als seus peus. Va passejar els ulls pels nombrosos objectes, fotografies i reproduccions de personatges que omplien tauletes auxiliars, lleixes, racons i cada pam de paret, i que resumien la trajectòria dels estudis. Sense adonar-se'n, però, la mirada se li va perdre més enllà del finestral.

La va deixar vagarejar pels jardins encoixinats de fullaraca i va quedar absorta en la dansa d'una fulla que es desenganxava d'un arbre i voleiava cap a terra.

Va tancar els ulls i el que havia estat la seva vida des que l'Eve se n'havia anat aquell matí de novembre tan rúfol va retornar a ella i li va colpejar l'ànima sense pietat.

La casa, òrfena de plors i rialles infantils, s'havia convertit en un escenari buit i ple de silencis.

Estranyament buit.

Dolorosament silenciós.

Els primers dies en Jules no es va moure del costat de la seva dona. En Joseph i l'Elionor, que havia ajornat el seu casament, van viatjar a Los Angeles per fer-li costat. Però ningú va aconseguir trencar el mutisme sec de llàgrimes en què s'havia tancat la jove mare. Se li havia trencat la vida. I ni les llàgrimes ni les paraules podien expressar tant de dolor.

Es passava els dies a la sala, asseguda en una butaca encarada al jardí. Li agradava acomodar la mirada a la dansa lleu de les fulles dels arbres. Les veia moure's, tremolar i caure.

Queien en silenci.

Sense fer remor.

Lleus.

Amb un moviment apesarat, enyorant aquella vida breu i efímera que havien viscut.

Com la de la seva nena.

L'Eve.

Al cap d'uns dies, en Jules es va reincorporar a la feina i l'Elionor va haver de tornar a Nova York. Van acordar que en Joseph es quedaria el temps que calgués acompanyant el dol de la seva filla.

No es movia del seu costat. Li parlava sense esperar respostes. L'alimentava, la vestia i la pentinava. Seia amb ella i amb ella observava el fullam fràgil dels arbres. No es rendia mai, ni quan la mirava als ulls i hi veia aquella pena insondable i aquella tristesa infinita que li trencaven el cor.

No, en Joseph no es rendia perquè sabia que algun dia la Sophie despertaria d'aquell sopor en què havia caigut. D'aquella mort petita en què vivia tancada. I encara que tenia la certesa que el dolor i l'enyorança de l'Eve no desapareixerien mai, estava segur que aprendria a viure amb aquella absència. I esperava, tossut i incansable, el petit miracle que hauria de despertar el desig de supervivència que s'amagava al cor de la Sophie.

«Envia'ns un miracle que la faci reaccionar», pregava en Joseph.

Fins que un dia el miracle va trucar a la porta.

Quan la Sophie va veure que la Lissette entrava a la sala, es va aixecar d'aquella butaca on havia enterrat la seva vida i se li va llançar al coll. I en aquell moment, entre onades de dolor, aferrada al cos de la seva millor amiga, va començar a vessar llàgrimes amargues. Va plorar i va plorar fins que es va sentir exhausta i ja no va poder fer-ho més perquè l'ànima se li havia buidat.

Aquella nit, les dues amigues van dormir juntes, amb les mans agafades i els cors bategant alhora.

—Una bona mare no hauria de sobreviure als seus fills, Lissette —es lamentava la Sophie amb la veu trencada per un dolor que no havia sentit mai abans—. He fallat a l'Eve. L'he deixat marxar sola. No l'he acompanyada en el seu camí.

—No ho diguis, això. No pot ser que ho pensis. No és veritat. Que no veus que, pobres de nosaltres, no tenim cap poder sobre la vida i la mort?

En la foscor de la cambra la Lissette no podia veure els ulls de la Sophie, que navegaven en mars de tristesa. Però el seu dolor li arribava a l'ànima, vibrant i punxegut, i la feria a ella també.

—Saps per què em passo les hores asseguda en aquella butaca, a la sala? Perquè no puc ni acostar-me al bany on rentava la meva nena, ni a la cuina on li preparava els biberons. I encara menys a la seva habitació. Aquí tot em recorda l'Eve. Sense ella, res no té sentit.

La Lissette li acaronava dolçament els cabells. Va sanglotar plena de la pena de la Sophie.

—No puc viure aquí, Lissette. Aquesta casa estava pensada per veure créixer la meva filla i ara és un sepulcre. El sepulcre de l'Eve! La meva petita!

Les hores d'aquella llarga nit es van escolar lentes. Eternes. Ja clarejava quan la Sophie, esgotada, es va adormir. La Lissette es va aixecar del llit sense fer soroll. A la casa, els somnis s'entrellaçaven amb el silenci. Va anar a seure a la butaca de la Sophie. Els arbres del jardí encara badallaven entre ombres. Havia de fer alguna cosa per la seva amiga, perquè si es quedava tancada en aquella casa, se'ls moriria de pena.

Aquell mateix matí, la Lissette va parlar amb en Joseph i en Jules. Havia pres una decisió. Havia de treure la Sophie d'allà. Se l'emportava a Mèxic.

En arribar a la casa de Las Lomas, les coses no va semblar que canviessin gaire. La Sophie es passava tot el dia tancada a l'habitació, plorant amb el cap enfonsat al coixí tot el que no havia plorat abans. La Lissette no la deixava sola. Conscient de fins a quin punt la necessitava, havia aparcat la feina als estudis de cinema en els quals ella i en Gabriel vivien bolcats, que creixien a un ritme vertiginós. Com li havia passat a en Joseph, també la Lissette esperava un miracle que retornés la Sophie a la vida. I l'esperava en silenci, sense molestar-la, sense forçar-la a res que no volgués fer. Amb paciència infinita. Com fan els amics de debò.

Fins que un matí, mentre en Gabriel i la Lissette esmorzaven, la Sophie es va presentar al menjador. Anava amb camisa de dormir i despentinada. La seva pal·lidesa habitual s'havia accentuat fins a tornar-se fantasmagòrica. Tenia els ulls espantats.

En Gabriel es va aixecar i va murmurar una excusa. Les va deixar soles. La seva amiga la va fer seure i li va servir l'esmorzar. Li va començar a parlar amb absoluta normalitat de com organitzarien aquell dia. De les coses que farien.

—Hauríem d'anar al centre, bonica. Al *zócalo*, a comprar. Si no et ve de gust anar-hi, simplement podríem anar a passejar a La Alameda de Santa María. Has vist quin dia que fa? Podríem seure al quiosc, deixar que el sol ens pintés colors a la cara i mirar passar el temps com fan els vells que omplen els bancs del passeig. Què et sembla?

A la Sophie, no li semblava res. Tenia l'aspecte d'algú que es deixondeix d'un somni i que encara no ha aterrat a la realitat. Una desídia absoluta s'havia apoderat del seu esperit. Però la Lissette no estava disposada a donar-li treva.

—I ara anirem a la teva habitació per triar la roba que et posaràs per sortir. Què et ve de gust per dinar? A l'Avenida de Juárez hi ha uns restaurants boníssims. Crec que t'agradaran.

La Sophie, com un xaiet, es va deixar endur per l'entusiasme de la Lissette aquell dia, i l'altre i el següent. Del braç de la seva amiga va recórrer Ciutat de Mèxic: les grans i imponents avingudes, els parcs enormes, les botigues del *zócalo*, el Palau de Belles Arts, que semblava un pastís de noces, i les esglésies amb aquells altars barrocs plens d'angelets espantats.

De mica en mica, la Sophie tornava a la vida i la Lissette escrivia amb freqüència a en Joseph, a Nova York, i a en Jules, a Los Angeles, per comunicar-los les bones notícies sobre la seva recuperació.

Havia passat gairebé un mes des de l'arribada de la Sophie a Mèxic quan la Lissette li va dir:

—He de tornar a la feina. En Gabriel no pot passar més sense mi.

Va riure amb aquelles rialles sonores com cançons i va picar l'ullet a la Sophie.

—Tu et pots quedar a casa tant de temps com vulguis, no cal que t'ho digui. Intentaré tenir les tardes lliures per a nosaltres. I els caps de setmana.

Alguns, si més no. Però, abans, ens permetrem el luxe d'una setmana especial. Et tinc preparada una sorpresa.

La Sophie es va quedar mirant la Lissette amb resignació. Sabia prou bé que no podia lluitar contra la fermesa abassegadora de la seva amiga, ni contra la decisió que havia pres de treure-la d'aquell forat negre per on se li escolaven els dies. Per tant, no va dir res i la va deixar fer.

L'endemà mateix la Lissette va preparar les maletes i va enfilar la Sophie a l'Auburn Speedster de color groc rabiós amb què va fer els gairebé quatre-cents quilòmetres que separaven Ciutat de Mèxic d'Acapulco en un temps rècord.

A Acapulco, en Gabriel i la Lissette hi tenien una casa envoltada pel mar. Un paradís on era possible passar-se els dies assegut a la terrassa amb els ulls perduts en l'infinit, escoltant el cant de les ones sense pensar en res. Allà, la Sophie va acabar de recuperar els colors de la seva vida. Perquè els colors ho envoltaven tot i era impossible no veure'ls: el cel era una paleta resplendent de blau i violat, i l'aire era càlid i ple del perfum de les dàlies vermelles, grogues i daurades, i dels nards blancs d'ivori.

Al matí les dues amigues feien llargues passejades per la platja. Es deixaven llepar els peus per les ones, desafiant el mes de gener, que allà era càlid i benèvol. Altres vegades, la Sophie sortia sola i es quedava asseguda a la sorra molta estona, en silenci, envoltada de la salada frescor de l'aigua, contemplant el mar encalmat, que li semblava mort, encara que no ho estava perquè podia sentir el sospir que exhalava el trenc de les ones, de la mateixa manera que sentia el sospir de la seva filleta dins del cor.

I, de nit, la lluna breu com un pàl·lid somriure li feia companyia al cel, i l'oneig suau i pròxim la bressolava i l'acompanyava fins que el son, benèvol com feia temps que no ho era, la venia a buscar. I si el son la defugia s'aixecava i anava a caminar pel jardí. Mirava el cel i es quedava contemplant els estels, que brillaven intensament, com si estiguessin més a prop de la Terra que en qualsevol altre lloc. També els ulls de la seva nena havien estat dos estels que li havien il·luminat el camí. Els sentia a prop seu. Sempre molt a prop.

Va arribar un moment que la Sophie no en va tenir prou de contemplar el mar, els estels i aquella exuberant natura que l'envoltava. Volia pintar-ho, immortalitzar-ho tot per poder conservar vius per sempre el paisatge i els colors que l'havien aproximat a l'Eve. Perquè, al costat d'aquell mar calm i etern, n'havia recuperat la presència i havia estat capaç de tornar-la a veure en l'infinit de la memòria. Perquè havia estat allà i en aquell moment quan havia tingut la certesa que res, ni tan sols la mort, pot separar una mare del seu fill. I aquesta certesa havia aportat consol a la seva ànima i l'havia reconciliat amb la vida. D'alguna manera, la seva petita li havia estat retornada.

La Sophie va explicar a la Lissette aquella necessitat que sentia de tornar a pintar i la seva amiga, que vivia per complaure-la, va córrer a facilitar-li tot el que necessitava per fer realitat aquell desig. I d'aquesta manera, la Sophie ben aviat va tornar a sentir el pes dels pinzells entre els dits, va aspirar de nou el perfum de les pintures i es va retrobar amb la sensació inexplicable que l'embargava davant d'una tela en blanc.

No li va ser fàcil. No perquè hagués perdut habilitat o hagués oblidat les tècniques que en Coats li havia ensenyat. Això no s'oblida mai. Però la pena l'havia canviada. Ja no era la noieta ingènua que pintava animals al zoo. Havia crescut. El dolor l'havia convertit en una dona que desitjava despullar l'ànima a través dels colors. Volia que els colors parlessin per ella. Que ho cridessin tot. Com li parlava a ella el vermell rabiós dels fruits representats en aquella estranya natura morta que penjava a la sala de la casa d'Acapulco. Aquells fruits eren ben bé com ferides obertes. La trastornaven. Li parlaven d'altres dolors molt profunds i incurables.

Aquell quadre li havia cridat l'atenció des del mateix moment que va entrar a la casa. I no podia deixar de mirar-lo.

—De qui és? —li havia preguntat un matí a la Lissette mentre esmorzaven de cara al mar.

—Es diu *Pitahayas*. En Gabriel el va comprar a Nova York, a la Galeria Julian Levi. Cap al 1938, em sembla que em va dir. La Frida havia fet allà la seva primera exposició individual. En va pagar tres-cents dòlars.

—Frida?

—Frida Kahlo. Una pintora mexicana. Ens ha visitat algunes vegades a Las Lomas. I nosaltres a ella a la Casa Azul. —La Lissette va abaixar la veu com si ignorés que estaven soles i que ningú les podia sentir—: A mi em sembla una dona una mica rara. I el que pinta també. Però en Gabriel l'admira moltíssim. I s'enorgulleix de la seva amistat.

La Sophie va pensar que ella també l'admirava. Aquella dona havia patit, i el seu patiment es reflectia perfectament en aquelles fruites vermelles que transitaven entre l'esplendor i la decadència. Al costat de les fruites, la Frida havia pintat un esquelet, com de joguina. La Sophie observava el quadre una vegada i una altra i es preguntava si la Frida havia conegut la mort de prop. Si el que havia volgut representar allà era la lluita eterna de la vida contra la mort. I si era així, es deia, quina de les dues en sortia vencedora?

No ho sabia. Però sí que s'adonava que aquella pintora utilitzava l'art per exorcitzar el dolor. I es va proposar fer el mateix. O, potser, ni tan sols s'ho va proposar. Ho va fer. La Sophie va pintar aquarel·les i olis durant aquella setmana a Acapulco i durant els vuit mesos posteriors en què es va dedicar a recórrer Mèxic tota sola, pintant-ne els paisatges, les flors, els animals, els colors i l'immens dolor que sentia.

Va ser aleshores quan va saber què volia fer amb la vida que li quedava per viure sense l'Eve.

Va ser llavors que va decidir començar de nou.

Quan a principis de setembre d'aquell feixuc 1940 la Sophie va tornar a Los Angeles, es va allotjar a l'enorme i cèntric Hotel Rosslyn, situat a la cantonada sud-oest de Fifth Street i Main Street.

Camuflada entre l'anar i venir constant dels hostes que ocupaven el miler llarg d'habitacions, i pel brogit d'aquells carrers populosos i plens de trànsit, la Sophie es va concedir uns quants dies per pensar i preparar a consciència la seva trobada amb en Jules.

La parella es va reunir en una de les agradables cafeteries de l'hotel, un dimarts a la tarda, quan encara no havien tocat les cinc. Havia estat plovisquejant tot el dia, sense ganes. La Sophie es va asseure en una taula enganxada als grans finestrals per on es veia el carrer. Suraven a l'aire les converses discretes dels clients. Es va disposar a esperar l'arribada del seu marit amb la mirada perduda, tot observant les gotes que queien mandroses.

El va veure quan travessava Main Street per acostar-se a l'hotel esquivant el dens trànsit de cotxes. Alt, àgil, elegant. En Jules no havia canviat gens tots aquells anys. El va perdre de vista quan va entrar a l'hotel i, al cap de pocs minuts, el va tornar a veure a l'entrada del saló. Ell la va buscar amb la mirada, nerviós. Va alçar una mà per cridar la seva atenció.

—Sophie! —va dir, gairebé va cridar ell, en arribar a la taula. Ella es va alçar i es van saludar amb un bes suau als llavis.

—Hola, Jules.

—Com pot ser que no m'hagis avisat que havies tornat de Mèxic? Què hi fas, aquí? Per què no has vingut directament a casa?

La Sophie es va concedir un temps abans de parlar. Va tornar a seure i en Jules la va imitar.

—No podia tornar a casa. I a més...

Havia pensat molt el que volia dir a en Jules i com l'hi diria. Però, ara, les paraules se li resistien.

Va clavar la mirada en l'ampli finestral i, en segons, tot el que havia viscut amb en Jules li va passar per davant dels ulls. El flux de records la va fer sentir trista i emocionada alhora. Va haver d'agafar aire abans de parlar.

—No hem fet les coses gaire bé. Tampoc això no ho hem sabut compartir, oi, Jules?

—El què, Sophie?

—Això. El dol per la mort de la nostra filla.

Als ulls d'en Jules hi va néixer un llampec. La mirada se li va omplir de llum; li brillava, però no d'aquella manera que la Sophie recordava, tan plena de tibantor. Ara, als ulls d'en Jules, hi brillava el dolor, i ella va pensar, potser per primera vegada i amb estupor, que també ell havia perdut una filla. Va haver d'empassar-se la saliva abans de poder tornar a parlar amb veu ferma.

—No tornaré a casa, Jules. Ni tornaré amb tu. Vull que ens divorciem.

En Jules no es va mostrar sorprès. Va encaixar la notícia com si fes molt de temps que l'estigués esperant. Era molt conscient que el cap i el cor de la Sophie anaven per camins molt diferents dels seus.

—Em sembla bé si és el que vols —va dir amb els ulls abaixats, però els va alçar de cop per afegir—: Però no cal que t'estiguis en un hotel. Vine a casa. Demanarem el divorci i pensarem bé com fer les coses.

—No puc tornar a aquella casa —va dir la Sophie. I, en dir-ho, de cop, va tenir por i es va sentir immensament sola.

En Jules li va agafar la mà que reposava damunt de la taula. Ella no la va enretirar. El va mirar als ulls, ja sense amor.

—Has pensat què faràs? Tornaràs a Nova York?

La Sophie, ara sí, va enretirar la mà i va respondre amb decisió:

—Tornaré a començar.

—Què vols dir?

—Tornaré al punt que no hauria d'haver abandonat mai. Trucaré a la mateixa porta que volia trucar aquell dia que ens vam conèixer a Hyperion Avenue. Recuperaré la Sophie Simmons que volia ser. Et juro que ho faré.

—Vols tornar a Disney?

—Vull ser animadora.

—Sophie, no n'hi ha, de dones animadores.

—Potser cal que alguna faci el primer pas.

Es van quedar en silenci. Sense mirar-se. La Sophie es va adonar que una ventada fresca havia esbandit el cel. Ja no plovia, però tampoc lluïa el sol.

Es va girar cap a qui encara era el seu marit.

—Tinc molt de material que vull ensenyar a en Disney. He estat treballant a Mèxic. No tornaré a ser una noia del Departament de Tinta i Pintura, Jules.

—T'ajudaré.

—No cal.

—Ho faré. Conec molt bé en Walt. I em té confiança. M'escoltarà. Et rebrà. Després, si li agrada o no el que fas, o que et vulgui donar feina o no, ja és cosa seva.

La Sophie va afirmar amb el cap. Ja estava tot dit.

En Jules es va aixecar i la Sophie també. Es van tornar a besar, ara discretament, a la galta. Ella el va veure marxar. Va entendre que en Jules sempre ocuparia un lloc al seu cor, potser aquell lloc remot del nostre cor on s'amaguen les emocions viscudes. Els records. Però l'amor i el desig s'havien acabat.

No hi havia res a compartir.

Ni l'Eve.

En Walt Disney flairava el talent de lluny. S'havia endut una grata sorpresa en veure el material que la Sophie li havia presentat a l'entrevista, format sobretot per aquarel·les que reproduïen la vida natural mexicana, la seva vegetació i la seva fauna, ja que havia descartat les de temes més avantguardistes que havia pintat seguint el solc que Frida Kahlo havia obert en ella.

Era un fet que les vivències dels últims temps i l'estada a Mèxic havien transformat l'estil de la Sophie. Havia explorat molt el color, els tons, els paisatges i la vida. Les aquarel·les que en Disney va estudiar aquell dia eren com una explosió de mons brillants i acolorits.

A en Walt el va colpir el talent d'aquella artista formada al Chouinard que fins feia poc havia estat casada amb un dels seus animadors de confiança i que havia treballat anteriorment al Departament de Tinta i Pintura. Era de la casa i era una aquarel·lista extraordinària. Hi va descobrir, en el seu art, alguna cosa que hauria volgut incloure a les seves pel·lícules. Però va ser la tècnica impecable i la força inusual que mostrava en la representació del món animal el que el van acabar de convèncer. Perquè aquelles virtuts artístiques eren les que necessitava per al nou projecte que estava a punt d'entrar en fase de producció: *Dumbo*. Per això, al cap de menys d'un mes d'haver fet l'entrevista, van tornar a citar la Sophie a Burbank per oferir-li un contracte.

L'oferta d'en Disney era molt més del que la Sophie esperava. Era un pas directe cap als seus somnis. En Disney li oferia treballar al Departament d'Animació fent els *storyboards* per desenvolupar escenes de *Dumbo*. Havia d'explorar el concepte i el desenvolupament de la història, treballant braç a braç amb escriptors, artistes gràfics i animadors per crear els personatges des de zero.

La Sophie no s'ho va pensar. El gener del 1941 es va incorporar als estudis d'animació, amb l'objectiu de no abandonar mai més aquell somni que l'havia dut a Los Angeles feia tant de temps.

CAPÍTOL 18

«Dumbo»

L'Art Babbitt va aparcar el cotxe a Olive Street i va seguir a peu pel carrer, a pas lent, amb les mandíbules serrades i els punys closos dins de les butxaques, fins a arribar a Angel's Flight. A aquelles hores de la nit, tot semblava submergit en una calma silenciosa. Les dues vagonetes del funicular estaven aturades, el trànsit de cotxes que passaven pel túnel que travessava per sota del funicular era gairebé inexistent i alguns taxistes dormien dins dels cotxes grocs aparcats a les voreres.

Li agradava contemplar aquell decorat urbà atrapat en una quietud fotogràfica, i no era la primera vegada que hi feia una escapada nocturna, sobretot si tenia l'esperit trasbalsat i el cap ple de cabòries. Com ara. L'entrada en forma d'arc on al llarg del dia feien cua els usuaris del carrilet era buida. Hi va passar pel davant i es va aturar a la cantonada del Ferguson Building mentre aspirava la pols adormida que surava per l'espai quiet. Es va repenjar a la paret groguenca i bruta, il·luminada per la llum somorta d'un fanal. Va encendre un cigarret i va començar a fumar lentament mentre s'apujava el coll de la jaqueta i es calava el barret per protegir-se de la brisa freda de febrer que corria arran de terra i feia voleiar papers bruts al llarg del carrer.

Es va concentrar en els seus pensaments, mentre exhalava el fum dels seus records. Se sentia enganyat i frustrat. Enrabiat. Enfadat amb ell mateix per haver-se deixat enredar en els fils truculents d'en Gunter Lessing, l'advocat de Disney. Va recordar el moment en què havia acudit a ell —d'això, en feia més de dos anys— per alertar-lo del perill que els estudis caiguessin en la trampa d'alguns mafiosos com en Bioff. Per evitar-ho, o si més no això creia ell, en Lessing li havia proposat crear la Federació.

En Babbitt s'havia abocat amb entusiasme a aquell projecte, que va acabar presidint. Pensava que era l'oportunitat de crear un sindicat que representés realment els treballadors de Disney. Havia convençut molts companys de seguir-lo. Havia escoltat tothom i havia preparat un esborrany de conveni que recollia les propostes de millores, sobretot per a les treballadores en una situació més precària. Però l'entusiasme havia anat esdevenint frustració i impaciència a mesura que el temps passava i el projecte restava inactiu. Gairebé va haver de passar un any, de l'octubre del 1938 al juliol del 1939, fins que la Federació va obtenir la certificació del National Labor Relations Board que li permetia posar-se en marxa. Durant tot aquest temps no va ser res més que una promesa, un miratge. Un símbol. O potser un engany?

Quan, finalment, van rebre el vistiplau governamental, en Babbitt i els altres homes del comitè es van apressar a demanar una reunió amb en Roy Disney per negociar un augment de sou per als treballadors i les treballadores de Tinta i Pintura. En Roy els va escoltar amb educació, però va moure el cap amb un gest de negació. La resposta va ser clara i contundent: ni ells, com a membres de la Federació, ni ningú podien immiscir-se en els afers econòmics de l'empresa. A Disney no es negociava.

La Federació, el sindicat proposat per en Lessing, era una quimera. Un esquer que havia apartat en Babbitt i els homes que, com ell, buscaven una sortida als problemes laborals dels estudis dels veritables escenaris de la lluita sindical. I el pitjor era que s'havia convertit en l'únic sindicat dels empleats de Disney, que quedaven, així, atrapats en una absoluta situació d'indefensió, en mans dels interessos empresarials.

En Babbitt es demanava com havia pogut ser tan crèdul! Tan ingenu i tan estúpid! Com podia ser que no hagués vist que la Federació només era una trampa d'en Lessing per apartar-lo de qualsevol activitat sindical independent. Una ratera preparada pel reaccionari, prepotent i antisindicalista Lessing, a qui en Disney havia confiat els fils de la política laboral de l'empresa, que movia amb mà de ferro.

Encara que, durant un temps, hi havia hagut la voluntat de continuar lluitant dins de la Federació, i s'havia intentat, fins i tot, negociar un calendari de pagaments clarament estipulat, en Babbitt ja tenia molt clar que aquell no era el camí, el seu camí.

Però quin era?

L'Art Babbitt va llençar la burilla del cigarret. La punta vermella va brillar intensament abans d'acabar morint a terra. Es va encaminar cap al cotxe. Necessitava posar paraules a tot el que li passava pel cap en aquells moments. I només coneixia una persona amb qui podia parlar amb absoluta franquesa.

La Sophie va obrir la porta embolcallada en una bata gruixuda. La visita d'en Babbitt l'havia arrencada del llit. Anava despentinada i unes ombres moradenques se li marcaven sota els ulls.

—Art?

—Perdona, perdona... Ja sé que no són hores. Però necessito parlar amb tu.

La Sophie va anar a la cuina a preparar un te i l'Art es va acomodar a la sala. Era la segona vegada que visitava la Sophie des que s'havia mudat al bungalou petit i coquetó situat en una urbanització de Hollywood Hills, concretament a Beachwood Drivey, una zona tranquil·la, una mica allunyada del centre, però que responia totalment a les necessitats que tenia en aquella nova etapa de la seva vida. L'habitatge, encara que minúscul, estava decorat amb bon gust; tenia una habitació, cuina independent i un petit jardí a l'entrada. La Sophie s'hi havia traslladat tan aviat com havia signat el contracte amb Disney, segura que podria assumir fàcilment el que li costés el lloguer i que se sentiria còmoda en aquell lloc on tot era nou, sense imatges doloroses del passat.

Mentre ella feinejava per la cuina, l'Art es va fixar en uns dibuixos que hi havia escampats per la taula de la saleta davant de la qual s'havia assegut. En va agafar uns quants per mirar-los de més a prop. Eren esbossos fets a llapis i representaven un sol personatge en diverses postures i actituds: una nena d'uns tres o quatre anys, rossa, d'ulls clars i dolços, i somriure radiant.

Encara tenia els dibuixos a les mans quan la Sophie va aparèixer a la sala carregant una safata amb el te i uns petits sandvitxos que acabava de preparar.

—Aquests dibuixos són magnífics. Sempre he admirat la teva manera de dibuixar, Sophie. L'expressivitat dels teus personatges. Aquesta ingenuïtat dolça que traspuen i que et surt de l'ànima. Reconeixeria un dibuix teu entre mil.

Va somriure mentre li servia el te. No va dir res.

—Qui és la model?

—És l'Eve, la meva filla —va respondre, mentre recollia els esbossos perquè no es taquessin i seia davant de l'Art, que s'havia quedat mut i l'observava preocupat.

—Vols dir que...?

—Vull dir que imagino la meva nena. La veig créixer i la dibuixo. Dibuixo la nena que hauria hagut de ser i que mai no serà.

—I això no et fa mal?

—En absolut, Art. És just això el que em permet seguir caminant per la fina corda que separa el seny de la bogeria.

Es va quedar mirant un dels dibuixos.

—Això, com tu dius, m'impedeix asfixiar-me en el dolor i els records.

—T'entenc.

La Sophie es va acostar la tassa de te als llavis. No era veritat. Ningú que no hagués passat per l'experiència de perdre un fill podia entendre aquell dolor.

L'Art va continuar. Se li acabava d'acudir una idea:

—I no has pensat mai de convertir aquests dibuixos en un conte? En una història il·lustrada? És un treball meravellós que hauria d'arribar a la gent.

—És massa d'hora per pensar-hi.

La Sophie va sentir que el cor estava a punt d'esclatar-li de dolor i d'enyor, i va canviar de pressa de tema. Encara que tenia plena confiança en el seu amic, es va retreure no ser capaç de controlar els sentiments davant seu. Hi havia coses que li pertanyien. No en volia fer un espectacle, i gairebé li sabia greu que l'Art hagués descobert els dibuixos; eren el seu secret.

—Digues, què t'ha portat fins aquí a aquestes hores de la nit? No pots dormir? Tornes a pensar en la Marge?

L'Art va torçar la comissura dels llavis en un somriure compungit. Va respondre i, en fer-ho, la veu li va sonar plena d'una llangor sobtada. El record de la Marge, que l'havia abandonat aquell estiu passat i de qui s'acabava de divorciar, el punxava amb acritud.

—Hi penso a cada instant.

Ni ell mateix era del tot conscient de la fragilitat en què l'havia enfonsat la pèrdua de la Marge. Però es va refer. Va estossegar i va clavar una mirada de nou ferma i segura en la seva amiga.

—Sophie, tu saps qui soc?

—Art, és clar que sé qui ets. Ets un gran animador, un dels millors, i el meu amic. Ets l'Art Babbitt i...

L'Art no la va deixar acabar:

—No, estimada. Jo soc l'Arthur Babitsky, fill d'uns pobres immigrants russos, nascut a Nebraska, que va haver d'anar a Nova York amb setze anys per guanyar-se la vida i ajudar els pares i germans, i que durant anys va haver de treballar com a artista comercial abans d'arribar a l'animació. Crec en el treball dur i en la vida honesta. Crec en les llibertats civils.

Va fer una pausa i va recuperar el seu somrís sorneguer:

—Soc l'estrella més estranya en l'univers de Disney.

La Sophie se'l mirava sorpresa. L'Art no li havia explicat mai la història dels seus orígens. Ella, que es pensava conèixer el seu amic, s'adonava que no en sabia gran cosa. Que desconeixia els detalls importants de la vida d'aquell Art Babbitt, o Babitsky, que no deixava mai de sorprendre-la.

—I malgrat que per a alguns he aconseguit tot el que es pot desitjar en aquest ofici, creu-me, Sophie, si et dic que no oblido qui soc, d'on vinc i en què crec. I el que crec és que hem de lluitar pels drets de tots els treballadors i treballadores.

—Conec la teva manera de pensar, Art. Però no és a través de la Federació que es tiren endavant les reivindicacions laborals a Disney? Recordo que me'n vas parlar amb entusiasme. Estaves il·lusionat.

—La Federació és un engany. És la cara fosca d'en Mickey Mouse. No serveix.

Es van mirar amb intensitat.

—La deixo. Crec que l'única solució és en els sindicats independents i des del 38 n'hi ha un que aglutina la lluita del sector de l'animació. L'Screen Cartoonist's Guild. Aquest serà el meu camí des de demà mateix.

—Això vol dir que t'enfrontaràs a la política dels estudis, oi? Ja estàs segur del que vols fer? Posaràs en perill tot el que has aconseguit? La confiança que en Disney té en tu.

—Saps?, m'encantaria ser el bon noi que en Walt espera que sigui. Però aniria en contra dels meus principis. Seré membre de l'SCG i lluitaré, malgrat que en Walt cregui fermament que tots els sindicats estan formats per estibadors i per gàngsters. No se li ha acudit pensar mai que és possible trobar un sindicalista decent per fer-hi tractes. Si s'hagués molestat a esbrinar què fèiem a la Federació, què volíem i com ho volíem aconseguir, ja hauríem arribat a un acord fa temps.

Va abaixar la mirada a terra i les paraules que fins ara havien fluït a borbollons van quedar interrompudes. Va sospirar abans de tornar a parlar.

—Sophie, només he vingut perquè necessitava saber si quan tot això comenci estaràs al meu costat.

Per tota resposta, ella li va agafar la mà i l'hi va prémer amb força.

Treballar en *Dumbo* era divertit. El millor que li havia passat a la Sophie en molt de temps. La feina anava molt més enllà de l'estudi. Va haver de visitar tots els circs que arribaven a la ciutat i va fer milers d'esbossos de tot el que hi veia: des de les politges de les grandioses tendes fins al meravellós món dels pallassos. Es va passar hores dibuixant elefants!

La pel·lícula va entrar en procés de producció el gener del 1941. Però, abans, la història del petit elefant amb les orelles grans havia recorregut un camí no exempt de dificultats.

Segons va saber la Sophie, feia temps, a finals del 1939, la Lillian Disney havia mostrat al seu marit un conte infantil que li havia agradat especialment. Es tractava d'una petita història d'unes quantes línies de text i només vuit il·lustracions. Quan en Walt Disney la va llegir, es va adonar que reunia els elements bàsics per fer-ne una pel·lícula commovedora: un petit elefant era menyspreat i deixat de banda per culpa de les grans orelles que tenia. Però aprenia a volar i de la diferència en feia virtut.

En Disney necessitava amb urgència un miracle. Amb *Fantasia* els Walt Disney Studios havien portat l'animació a una altra dimensió, i amb *Pinotxo* havien tocat la perfecció tant amb la il·luminació com en el disseny de personatges o en l'esplèndida realització dels detalls. Però els dos films havien estat un gran fracàs econòmic. Amb Hitler avançant per Europa, les finances de l'estudi havien quedat molt tocades. En Walt Disney necessitava una aposta per mantenir els estudis oberts. Un projecte ràpid de produir, econòmic i que arribés al públic de manera que els permetés remuntar aquell daltabaix econòmic.

Convençut que la història de l'elefant podia ser el que buscava per sortir de la crisi, en Walt va encarregar a dos dels seus guionistes més preuats, en Joe Grant i en Dick Huemer, que comencessin a treballar en el guió. Però en Roy Disney va parar els peus al seu germà. No es podien arriscar a un nou fracàs, i en Roy no creia que els elefants voladors fossin capaços de fer miracles.

En Walt, aquest cop, va fer cas a en Roy i va desestimar el projecte. Però en Joe i en Dick, no. Van seguir treballant en el guió. Cada vegada que acabaven una seqüència, la deixaven damunt de la taula del despatx d'en Walt. Hi afegien notes, com ara: «No llegeixis res més si no et vols fer un fart de plorar» o «Compte! A partir d'aquí tot empitjora».

Segur que els dos guionistes coneixien bé en Walt, perquè al cap d'un mes ja s'havia decidit a fer la pel·lícula. Tenia un pressupost baix i escassetat de recursos humans, però sabia exactament què volia. I va reeixir a transmetre aquesta confiança a l'equip.

La responsabilitat de la producció de *Dumbo* va recaure a les espatlles d'en Ben Sharpsteen. Feia molts anys que en Ben treballava per a Disney i, fins i tot, havia format els nous animadors de la pedrera, en Jules Beck entre ells. Però ara li tocava fer el paper de dolent controlant les despeses dels diferents departaments implicats en la pel·lícula. Tant era així que el primer que la Sophie havia sentit dir a en Ben aquells primers dies de feina va ser:

—Feu-ho tot tan barat com us sigui possible.

La Sophie va pensar en l'època de *Blancaneu*,

en com havien treballat, i va ser conscient que, amb la premissa de l'economia, la nova producció quedaria per sota dels estàndards de l'estudi en molts aspectes: en la luxosa atenció en els detalls que havia distingit els llargmetratges Disney des de *Blancaneu*, en el disseny de personatges, que ara se simplificaria, i en els *backgrouds*, que serien menys minuciosos. Com que s'hi jugava molt, en aquell projecte, no les tenia totes. I si aquell repte que en Walt Disney li havia posat a les mans fracassava? I si a causa de les restriccions econòmiques el projecte quedava reduït a una producció de tercer ordre? Els dubtes l'assaltaven de nit i de dia. I les pors també. Va decidir anar a parlar amb en Ben Sharpsteen.

En Ben era un cap exigent, però dialogant. Va escoltar els dubtes de la Sophie i li va saber mostrar una nova visió d'aquell projecte que tenien al davant.

—Crec que és veritat que amb *Dumbo* treballarem d'una manera diferent de com ho hem fet amb els anteriors llargmetratges. No n'hi ha dubte. Però això no és nou a Walt Disney Studios.

—Què vol dir? —va preguntar la Sophie, intentant trobar una sortida a les seves pors.

—La història és molt simple i molt sòlida, i precisament per això l'animació podrà brillar amb més força. Perquè s'haurà de basar més en la caricatura que en el dibuix realista. Ben bé com ho fèiem abans de *Blancaneu*.

Va fer una pausa. La Sophie l'escoltava gairebé sense respirar.

—És per això que hem recorregut a animadors amb pes i experiència, amb qui fa anys que treballem en els llargmetratges i que es van formar en els curts anteriors.

En Ben va començar a fer un repàs dels principals animadors que treballaven a *Dumbo* per reforçar el que deia.

—En Bill Tytla té un gran registre, no troba, Sophie? Pot animar qualsevol objecte, i estic segur que sabrà plasmar com ningú altre la tendresa entre la mare elefant i el petit protagonista. —Va somriure—: Ho sabia, que s'ha inspirat en el seu fill Peter de dos anys per dotar en Dumbo de tota la dolcesa que el personatge demana?

—No ho sabia —va respondre la Sophie, i l'esguard se li va humitejar imperceptiblement.

—En Bill sap molt bé que en l'animació no tot ha de recaure en els gags, sinó en les emocions, que l'espectador ha de reconèixer com a pròpies. —Va riure de manera escandalosa—: Com diu en Walt: «Per a cada riallada, posa-hi una llàgrima».

—Quina frase tan encertada! —va exclamar la

Sophie, que era la primera vegada que sentia aquella sentència d'en Walt tan popular als estudis.

—I d'en Babbitt, què n'hi puc dir? —va continuar en Ben—. Tinc entès que són molt amics, oi?

—Sí que ho som. Ja he vist els esbossos de l'escena de la cigonya, Mr. Stork. La trobo genial.

—En Babbitt ha fet una caricatura de l'actor Sterling Holloway, que és qui posarà la veu per doblar aquest personatge. Estic segur que sabrà donar a aquesta escena la tensió dramàtica que necessita. —El rostre d'en Ben es va il·luminar amb un somriure satisfet. Va alçar els ulls i els va clavar en el rostre de la noia—: Ja ho veu, Sophie, no cal patir. *Dumbo* serà un treball de la «vella guàrdia», dels animadors estrella de la casa.

La Sophie, una mica més tranquil·la, ja donava aquella interessant conversa per acabada i s'acomiadava quan l'home li va preguntar:

—S'ha fixat, Sophie, que gairebé tots aquests animadors són novaiorquesos?

—I això és gaire important? —va preguntar, sorpresa.

—Ho és. Sens dubte deixaran empremta a la pel·lícula, una certa energia molt pròpia dels animadors de la costa Est. Un cop alliberats de la preocupació pels detalls, que ha estat el pal de paller dels anteriors llargmetratges, se sabran concentrar en el que és més important en l'animació de personatges: l'acció.

L'expressió de la Sophie havia anat canviant al llarg de la conversa. Si al principi es mostrava ferrenya i preocupada, ara els ulls li brillaven amb una llum nova, plens d'il·lusió i confiança.

—Concentri's en un disseny de personatges simple, Sophie. Aquesta pel·lícula acabarà sent una caricatura i, cregui'm, n'estarà ben orgullosa.

Febrer acabava d'iniciar la seva cursa pel calendari quan la Sophie va acudir a la casa d'en Babbitt. S'hi anava a celebrar una reunió amb membres de l'SCG per triar els càrrecs de la nova unitat Disney, ja que tots els estudis d'animació tenien la seva pròpia unitat al sindicat.

Hi va arribar nerviosa, a l'expectativa. Havia passat molt de temps i massa coses des d'aquelles reunions clandestines al costat de la Marion Altwell i ara ja no era aquella joveneta inexperta i una mica ingènua. Dins seu es lliurava una veritable batalla campal, perquè, si de cap manera volia posar en perill la seva feina a Disney, també estava fermament convençuda que les coses havien de començar a canviar. Admirava l'esperit combatiu de la Marion, i el de l'Art. I el d'aquells animadors que havia conegut quan treballava a Graphics

Studios. No es volia quedar al marge d'aquella lluita. L'Art la va rebre i la va fer passar a la sala.

—Vine. Vull que coneguis la secretària del sindicat. Et caurà bé, n'estic segur —va dir-li assenyalant amb els ulls una dona alta i esvelta que parlava amb altres assistents a la reunió d'esquena a ells.

Dels llavis de la Sophie es va escapar un nom:

—Marion!

En sentir pronunciar el seu nom, la Marion Altwell es va girar. Els ulls se li van esbatanar amb un llampec de sorpresa.

—Sophie? Sophie Simmons?

—Ah, però us coneixíeu? —va preguntar l'Art Babbitt, sense obtenir-ne cap resposta.

La Marion i la Sophie s'havien fos en una gran abraçada i s'havien oblidat de tot de la seva presència.

—Treballes a Disney?

—Sí. Vaig estar molt de temps al Departament de Tinta i Pintura, però ara m'acabo d'incorporar al d'Art.

La Marion va obrir desmesuradament els ulls:

—Caram! Això és seriós. És clar que, si vols que et digui la veritat, no em sorprèn. Eres una pintora excel·lent. Dintre teu hi havia una gran artista.

—Exageres!

—En absolut. Eres diferent de la resta de les

noies. Tu tenies talent de veritat. M'alegro que hagis fet passos endavant. —La va mirar de dalt a baix—: Has canviat. Ja no ets aquella noieta fràgil que vaig conèixer.

La Sophie li va tornar un somriure trist:

—No. Ja no ho soc.

—M'alegro, però, que les teves idees no hagin canviat. És bo que les dones prenguin consciència del camí que queda per recórrer.

—Bé, el temps que vaig passar a Tinta i Pintura va ser com si hagués treballat tancada en una bombolla. Allà les dones vivíem separades d'una realitat laboral més complexa. Ara que formo part del Departament d'Art, he d'assistir a reunions on soc l'única dona en un món d'homes que em miren amb desconfiança. Tens raó. Hi ha moltes coses que han de canviar.

La reunió estava a punt de començar. Les dues dones es van separar amb un somriure i van anar a seure. La Sophie va estar mastegant una estona el que acabava de dir a la Marion. Era veritat que la seva relació amb els homes de l'estudi no sempre era fàcil. Formava part de la seva quotidianitat, però no per això ho acceptava. Els primers dies al Departament d'Art havien estat especialment durs. Les brometes de mal gust eren el pa de cada dia. Els homes del departament es queixaven que la seva presència treia espontaneïtat al seu dia a dia. El que volien dir era que no podien passar-se l'estona explicant acudits pujats de to i que havien de vigilar què deien davant seu.

Feia ja molts anys que la Sophie havia sentit pronunciar a la Marion Altwell, per primera vegada, les paraules *lluita* i *sindicat.* I res no havia canviat. En Babbitt tenia raó quan deia que les coses no canviarien si no lluitaven perquè canviessin. En aquell moment, es va sentir feliç de ser allà.

En William Littlejohn, el president de l'SCG, va donar inici a la reunió. No era un rostre desconegut per a la Sophie, ja que feia només una setmana havia convocat els treballadors de Disney a una conferència d'en Samuel Kalish, membre del Departament de Relacions Laborals del Govern. Els havia dit que volia que tothom tingués l'oportunitat d'escoltar què eren els sindicats i com treballaven. La Sophie havia sortit contenta d'aquella xerrada i convençuda que era el camí correcte per aconseguir els canvis que pretenien.

En Babbitt havia seguit altres mètodes més expeditius que els de Littlejohn per aconseguir afiliats a l'SCG. Mètodes que a la Sophie li havien recordat altres temps. En concret, havia omplert els estudis de fullets en què oferia sessions econòmiques de dibuix només per als membres del sindicat. En Babbitt era molt Babbitt.

La reunió va ser curta i àgil. L'Art Babbitt va ser triat per presidir la unitat Disney del sindicat. La vicepresidència va recaure en la Phyllis Lamberston, una dona amb una llarga experiència al Departament de Tinta, l'honestedat i el compromís de la qual coneixia a bastament. Com a tresorer es va nomenar en Sam Armstrong, del Departament de Background.

Aquesta primera reunió va obtenir fruits. Al cap d'un mes, la llavor havia germinat i la unitat de l'SCG a Disney havia aconseguit quatre-cents afiliats, una xifra que permetria a en Babbitt demanar una reunió amb en Disney en nom del sindicat per presentar-li les reivindicacions.

Capítol 19

La confessió

En Walt Disney s'havia negat en rodó a reunir-se amb en Tytla i en Babbitt, que hi havien acudit amb un plec de demandes laborals concretes i com a membres de l'SCG. El creixement espectacular d'afiliats al sindicat lliure va disparar, però, totes les alarmes d'en Disney, que, pocs dies després, va contraatacar i va convocar els treballadors dels estudis a una reunió a la sala de projeccions.

La Sophie va assistir-hi al costat d'en Babbitt. Com ell preveia, en Disney s'havia proposat justificar la mala gestió econòmica de l'empresa que alguns treballadors li retreien:

—Algunes persones voldrien culpar els executius d'aquesta empresa per no preveure la calamitat causada per la guerra a Europa.

Tampoc no va perdre l'ocasió de desautoritzar d'una manera velada la veu dissonant d'en Babbitt, que, en abandonar la Federació, havia posat en entredit la política sindical dels estudis.

—Crec que això és injust... Com dimonis pot algú responsabilitzar-nos-en?

Les paraules d'en Disney van significar un veritable punt de no-retorn als fets d'aquell 1941 que tot just començava i que es presentava convuls. Si fins aleshores el personal dels estudis ja estava força polaritzat, a partir d'aquell moment fins i tot els més escèptics van prendre posicions. Com en Babbitt havia predit entre el cercle més pròxim, el fet que en Walt Disney en persona es dirigís al personal va ser una declaració de guerra entre els seguidors de la Federació i els del sindicat lliure, l'SCG. Ningú ignorava que el guanyador en aquella contesa es convertiria en el sindicat majoritari a Walt Disney Studios.

En Disney va acabar de parlar i la sala de projeccions es va omplir de guspires. Semblava que l'haguessin encesa. La Sophie es va girar pensant trobar-hi en Babbitt, però no hi era. El va buscar amb la mirada una mica inquieta, però en aquells moments la confusió havia esdevingut caos a la sala; les veus s'alçaven i les discussions es tornaven cada cop més acalorades.

La Sophie es va obrir pas gairebé a cops de

colze. En Babbitt i en Disney discutien al passadís d'entrada de la sala de cinema. S'hi va voler acostar. Però aleshores va ensopegar amb algú.

—Ui, perdó...

Va alçar el cap i es va haver de tapar la boca amb la mà per ofegar el crit que li pujava per la gola.

—Martin!?

En Martin Locke mirava la Sophie amb aquells ulls plens d'espurnes d'or. Ella s'havia quedat quieta com un ocell espantat. Semblava haver oblidat la intenció d'encalçar en Babbitt. Tampoc en Martin es movia. Es miraven tots dos de tan a prop, amb tanta intensitat, que el temps es va aturar i el soroll que els envoltava es va fondre.

En Martin va xiuxiuejar amb un fil de veu gairebé imperceptible:

—Sophie...

Per tota resposta, ella va fer una passa vacil·lant cap enrere sense deixar de mirar en Martin als ulls. Estava trasbalsada. Va notar com se li enrogien les galtes. S'havia reconegut en aquella mirada, i havia tingut la sensació que es tornava a abocar a aquell penya-segat que temps enrere l'havia atreta amb intensitat.

—L'Art em va dir que t'havies incorporat als estudis —va dir-li el noi, intentant fer-se entendre entre el batibull de converses.

—Com dius? No et sento —gairebé es va esgargamellar la Sophie, alçant molt la veu per ferse sentir enmig d'aquella cridòria.

En Martin la va agafar de la mà i tots dos van sortir a l'exterior. Van acabar asseguts en un banc, al davant de l'edifici d'Animació, sols, amb les paraules embossades a la boca, ansioses de sortir i explicar tot el que havia quedat callat.

—Sophie, sento molt tot el que...

El pes d'aquella boirina que s'escampava per damunt de la seva existència com una llosa va fer que ella desviés els ulls a terra. En tornar a alçar-los, les penes nedaven a les seves pupil·les grises.

—Soc al Departament de Storyboard.

—Ho sé, ho sé —va dir en Martin, acceptant aquell canvi de tema que li imposava—. He sentit comentaris, saps?

Ella va somriure, amb curiositat:

—Comentaris?

—He sentit a dir que l'*storyboard* de *Dumbo* és molt detallat, i en això hi deus tenir alguna cosa a veure, si no m'equivoco.

—I què més es comenta?

—Bé, hi ha animadors que, pel que sembla, no entenen com una dona pot crear dibuixos amb tanta intensitat i tanta habilitat tècnica.

—I tu penses el mateix?

—És clar que no. Jo faig més cas del que diu l'Art.

—Ai, no m'espantis!

—Diu que la teva estada a Mèxic t'ha transformat. Que si abans eres una artista, ara brilles amb llum pròpia. M'has d'ensenyar el que pintes. Tinc moltes ganes de veure el que fas.

Els ulls de la Sophie van guspirejar.

—És clar, quan vulguis.

La breu conversa havia aconseguit emmascarar amb prou feines com se sentien de cohibits l'un davant de l'altre. Però es va fer el silenci i les paraules van ser substituïdes per les mirades. Es miraven de cua d'ull, amb els ulls plens d'un excés de sentiments que cap dels dos no sabia explicar.

Finalment, la Sophie va dir, a la desesperada:

—M'estranya no haver-te vist abans pels estudis. Com és que no treballes en l'animació de *Dumbo*?

—He estat fora... Vaig demanar un permís —va afirmar en Martin, amb un lleuger tremolor a la veu. I va seguir—: En tornar em vaig incorporar al grup d'animadors acabats d'arribar que treballen a *Bambi*. Però fa pocs dies que em van assignar a l'equip d'en Kimball a *Dumbo*. Estem fent les escenes dels corbs.

La Sophie va somriure, sorpresa:

—No ho sabia. Així ens veurem sovint a partir d'ara.

Grups de treballadors desfilaven davant de la parella. Els van observar una estona en silenci. Paraules com *injustícia*, *sindicat*, *feina* o *perill* es despenjaven aquí i allà de les converses. El sol ponent començava a projectar el seu reflex ambarí damunt del campus. La Sophie es va estremir en sentir l'abraçada sobtada del fred. Va brandar el cap per apartar-se els rínxols dels ulls que se li havien esvalotat amb el vent.

—M'està agafant fred.

—Et puc acompanyar a casa? Tinc el cotxe al pàrquing.

Va assentir amb la mirada.

Van caminar cap al cotxe, a poc a poc, conversant, sense reparar gaire en els aires de tempesta que els envoltaven.

Des del dia del retrobament, la Sophie i en Martin s'havien vist algunes vegades fora dels estudis. Sempre eren trobades ràpides, per anar a prendre una cervesa després de la feina i poder parlar de moltes coses en molt poc temps. La Sophie s'havia adonat que esperava aquelles estones amb delit, perquè, sorprenentment, endolcien la soledat en què vivia, que li era molt més dura del que havia imaginat.

Aquella nit, la noia enfilava el camí que duia

als bungalous quan va veure un cotxe estacionat davant de la seva porta. El va reconèixer de seguida. Era el cotxe d'en Martin.

Va notar que se li encenia la cara mentre s'hi acostava. Se sentia desconcertada. Què li devia voler que no pogués esperar?

En Martin va sortir del cotxe una mica abans que ella arribés on era.

Es van mirar sense dir res i a la Sophie aquella mirada li va semblar esquiva. Com si amagués alguna cosa.

—Martin, que passa res?

—He de parlar amb tu. Hi ha una cosa que...

—Anem.

Va obrir la porta del bungalou i, abans que pogués encendre el llum, en Martin la va embolcallar amb els seus braços i la va prémer contra ell amb totes les seves forces. Ella es va quedar quieta, dòcil a l'abraçada, mentre una onada càlida li recorria el cos i la feia tremolar tota. Se'n va apartar amb suavitat, sense deixar d'abraçar-lo. El cel estava enfitat d'estrelles i la llum que entrava per les finestres va il·luminar el rostre d'en Martin. Plorava.

—Què passa?

Ell no va respondre de seguida. Semblava com si s'hagués quedat perdut en un enfilall de pensaments dolorosos. Les seves mans van abraçar les espatlles de la Sophie i van anar lliscant pels braços, acariciant-los amb tendresa.

—No t'he explicat la veritat.

—Quina veritat?

—Et vaig dir que havia demanat un permís a la feina. Bé, això és cert. Però... aquest permís... M'he casat, Sophie.

La Sophie va fer una passa enrere i es va quedar molt quieta mentre intentava compassar el cor. Pel cap li va creuar la idea que ho perdia tot, una cosa rere l'altra. Encara que, si ho pensava bé, a en Martin no el podia perdre; no l'havia tingut mai.

S'havia alçat una cortina de silenci entre tots dos que en Martin es va apressar a trencar. Va parlar gairebé sense respirar, com si vomités les paraules.

—Vaig esperar molt de temps una paraula teva, una explicació. No! En realitat el que esperava era que tornessis, que les coses entre tu i jo continuessin en el punt on les vam deixar aquella nit a Kingman.

—No t'has de justificar, Martin. No cal —va xiuxiuejar ella, esforçant-se per sonar natural i envoltant-se el cos amb els braços, com si tingués fred. Va anar a encendre una làmpada de peu que va il·luminar la sala amb una llum tènue. Va seure al sofà. En Martin va acompanyar-la.

—T'ho vull dir. T'ho vull explicar.

Va deixar caure el cap entre les mans i va exclamar amb una veu que tremolava pel plor:

—Oh, Déu meu! Ha estat l'error més gran de la meva vida.

La Sophie se li va acostar. Li va acaronar el dors de la mà. Va ser un gest fugaç; els dits amb prou feines es van demorar sobre la seva pell.

—Només t'estimo a tu, Sophie. Només t'he estimat a tu. Però t'havia perdut. I l'Alice era allà. Sempre era allà. M'he casat. Fa un mes.

Es van abraçar amb els cors entestats a bategar de pressa sota la pell. En Martin plorava sense fer soroll. La Sophie sentia tot el dolor d'aquella confessió ressonant dintre seu. Va intentar sobreposar-se. Allò no era la fi del món. Potser no era res. Havia viscut coses pitjors. Li va acaronar els cabells intentant consolar-lo. Li va besar els ulls. Va intentar beure's les seves llàgrimes. Ell la va mirar com no recordava que l'hagués mirat ningú. Les boques van xocar i es van enredar en un petó golut. La Sophie va sentir l'escalfor d'aquelles mans tan enyorades a través de la brusa. Amb el dors de la mà es va apartar una llàgrima que maldava per lliscar-li dels ulls. Després, ajaguts al sofà, van deixar que les pells nues fessin el miracle.

La Sophie es va despertar de matinada amb un pes tan gran al cor, que li va semblar que no podria incorporar-se i posar els peus a terra. Finalment, va aconseguir quedar-se asseguda al llit de cara a la finestra, amb la mirada perduda, sense acabar de saber ben bé si el que havia passat la nit anterior era veritat o només es tractava d'una fantasia.

Es va apartar un ble de cabells que li creuava la cara.

Va passejar la mirada entelada per la petita habitació.

I els records van començar a agafar consistència.

Sí, en Martin havia estat allà, amb ella, i s'havien estimat amb la mateixa passió i intensitat que aquella primera vegada a l'hotel. I com aquella vegada, exactament igual, mentre l'amor havia durat, li havia semblat que el món recuperava els colors, que no era blanc i negre.

Es va alçar i amb passes vacil·lants va passejar amunt i avall mentre intentava posar ordre a aquella allau de sentiments que li tenallava el pit.

Feia molt de temps que havia pres la decisió de no encoratjar els sentiments d'en Martin. Ni els d'ella cap a ell. És clar que eren altres temps. Llavors depenia emocionalment d'en Jules. Quan hi pensava, tenia la sensació que la seva vida, aleshores, no li pertanyia. No del tot. I això l'havia fet viure amb fragilitat.

Durant un temps després del divorci, la Sophie pensava que havia perdut l'oportunitat d'estimar i de ser estimada. Pensava que les portes de l'amor s'havien tancat per a ella. Però ara havia retrobat en Martin, i el cor li deia una altra cosa. Li deia que sí que es pot tornar a estimar encara que l'amor ens hagi fallat. L'ésser humà té la capacitat de refer-se, d'aixecar-se, d'oblidar i de tornar a començar. I sabia que estimava en Martin. Sí que l'estimava, i potser des de feia molt més temps del que es pensava. Potser havia deixat de veure'l, però mai havia deixat de pensar-hi. Ja no hi havia cap obstacle que impedís reconèixer aquesta realitat.

Quan es va donar permís per fer-se aquesta confessió va sentir una emoció pregona i dolça dins del cor i, alhora, la punxada amarga de les llàgrimes li va ferir els ulls. Perquè no podia oblidar que els moments d'amor que havia viscut ella amb en Martin havien estat uns moments prestats. Robats. I es preguntava si sempre seria així; si sempre s'haurien d'estimar amb la respiració entretallada i a contrarellotge.

Va sentir ràbia. Per què li feia allò, la vida? Per què també li negava en Martin? Per què la duia d'una banda a l'altra, fent tomballons per aquells abismes imprevisibles?

Finalment, una llàgrima li va rodolar pel rostre. I després una altra, i una altra més. Les va eixugar amb les mans i va somriure. I després va riure amb rialles que li van sonar estranyes de tan oblidades com les tenia. I és que, malgrat tot, se sentia viva altra vegada. Li semblava que tornava a agafar les regnes de la seva vida. Que ja no hauria de conformar-se a observar la vida dels altres. Que l'amargor de la seva existència començava a esberlar-se.

La Sophie va seure al sofà de la sala on amb en Martin s'havien estimat la nit anterior. Va recolzar el cap al respatller i va tancar els ulls. Li va semblar veure al davant les mans d'en Martin i va desitjar amb tots els sentits tenir-lo al costat. Damunt seu. Dintre! Era tan apassionat! Li havia sabut despertar els sentiments que dormien dins seu i l'amor havia brollat sense obstacles.

Però haurien de guardar el secret d'aquell amor.

Ho haurien de fer.

Ho farien.

S'estimarien com fos. Ni aquella Alice que s'havia interposat en les seves vides podria evitar que s'estimessin. Perquè el que havien viscut fins a aquell moment tan sols era un esbós fet a llapis de la història que encara havien de dibuixar.

Va alçar el cap del sofà i va obrir els ulls. El sol semblava fer-li l'ullet a través de les cortines. Les va obrir i la llum del matí acabat de néixer va il·luminar la sala. La Sophie es va estirar com una gata. L'esperava un nou i intens dia de feina.

Capítol 20

La cara fosca d'en Mickey Mouse

La guerra oberta als estudis continuava, batalla a batalla. Després dels famosos discursos de febrer, en Walt s'havia enrocat en posicions cada vegada més conservadores, potser influït, també, pel clima prebèl·lic, i s'oposava obertament al pensament progressista d'alguns treballadors. A més, vivia com una traïció imperdonable i un atac personal la tasca sindicalista d'en Babbitt.

Per la seva banda, l'Art no reculava. Ben al contrari, a finals de febrer havia fet arribar una carta a en Gunter Lessing en què, a través de l'SCG, amenaçava Disney amb un boicot d'àmbit nacional. Tractava de reduir d'aquesta manera la influència i l'autoritat de la Federació com fos.

En Mickey Mouse, en efecte, començava a mostrar la seva cara més fosca.

Com havia pronosticat en Ben Sharpsteen, la producció de *Dumbo* avançava a un ritme inusitadament ràpid. La Sophie comprovava cada dia que l'equip que hi treballava ho feia a gust, i el fet de no exigir tanta perfecció tècnica afavoria el ritme de l'animació.

Des del Departament de Storyboard les raons d'aquesta agilitat en la producció eren ben clares. La història tenia un fil narratiu ajustat, amb un encapçalament, un nus i un desenllaç perfectament definits. A *Dumbo* no hi havia provatures, ni escenes que es refusaven després d'haver estat animades, com havia passat durant la producció de *Blancaneu*. Ben al contrari, ara tothom sabia què havia de fer i on havia d'arribar.

Per a la Sophie, que es va involucrar en la història des de l'inici i que va intervenir en la creació dels personatges i en el desenvolupament de l'acció, *Dumbo* va acabar sent una inestimable lliçó de com explicar una bona història en el temps més breu possible i sense disquisicions que enredessin la trama.

Amb els professionals del Departament d'Art havien decidit que el disseny de personatges estaria en consonància amb la senzillesa de la història.

S'havien decantat per personatges accessibles, d'aspecte similar als dels llibres de pintar, per mirar que els espectadors s'hi sentissin propers, els reconeguessin i els acceptessin de seguida. Seguint aquesta idea, la història començava en un món de fantasia, un món de dibuixos animats. Hi havia molts elements que feien pensar en un univers de joguina. Alhora, s'havia donat molta importància als elements naturals: el sol, els núvols, els arbres..., i també als físics, com ara la carpa del circ. I s'havia fet l'esforç, encara que això complicava la feina d'animació d'en Bill Tytla, d'explicar la història segons la perspectiva, i l'alçària, d'en Dumbo, el petit elefant protagonista.

La feina de la Sophie al Departament d'Art la duia a visitar sovint altres departaments. Havia hagut de treballar, per exemple, l'aspecte emocional dels personatges amb els animadors, sobretot en el cas del protagonista, en Dumbo. El fet que el personatge no parlés era un altre obstacle a superar per en Bill Tytla, ja que s'havien de treballar amb molta més cura les expressions i els moviments.

L'acció en viu va tornar a tenir un paper d'importància cabdal en aquesta pel·lícula. La Sophie va xalar de debò assistint a les sessions en què els Jackson Brothers, cantants i ballarins que actuaven en teatres de varietats, improvisaven les rutines i els moviments que en Ward Kimball i en

Martin utilitzaven per animar els corbs i fer-los dansar com si fossin ballarins de carrer. Estava meravellada amb aquesta animació perquè tenia un estil gràcil i una gran fluïdesa de moviments. I, a més, havien aconseguit donar personalitat pròpia a cadascun dels corbs.

Fora dels estudis, totes les hores que la Sophie es va passar dibuixant a les carpes li van fer recuperar l'essència del món màgic dels circs de la seva infantesa. I va arribar a la conclusió que era precisament allò, el que la pel·lícula havia de transmetre en un sentit estricte, nostàlgic i romàntic. El circ era festa, era fantasia i, per això, calia usar colors vius i brillants en tota la pel·lícula. Preocupada per això, visitava sovint les seves antigues companyes de Tinta i Pintura. Allà intercanviava impressions amb la Hazel Sewell sobre el desenvolupament del color a la pel·lícula.

—Potser per a altres departaments *Dumbo* no és res més que una altra producció. Però per a nosaltres representa tot un repte.

La Sophie i la Hazel passejaven entre les taules de les noies de Pintura, tot xerrant.

—Les restriccions de pressupost també ens han afectat.

—M'ho suposo.

—Ens demaneu colors vius i brillants, però treballem només amb cent cinquanta colors.

La Sophie va alçar les celles sorpresa davant d'aquella xifra. Recordava perfectament que a Blancaneu n'havien utilitzat mil cinc-cents.

—Però el repte més gran és el contrast entre els vermells, blaus i grocs del circ i l'escala de grisos que necessiten els elefants.

La Sophie va assentir. Des de la seva perspectiva actual, que li permetia veure el projecte en conjunt, i amb la seva experiència com a pintora, sabia que els colors serien la base on s'assentaria l'acció de *Dumbo*. El xoc brillant dels llamps realçaria l'escena de la tempesta. El colors càlids del sol emfatitzarien la feina dels treballadors del circ durant el dia, i la tendra llum de la lluna emmarcaria la reunió del petit Dumbo amb la mare. Estava convençuda que en aquest projecte, més que en cap altre, el pes del color seria decisiu.

—Tenim un problema molt empipador —li deia la Hazel en aquell moment.

La Sophie va deixar els seus pensaments a banda i la va escoltar amb atenció.

—Els personatges amb molta superfície per pintar ens han portat problemes. Els colors se'ns barregen sovint i canvia el to d'un *cel* a l'altre. Al laboratori estan mirant de fer avenços en la sedimentació de les pintures i no parem de recordar a les noies la importància de barrejar-les sovint. La pols és un problema constant sobretot pel que fa als personatges grans i més visibles en pantalla. Encara s'està ajustant el sistema d'aire condicionat per minimitzar la pols. Com veus, totes duen guants i bates, sense excepcions, per evitar que les fibres de la roba i les ditades embrutin els *cels*, però tot i així...

La Sophie va assentir amb gest preocupat.

—I això per no parlar-te dels malabarismes que hem de fer per mantenir un nombre de *cels* adequat a les necessitats de la producció.

—En falten?

—Amb la guerra, el subministrament de materials ha caigut en picat. Al Departament de Neteja de Cels treballen nit i dia perquè no ens en faltin. Ja no renten els *cels* tres vegades.

—Ho fan més de tres?

—Les que són necessàries. O, dit d'una altra manera, tantes com poden.

La Sophie es va acomiadar de la Hazel Sewell amb la preocupació escrita al rostre. Estava bé fer una producció més econòmica, però seguia preocupada pel fet que l'estalvi acabés afectant el resultat final de la pel·lícula. Feia pocs dies havia anat a sopar a casa dels Coats, a qui ara veia molt de tant en tant, però amb qui no havia perdut el contacte. Precisament havien comentat que a *Dumbo* s'havia tornat a l'aquarel·la per pintar els *backgrounds*.

—Com a *Blancaneu* —va recordar la Sophie.

—Sí. Ja saps que en les produccions posteriors s'havia utilitzat l'oli i el guaix. Ofereixen més qualitat. Però les ordres són ordres: cal estalviar —havia conclòs en Claude.

La Sophie no podia deixar de pensar en aquests aspectes de la producció. S'estimava aquell projecte! Aprofitava totes les ocasions que tenia per abocar els seus dubtes a en Sharpsteen. Però les mesures d'estalvi es mantenien i *Dumbo* prosperava malgrat tot, i avançava sense alts i baixos.

Aquell migdia, abans de l'hora de dinar, s'havia preparat un visionat d'algunes de les escenes de la pel·lícula. Encara que eren simples esbossos d'animació en blanc i negre, servien perquè els professionals dels departaments d'Animació i d'Art poguessin fer-hi correccions i aportar idees.

La Sophie va entrar una mica tard a la sala de projeccions i va seure al darrere, sola, per no molestar. Estaven a punt de revisar l'esbós de l'escena en què la mare d'en Dumbo és a la presó i canta una cançó de bressol al seu fill. Era un moment ple de tendresa que havia animat en Tytla.

A mesura que veia l'escena, el dolor se li va instal·lar a dins com si fos pols, i la va amarar del tot. Aquella pena latent i inacabable li va aflorar al rostre i se li va tornar plor. Va sortir de la sala sense fer soroll. Es va tancar al lavabo, i va deixar sortir totes les llàgrimes que se li acumulaven als ulls, lluitant per surar enmig d'aquell pou profund.

Un cop més calmada, es va dirigir cap al seu departament. Havia decidit que no sortiria a dinar; se li havia tancat l'estómac. Es quedaria al despatx i avançaria feina.

Sempre que podien, en Martin i la Sophie dinaven junts. S'escapaven dels seus departaments, del soroll de la cafeteria en aquella hora punta, dels companys i de tot el que els envoltava. Seien a la gespa, desembolicaven els sandvitxos que duien de casa i es disposaven a gaudir d'una estona de companyia mentre parlaven d'un únic tema: d'ells mateixos. El temps passava volant i arribava l'hora del comiat, que procuraven alleugerir amb una nova cita per a aquell mateix vespre. Eren cites curtes i clandestines, sempre a casa de la Sophie. Sovint, però, a en Martin se li torçava el gest, desviava la mirada i deia:

—Avui no podrà ser.

—Demà doncs? —preguntava la Sophie, fent esforços per amagar-li la seva decepció—. O dimecres?

Es besaven d'amagat mentre es començaven a

enyorar i a comptar el temps que faltava per tornar-se a veure.

Mai parlaven de l'Alice.

A la Sophie, li hauria agradat poder estar amb en Martin aquell migdia. Escoltar el que ell li volgués explicar; mirar-lo en silenci, callant aquella pena tan gran que l'ofegava i de la qual no li parlaria perquè encara no trobava les paraules per explicar-l'hi. Però aquell matí en Martin havia passat un moment pel seu departament per avisar-la que no es podrien veure al migdia. No hi havia mai cap explicació. Ell no les donava. Ella no les demanava.

Va sospirar fastiguejada. Encara que ho intentava, tampoc no aconseguia concentrar-se en la feina. Va pensar que airejar-se li aniria bé. Va sortir i, sense adonar-se'n, els peus la van dur davant del despatx d'en Babbitt. Va obrir suaument la porta sense fer soroll i el va veure inclinat damunt de la taula de dibuix.

—Tu tampoc tens gana? —li va preguntar.

Ell es va girar i va somriure.

—Endavant!

—Puc veure què fas?

En Babbitt li va passar el full on semblava que dibuixava. Només hi havia gargots. La Sophie es va quedar mirant el seu amic als ulls. Era evident que alguna cosa no anava a l'hora.

—Què et passa, Art?

—I a tu? Tens els ulls vermells com si t'haguessis fet un fart de plorar.

La Sophie va lamentar no haver-se posat les ulleres de sol.

—No facis trampes. Jo he preguntat primer.

L'Art va llançar amb ràbia el llapis que sostenia a la mà damunt de la taula:

—El més lògic és que després d'acabar les escenes de Mr. Stork, tingués més escenes esperant-me, oi?

—I no és així?

Ell va fer que no amb el cap.

—Per què? —va preguntar, i va seure davant seu en un tamboret.

—Això és el que he preguntat a en Walt.

Va agafar un cigarret del paquet que era a la taula. El va encendre amb parsimònia. En va exhalar el fum, com si exhalés el seu neguit.

—M'ha dit que cap dels directors d'animació vol treballar amb mi.

—Què?

—El que sents.

—Però això és...

—... mentida. És mentida. He parlat amb ells. Amb en Dick Lundy, amb en Norm Wright, amb en Perce Pearce... Tots han negat haver dit que tinguessin problemes per treballar amb mi. Ahir vaig anar a dinar amb en Ben Sharpsteen.

—I?

—Em va dir que l'únic que el preocupa és el resultat de les escenes i que els meus resultats són bons.

—Aleshores, per què no et donen més feina?

—M'han arribat rumors, Sophie. La gent parla. En Walt diu que em dedico a les qüestions sindicals durant l'horari de feina. Bé, potser ho he fet. Però he anat amb compte. Si he parlat del sindicat a l'estudi ha estat per avisar que hi ha una reunió. Mai ho he fet més de cinc minuts. Però això no és important. Per a en Walt es tracta d'una qüestió personal. Una qüestió entre ell i jo. És ell qui m'ha vetat. No cal donar-hi més voltes.

L'Art es va aixecar de la cadira i es va estirar intentant desentumir les articulacions.

—I bé, et penses quedar aquí tot el dia escoltant les queixes d'aquest animador desgraciat? No penses anar a dinar?

—No tinc gana.

Ell va sospirar tot amollant un mig somriure murri.

—I en Martin? Què dirà si saps que t'has passat l'hora de dinar tancada al meu despatx? No es posarà gelós?

La Sophie va saltar del tamboret com si l'acabessin de punxar amb un centenar d'agulles:

—Què estàs dient?

—Per què fas aquesta cara? Potser et penses de debò que en Martin i tu m'heu enganyat?

—No sé què...

—Això vostre va començar a Kingman, n'estic segur. No sabia per què s'havia acabat tant de cop fins que en Beck va tornar a entrar en escena.

La Sophie s'havia tapat la cara amb les mans. No li volia mostrar la intensa vermellor que li pintava les galtes.

—No m'hauria imaginat mai que triguéssiu tant a tornar a estar junts, i creu-me que m'alegro que, per fi, us hàgiu decidit. Sempre he pensat que esteu fets l'un per l'altre. En cas contrari, no hauria organitzat aquell viatge a Nova York. No m'agrada gaire fer de mainadera, saps?

—Ets...

—I ja és tenir mala sort! Primer s'interposava en Jules i ara en Martin es casa. És veritat que la vida us ha sacsejat massa. Sembla que us vulgui fer una broma, ja ho veig. Però saps què et dic? Que el destí és a les vostres mans. Només a les vostres mans.

L'Art va callar. La conversa havia pres un rumb inesperat. Sobretot per a la Sophie, que encara no s'havia recuperat de la sorpresa.

—No pateixis, que el vostre secret està ben guardat amb mi. I jo me'n vaig a dinar perquè, malgrat tot, encara no he perdut la gana. Vens?

La Sophie va negar amb el cap i l'Art Babbitt es va posar dos dits a la templa i li va picar l'ullet. Qualsevol que no l'hagués conegut hauria pensat que aquell home no es prenia res seriosament. Però hi havia temes que en Babbitt vivia d'una manera molt personal i pels quals lluitava especialment. Com aquell que el va dur a reunir-se amb en Walt uns dies després. Volia demanar-li un augment de dos dòlars setmanals per al seu assistent, en Bill Hurtz. Els salaris als estudis eren tan arbitraris que hi havia altres treballadors com ell que feien la seva mateixa feina però cobraven molt més. L'Art no estava disposat a consentir-ho. Però en Walt s'hi va negar en rodó i en Babbitt va acabar pagant l'augment de la seva butxaca. En Disney es va enfurismar i li va fer una escena, amenaçant-lo que si no canviava d'actitud, tindria problemes seriosos.

I no van trigar gaire a arribar.

—No hi ha dret! Això que estan fent a l'Art és absolutament inacceptable. No poden deixar-lo sense seqüències amb l'excusa que els directors no volen treballar amb ell. Tothom sap que això no és cert! —va grallar la Sophie, enfurismada, mentre en Martin es continuava vestint en silenci. Es va ajeure al llit i es va quedar contemplant com les fulles dels arbres dibuixaven formes canviants sobre els llençols arrugats.

—L'Art s'ho busca. La seva actitud és provocadora. Està mantenint un pols amb en Disney. I tots sabem que no li agrada gaire que es posi en dubte la seva autoritat.

La Sophie es va girar cap a en Martin. A poc a poc. Com si retornés d'un lloc llunyà. D'aquell espai recòndit del seu cor on s'amagaven imatges que no podia compartir amb ningú. Ni amb ell. De mica en mica, els colors li van anar tornant a la cara. Va recordar de què estaven parlant.

—No! L'Art no provoca. Lluita. No és el mateix, Martin. I em sembla que nosaltres hauríem d'estar al seu costat en tot moment. Som els seus amics.

En Martin, ja del tot vestit, es va asseure al llit. La va mirar de prop i va començar a joguinejar dolçament amb els seus cabells.

—No sé si li puc fer costat en això, saps? —va dir molt fluixet, mirant-la amb ulls càlids, plens de foc, i amb la tristesa del comiat imminent gravat a la veu.

—Per què, Martin? No veus que el que fan als estudis no és just?

—No es tracta d'això. Són les maneres. El mètode agressiu amb què en Babbitt i el seu sindicat enfoquen les coses. No m'hi sento còmode. Així no.

Es va alçar i va desaparèixer amb un petó i un «faig tard» apressat. La porta del carrer es va tancar darrere seu i el silenci va tornar a campar per tota la casa.

La Sophie va contenir la respiració i va serrar la mandíbula. Es va girar cap a la finestra. Si alçava els ulls i esperava, podria veure els estels a dalt de tot, sobre les teulades. Era una manera tan bona com qualsevol altra d'omplir el buit que li quedava dins quan en Martin marxava.

Capítol 21

No soc un titella

Tothom als estudis trigaria molt a oblidar el 28 de maig del 1941. Perquè aquell dia tot va esclatar.

La Sophie, si més no, recordaria sempre la seqüència dels fets. Aquell matí, dos guàrdies de seguretat es van presentar al Departament d'Art i van preguntar per en Sam Armstrong. Anaven armats, cosa que no era gens habitual. Tothom es va espantar. Quan en Sam va sortir, li van fer recollir les seves pertinences i li van demanar que els acompanyés. Tots els companys d'en Sam es van quedar en silenci, atònits davant d'aquella escena que no sabien a què responia. Ell va demanar calma i va sortir acompanyat dels guàrdies.

La majoria dels treballadors del departament van seguir l'estranya comitiva fins a la porta de l'edifici d'Animació. Un cop allà, van poder veure més guàrdies i més companys que eren escortats fins a la sortida dels estudis. Entre ells, l'Art Babbitt, que va sortir del despatx amb una rialleta als llavis i, mirant els guàrdies amb tranquil·litat, els va etzibar:

—Podeu esperar que reculli els llapis?

Nombroses cares grises van contemplar com els companys acomiadats s'enduien les seves pertinences als cotxes. Al cap de poca estona, la notícia s'havia escampat com una taca d'oli. En Disney havia acomiadat disset treballadors de diferents departaments, tots ells afiliats a l'SCG. Tan sols uns dies abans, el president del sindicat, en Bill Littlejohn, i el mateix Babbitt s'havien reunit amb en Disney i els seus advocats després que la Federació fos declarada il·legal pel Govern. Havien cregut que era el moment idoni per negociar amb l'empresa davant l'incompliment dels drets dels treballadors de sindicalitzar-se lliurement. Havien exigit a en Walt una resposta si no volia enfrontar-se a una vaga. La resposta d'en Disney no havia trigat a arribar.

Aquell mateix vespre el sindicat va convocar una assemblea d'emergència al Hollywood Legion Hall per aquells fets tan greus que constituïen una clara violació de la llei federal.

Es va votar.

I es va aprovar per majoria.

VAGA!

Matí del 29 de maig del 1941. Són les nou i el sol ja escalfa amb ganes. En Walt Disney es dirigeix als estudis amb el seu elegantíssim Packard Roadster. Quan enfila Buena Vista Blvd. descobreix astorat que no serà un dia com els altres. Centenars de persones ocupen el carrer. Enarboren cartells. Criden proclames. Triga una bona estona a entendre de què es tracta. Redueix la velocitat i circula a poc a poc entre els manifestants. Són els seus artistes: els animadors, els intercaladors, les noies de Tinta i Pintura i els càmeres. No s'ho pot creure.

Els personatges de les pel·lícules que l'han fet famós també han sortit al carrer. «DISNEY INJUST», li crida en Mickey, el seu Mickey, des d'un cartell. «*BLANCANEU I ELS 700 NANS*», pot llegir en un altre. I Pinotxo li recorda: «NO SOC UN TITELLA».

Algú amb un megàfon a la mà crida:

—Mireu-lo! L'home que creu en la fraternitat entre tots els homes, però pensa que no té res a veure amb ell! Quina vergonya, Walt Disney!

És en Babbitt.

En Walt frena en sec.

Es miren.
David contra Goliat.
David contra...
David...

El campament dels vaguistes es va fixar en un descampat a l'altre costat del carrer on s'alçaven els estudis. Van triar un lloc conegut com el Knoll per fer les reunions públiques i els discursos. Els cuiners dels restaurants propers al llac Toluca cuinaven per als concentrats en un improvisat menjador a l'aire lliure. Es feien torns per servir els tres àpats diaris per alimentar els treballadors en vaga, que no es movien del seu lloc de protesta durant les vint-i-quatre hores del dia.

Aquell matí, a la Sophie li tocava servir els esmorzars. En Babbitt s'hi va acostar per agafar el primer cafè del dia.

—Bon dia! Bones notícies. Els desenvolupadors de Technicolor ens fan costat i es neguen a processar les pel·lícules de Disney.

La Sophie li va allargar la tassa amb un gest esquerp i sense mirar-lo als ulls.

—Bé, em semblava una bona notícia per començar el dia. Però ja veig que no ho és —va dir en Babbitt bufant el líquid negre i espès de la tassa. La Sophie continuava muda i sorruda.

—Què et passa?

La noia es va encongir d'espatlles. La mirada li va volar cap a la porta dels estudis, on, a aquelles hores, entraven els treballadors que no s'havien unit a la vaga entre els crits i els insults dels seus companys. En Babbitt li va seguir la mirada i la va comprendre.

—Va, Sophie, deixa-ho córrer. En Martin ha pres una decisió. No dona suport a la vaga. Deu tenir els seus motius. No et facis mala sang.

—És que no l'entenc! No entenc els seus motius. No em convencen. Em sembla que, en el fons, té por.

—M'acceptes un consell? —li va preguntar l'Art acostant-se una mica més a ella. La Sophie va alçar els ulls i se'l va quedar mirant a l'expectativa—. No deixis que aquesta situació s'interposi entre vosaltres. Tot això ja ha arrasat massa coses.

En Babbitt es va allunyar amb la tassa a la mà. Se li havia esborrat el somriure. A ell també li sabia greu la postura d'en Martin, però havia après a gestionar les emocions i a sobreviure enmig d'aquella guerra que, com totes les guerres, causava víctimes entre les files dels bàndols contraris.

I és que, en aquelles dues setmanes que havien transcorregut des de l'inici de la vaga, les posicions s'havien radicalitzat encara més. Si, per una banda, els vaguistes havien rebut constants suports d'altres sindicats i dels treballadors d'estudis com els de la Warner Bros, que cada dimecres s'unien a la vaga disfressats de personatges de la Revolució Francesa, i fins i tot de la RKO, la distribuïdora de les pel·lícules de Disney, que va aturar les tasques de distribució en sec, en Disney continuava negant-se en rodó a negociar i denunciava als mitjans de comunicació que era víctima d'un complot dels comunistes, que intentaven infiltrar-se en la indústria de Hollywood. De fet, feia pocs dies que havien aparegut fullets anònims a Hollywood denunciant en Babbitt i altres sindicalistes d'activitats bolxevics.

Davant la negativa a negociar d'en Disney, les accions dels vaguistes es van estendre més enllà de l'estudi. Piquets organitzats es van començar a manifestar davant dels cinemes on es projectaven pel·lícules de la companyia.

Però, de totes les pel·lícules de Disney d'aquell moment, n'hi va haver una que va marcar un punt d'inflexió en els esdeveniments d'aquells dies de juny. Es titulava *The Reluctant Dragon*. L'estrena estava prevista per al 20 de juny, en plena vaga.

Aquella pel·lícula era la primera en què Disney barrejava els dibuixos animats amb escenes d'acció real en les quals feia un recorregut pels estudis i mostrava els diferents departaments en plena acció. Era, fet i fet, una mena de documental on es lloaven les excel·lències de treballar a Walt Disney Studios.

En Babbitt s'havia reunit amb un grup de companys, entre els quals hi havia la Sophie, per organitzar les pròximes accions dels piquets.

—Demà s'estrena *The Reluctant Dragon.* Si l'heu vista, a hores d'ara ja deveu tenir clar que en Disney ha triat el moment idoni per mostrar una imatge idíl·lica dels estudis.

—Una imatge ingènua i irreal, deus voler dir.

—Sí —va respondre en Babbitt al seu interlocutor—. Una imatge irreal. Una versió ensucrada de la realitat, perquè tots sabem qui utilitza els despatxos emmoquetats que surten a la pel·lícula i que les noies de Pintura tenen pocs motius per somriure. —Va fer una pausa, i va deixar que els murmuris indignats dels companys i les companyes s'apaivaguessin—. Crec que demà ens hem de presentar a l'estrena donant la millor imatge de nosaltres.

—Què vols dir?

—Hi hem d'anar vestits de gala, tal com es vesteix per anar a una estrena.

—Però què dius, Art? —va preguntar la Sophie, estranyada—. Nosaltres no volem formar part de l'espectacle de l'estrena, volem manifestar-nos.

Moltes veus li van donar la raó. En Babbitt va somriure, sorneguer. A vegades es feia molt evident que s'avançava als altres.

—Imagineu-vos-ho! Tots vestits de gala i amb els cartells a la mà. El contrast farà que la protesta sigui més visible als ulls de la gent que acudeixi a l'acte. I segur que, a en Disney, li agafarà mal d'estómac.

Hi va haver riallades i aplaudiments d'aprovació.

L'endemà els plans d'en Babbitt es van posar en marxa. Alguns dels vaguistes van arribar amb cotxe a l'estrena. N'hi havia que, fins i tot, van llogar limusines. En sortien amb els vestits de festa i, en posar el peu a terra, els xofers els entregaven els cartells de la protesta. Com en Babbitt havia previst, no van passar gens desapercebuts, ni per als assistents a l'estrena ni per als periodistes, que no paraven de fer fotografies que l'endemà omplirien tots els diaris.

La policia havia tallat un tram de Hollywood Boulevard per evitar disturbis, però, tot i així, més d'un centenar de persones es va congregar a les portes del cinema capitanejats per l'Art Babbitt, impecablement vestit d'etiqueta. La Sophie, al seu costat, lluïa aquell preciós vestit que la Lissette li havia fet per a l'estrena de *Blancaneu*. Era l'únic vestit de nit que tenia i va decidir posar-se'l, tot i que no era gaire adequat per a aquella calor de ple mes de juny.

Tot transcorria amb calma, com sempre. Els

vaguistes es manifestaven, cridaven consignes, s'aturaven a parlar amb la gent i explicaven a qui els volia escoltar els motius de la protesta. Tot semblava normal fins que la Sophie va cridar espaordida:

—Art, compte!

Sense saber ben bé d'on havien sortit, uns individus armats amb bastons i bats de beisbol, no més de cinc o sis, havien irromput enmig del piquet amb intenció d'agredir-los. L'Art Babbitt es va endur la pitjor part. Agafat per sorpresa, havia rebut un fort cop a l'espatlla i jeia a terra amb expressió adolorida, mentre, al costat, la Sophie cridava i els manifestants es llançaven contra els infiltrats per reduir-los.

—Crideu una ambulància!

—Vols fer el favor de no ser exagerada, Sophie! Que no tinc res trencat. Només ha estat un cop.

—Això ha estat obra d'en Lessing. D'aquesta manera ens pensen aturar?

La notícia de l'agressió al piquet de l'estrena va córrer com la pólvora. L'endemà al matí, davant dels estudis, no es parlava d'altra cosa. En Babbitt havia ascendit a la categoria d'heroi. I, aleshores, va passar: molts dels artistes que havien restat fidels a en Disney aquell matí no van entrar a l'estudi, sinó que es van unir als companys en vaga.

—Puc fer res per ajudar?

La Sophie es va girar tan de cop que el cafè es va vessar de la tassa que servia. Un somriure resplendent li va il·luminar la cara.

—Martin!

—A les seves ordres, capitana!

Es van abraçar i besar sense que els semblés importar gaire les mirades encuriosides del voltant.

Uns copets a l'esquena van fer que se separés de la Sophie i es girés.

—Benvingut, company.

L'Art i en Martin es van fondre, ells també, en una abraçada, davant de la qual sobraven totes les paraules i totes les explicacions.

Paradoxalment, aquella situació d'enfrontament i d'incertesa laboral havia portat la Sophie a un estat de felicitat com no recordava. I és que, gràcies a la vaga, tenia en Martin per a ella sola. Tot el dia. I algunes nits. Tots dos s'havien compromès amb la lluita i havien trobat plaer treballant braç a braç, però la vaga també havia donat a en Martin l'excusa per trencar amb els horaris, amb la quotidianitat. Podia fugir d'aquell matrimoni que no el feia feliç i estar al costat de la Sophie sense presses i sense amagar-se.

Les setmanes passaven i cada vegada era més

gran el nombre de gent concentrada. Aquesta situació provocava tensió entre persones de postures enfrontades; les acusacions encreuades de coerció es van tornar freqüents. I, malgrat tot, el clima de la concentració continuava sent festiu. Cada nit hi havia dansa, espectacles de màgia i vendes de productes davant dels estudis per obtenir beneficis per als vaguistes, que, amb el pas dels dies i de les setmanes, veien com empitjorava la seva situació econòmica. Sense anar més lluny, la Sophie començava a témer que si la vaga no acabava aviat no podria fer front a les despeses de lloguer. Feia molt poc que havia entrat a treballar als estudis i els pocs diners que havia estalviat se li estaven esfumant dels dits. Malgrat tot, res semblava que enterbolís la confiança que tenia en un futur laboral millor per a tothom, ni feia desaparèixer les ganes de continuar lluitant per aconseguir-ho.

Estava a punt de finir el dia, aquell dia sufocant de finals de juny. La Sophie va tancar els ulls i va imaginar que una pluja refrescant li queia sobre el rostre. Els va tornar a obrir, decebuda, i va pensar que potser el que el cos li demanava era passar per casa, dutxar-se, menjar un mos amb tranquil·litat i reposar unes hores. Es va acomiadar d'en Martin:

—Necessito passar per casa. Tornaré aviat. Mireu de no acabar la vaga sense mi.

—T'hi acompanyo. Estàs esgotada.

Per molt que va intentar treure-li aquella idea del cap, no hi va haver res a fer. En Martin la va fer pujar al cotxe i la va acompanyar fins a casa. Es van acomiadar amb un petó i un «fins ara».

La Sophie va posar la clau al pany de la porta i va entrar. No va encendre el llum. Les cortines s'havien quedat obertes i per la finestra de la sala es podia contemplar el cel vermell del capvespre a través dels arbres. Va clavar els ulls en les fulles esponeroses i quietes. El cor li va saltironejar dins del pit i va allargar una mà, com si volgués perdre's entre aquella immensitat verda i distant.

—Eve —va xiuxiuejar mentre la imatge de la seva nena s'escapava entre els barrots de la gàbia dels seus records. Sabia que no hi havia res a fer contra aquells llampecs dolorosos que l'envaïen sovint. Havia après, però, a conviure-hi, a batallar amb els núvols foscos. Va encendre tots els llums i despullant-se pel camí se'n va anar cap a la dutxa.

El timbre de la porta li va fer acabar el seu idil·li amb l'aigua calenta abans del que hauria volgut. Rondinant, va sortir de la dutxa, es va posar un barnús i es va lligar una tovallola al cap. Va anar a obrir tot pensant que només en Martin sabia que havia anat a casa. Potser era ell. El pensament de passar una estona junts li va fer florir un somriure als llavis. Se li va marcir ràpidament quan va obrir la porta.

—Jules?!

—Perdona. Però he de parlar amb tu urgentment. Puc passar?

Al cap d'una estona, seien tots dos al sofà de la sala. La Sophie s'havia vestit. Els cabells encara li gotejaven.

—Vinc a demanar-te, a pregar-te, si cal, que tornis a la feina, Sophie.

Ella va obrir la boca. No trobava les paraules.

—Estàs posant en perill la teva feina a Disney.

—I això t'importa?

—És clar que m'importa. Em preocupo per tu.

—Però encara et preocupes més per tu, oi, Jules?

La ràbia li havia pres la veu. En Jules la mirava com si no entengués el que deia. La Sophie va pensar que l'objectiu d'aquella visita era tan retorçat que potser ni ell se n'adonava.

—Et fa por que en Disney pugui retreure't que la teva exdona, a qui vas recomanar, és una dels vaguistes? Tems perdre punts davant del teu protector?

El rostre d'en Jules es va tensar.

—No hi ha cap motiu per a la por. Jo vaig a treballar cada dia, que és el que cal fer quan un vol millores per a tothom...

—Ja!

—Els que complim les nostres obligacions som els que estem acabant *Dumbo*. Suposo que més endavant els que balleu i canteu davant dels estudis traureu profit de la nostra feina.

La Sophie es va aixecar de cop. Es mossegava el llavi amb les dents per retenir la ràbia i les paraules que preferia no pronunciar.

—Mira, Jules, tu i jo no ens hem de dir res més. Fa molt que vam deixar de mirar en la mateixa direcció. No ens posaríem mai d'acord.

En Jules també es va aixecar. Va passejar la mirada per les quatre parets d'aquella sala.

—Suposo que aviat tindràs problemes per pagar això, oi? Hi has pensat? Però què hi tens al cap, Sophie?

—Ves-te'n.

—He vingut a oferir-te ajut. Torna a la feina i, si necessites diners, te'n puc deixar.

Durant uns segons, va semblar que la veu de la Sophie es trencaria. Però es va refer.

—No necessito res. I ara ves-te'n. No vull discutir amb tu. No cal.

Es va dirigir cap a la porta. La va obrir. En Jules va agafar el barret de damunt del sofà d'una revolada, se'l va posar i va passar per davant seu. Ja era a fora quan es va girar de nou.

—Ah!, me n'oblidava. També vull que sàpigues

per mi, i no per algú altre, que em caso. Amb la Beth Addams. Treballa als estudis, al Departament de Tinta i Pintura.

En Jules se'n va anar sense afegir res més. La Sophie s'havia quedat en silenci, quieta davant de la porta, perduda entre records.

Mentrestant, el mafiós Billie Bioff, que havia estat acusat de pertànyer al crim organitzat i condemnat per un jurat federal a pagar una fiança de cinquanta mil dòlars, va pensar que calia fer alguna cosa per demostrar als seus caps que encara era algú a Hollywood. Va decidir que, si intercedia en la vaga de Disney, el seu nom tornaria a sortir a tots els diaris. I ho va aconseguir.

El 30 de juny, els líders de la vaga, en Littlejohn, en Babbitt i en Tytla, van rebre una nota dels representants de Disney demanant-los una reunió a dues bandes al Hollywood Roosevelt Hotel. Un cotxe els havia de passar a buscar per dur-los al punt de reunió. Hi van pujar tots tres, però aviat es van adonar que el cotxe no agafava la direcció correcta. En Littlejohn va exigir al xofer que els digués on es dirigien. De seguida van saber que el destí era un ranxo aïllat a la vall de San Fernando propietat d'en Bioff.

Els tres homes van baixar del cotxe amb l'amenaça de llançar-se en marxa. No van saber mai si en Walt Disney estava al cas d'aquells estranys moviments, però es van quedar estupefactes quan en Gunter Lessing va reconèixer haver estat en contacte amb representants del sindicat d'en Willie Bioff.

El 10 de juliol, en Walt Disney va publicar una nota de premsa en què informava que havia arribat a un acord amb els vaguistes, a la qual van respondre amb una altra nota: no acceptarien mai cap acord que provingués del mafiós Bioff i emplaçaven en Walt Disney a acostar-se a l'altra banda del carrer on cada matí es reunien en assemblea a les deu. Parlarien amicalment, li deien. I afegien que era allà on havien de reunir-se, i no al ranxo d'en Bioff.

Els acords, però, quedaven lluny. En Walt Disney vivia aquella vaga com una traïció personal i gestava enemistats eternes. I, mentrestant, en Roy, molt més pragmàtic, treballava en silenci intentant reconduir la situació.

Els animadors més novells que havien estat treballant en *Bambi* havien agafat les regnes de *Dumbo* per poder acabar-la per a la data límit d'estrena. Cada dia entraven als estudis entre els crits i les imprecacions dels piquets.

—No ho entenc! —s'exclamava la Sophie—. Per què ho fan? Que es pensen que el que estem reivindicant només ens afecta a uns quants?

L'Art se'ls mirava i s'encongia d'espatlles. Però, en el fons, el comportament dels companys d'estudi l'afectava. I molt.

—Ja saps que han afegit una escena nova a *Dumbo*?

La Sophie es va estremir. El pitjor d'aquella vaga, per a ella, era no poder fer la feina que la satisfeia tant i que considerava tan seva. No poder acabar *Dumbo* l'entristia molt. Va intentar dissimular la decepció que sentia en preguntar:

—Ah, sí? Quina?

—Una d'uns pallassos borratxos que criden consignes laborals mentre demanen un augment de sou al cap.

La Sophie no va dir res. Li havien vingut ganes de plorar.

Ben entrat l'agost, el sindicat de camioners es va unir al boicot. Es va escampar el rumor que en Walt havia tingut una crisi nerviosa. Servint-se de la premsa un cop més, va amenaçar tota la indústria cinematogràfica de Hollywood amb conseqüències terribles si la vaga continuava i acusava els vaguistes de comunistes infiltrats als estudis cinematogràfics per destruir la democràcia i l'estat de dret. Encegat, va arribar al punt de rebutjar la intermediació d'un mediador federal enviat pel president Roosevelt. Tothom s'adonava que no s'avançaria si en Walt continuava embogit, i en

Roy va començar a idear un pla per treure'l del mig. El pla es va fer realitat el 17 d'agost, quan en Disney, empès pel seu germà, va sortir de gira per l'Amèrica Llatina en un viatge de bona voluntat finançat pel Departament d'Estat. S'hi va endur bona part dels animadors més lleials.

Fins i tot en les diferents escales del viatge va ser rebut per piquets.

Capítol 22

El principi de la fi

L'estiu finia, va arribar setembre i tothom va començar a veure que la vaga entrava a la recta final. A hores d'ara, la situació econòmica de molts dels que protestaven ja era desesperada. La Sophie, sense anar més lluny, havia hagut d'acceptar un préstec d'en Babbitt per parar el cop i no haver de quedar-se al carrer. Malgrat les bosses solidàries i tots els esforços que es feien per ajudar els vaguistes, el temps i la necessitat de treballar pesaven en l'ànim de tothom. Però la vaga es va mantenir, i el 9 de setembre en Roy Disney es va comprometre a negociar.

El dia 14 la vaga acabava oficialment.

—Tot! Ho hem aconseguit tot.

La Sophie havia begut força i els ulls li lluïen plens de guspires. Estava exultant. S'havia reunit amb en Martin i l'Art a casa seva després que es fessin públics els resultats de les negociacions. Havien sopat i havien brindat. Gairebé s'havien oblidat del cansament que arrossegaven. L'Art Babbitt estava, però, molt seriós.

—Hem aconseguit la jornada de quaranta hores i doblar els salaris —va repetir la Sophie sense acabar de creure's les seves pròpies paraules.

—I el reconeixement en pantalla —s'hi va afegir en Martin, que sostenia una copa de vi a la mà—. Ara, quan la meva mare vegi una pel·lícula de Disney, trobarà el meu nom als crèdits. No s'ho creurà. —Va posar els ulls en blanc i va afegir—: I jo tampoc.

En Babbitt mig aclucava els ulls darrere el fum del cigarret. Veia les cares dels seus amics borroses. Encara no havia badat boca.

—Va, Art! Anima't. D'aquí a uns dies tots tornarem als estudis. I amb unes condicions que no hauríem pogut ni imaginar fa uns mesos, quan tot això va començar.

—Sí, tornarem a la feina. Ja tenia ganes de tornar a la normalitat. Vosaltres no? —va preguntar en Martin.

L'Art va esbufegar empipat:

—De debò creieu que tornarem a la normalitat?

La Sophie i en Martin se'l van quedar mirant, sorpresos.

—Si ho dius pel teu lloc de treball, saps que el recuperaràs. En Roy Disney s'ha compromès a readmetre tothom.

En Babbitt es va aixecar de la taula i va anar cap a la finestra, que estava oberta i deixava entrar la nit, una nit sense lluna ni un bri d'aire. La foscor va acabar d'omplir d'ombres les ombres que se li congriaven a l'ànima. Va parlar d'esquena als seus amics.

—Ja res serà igual. Amb aquesta vaga s'ha trencat per sempre la imatge mítica de Walt Disney Studios. O potser es va començar a trencar fa molt, quan vam tancar els ulls als problemes reals i ens vam voler creure que els estudis eren un món ideal per treballar, un món de fantasia com el que recreàvem a les pel·lícules.

—No crec que et puguis retreure res en aquest sentit.

En Babbitt no escoltava. Deixava caure les paraules com pedres.

—O potser es va trencar quan vam acceptar de treballar nit i dia per acabar *Blancaneu*. O quan vam callar i vam tolerar que els nostres noms no apareguessin als crèdits. Quan vam parar la mà a les gratificacions que en Disney ens concedia de manera condescendent, mentre al costat hi havia companys que no cobraven ni les hores extres.

—És per això per què hem lluitat, Art. És precisament el que hem aconseguit canviar amb la vaga.

Es va girar. I va mirar els seus amics.

—Sí que hem aconseguit coses. Però ara n'haurem de pagar el preu. Tornarem als nostres departaments i a les nostres feines. Al dia a dia. Però no recuperarem els nostres somnis. Ni res del que esperàvem aconseguir quan vam entrar a Walt Disney Studios. Perquè, sabeu què?, la llegenda s'ha evaporat. L'esperit de l'estudi s'ha fos i el que trobarem en tornar a la feina seran uns estudis com tants d'altres. Uns estudis sense ànima.

La Sophie va intentar obrir la boca, però en Babbitt no havia acabat.

—Uns estudis dirigits per un home dolgut, que es creu que l'han traït. Uns estudis dividits entre els que van anar a la vaga i els que no hi van anar. Us trobareu amb companys que no us parlaran i que es giraran quan els passeu pel costat. Us adonareu que haureu perdut amistats. La desconfiança serà el pa de cada dia. Tot això trobarem. Aquest és el preu que haurem de pagar.

—Així, ens estàs dient que res d'això ha valgut la pena?

L'Art Babbitt va anar cap a la taula i d'un glop llarg es va beure el vi que li quedava a la copa. Després es va dirigir cap a la porta.

—Ha valgut la pena. Però no ha acabat res. Tot just hem arribat al principi de la fi.

Se'n va anar i en Martin i la Sophie es van quedar una llarga estona asseguts al menjador, amb la mirada perduda en aquella foscor que s'obria més enllà de la finestra i que havia impregnat les paraules de l'Art Babbitt.

El silenci es va dilatar més del que era desitjable. Finalment, en Martin va mirar el rellotge que duia al canell i va dir:

—És tard. He de marxar.

La mirada de la Sophie va tornar d'aquells racons ombrívols per on vagava, perduda, i es va clavar en en Martin. El va observar amb un aleteig inquiet a les pestanyes. Va tornar a pensar en l'Art, en la seva distància d'aquella nit, en el que havia dit, i li va semblar que no anava errat en les seves prediccions.

No havia acabat res, havia dit. Tot just començava el principi de la fi.

Era cert.

La vaga havia estat un parèntesi que havia aturat la roda de les seves vides. Tot havia quedat en suspens. S'havien concentrat en la lluita i s'havien sentit lliures. I forts. Indestructibles. Però ara en Martin tornava a mirar el rellotge perquè el món havia començat a rodar de nou.

S'havia aixecat i havia dipositat un petó dolç als llavis de la Sophie. Un petó de comiat. Ella no l'hi va tornar. No es veia amb cor de besar-lo, de parlar-li, de pensar. No es veia amb cor de començar a viure al punt on ho havien deixat. Va pensar com n'eren, d'absurdes, les ales rebels amb què havia volat aquells mesos: la dona compromesa, l'amant feliç. Va sentir una ventada de rancúnia al cor que la va dur a pensar que tenia dret a encarrilar la seva vida. Ja havia patit massa i notava ben a prop la mossegada del temps als turmells.

Va alçar el cap i els seus ulls grisos, ara freds, d'acer, van escrutar en Martin d'una manera penetrant. Abans que la seva absència tornés a surar al seu voltant com una boira densa, va convertir en paraules aquell desig que vivia dins seu des que estaven junts:

—Vull que et divorciïs de l'Alice.

El 23 d'octubre es va estrenar *Dumbo*. La pel·lícula s'havia pogut acabar gràcies al treball dels animadors fidels a en Disney, entre els quals hi havia en Jules Beck. A l'estrena no hi van assistir la majoria dels que s'havien declarat en vaga. El glamur de l'estrena de *Blancaneu* no es va tornar a repetir.

Però l'èxit de la pel·lícula va ser immediat i aclaparador. Hi havia gent que l'anava a veure diverses vegades i unes cues molt llargues serpentejaven davant les sales de cinema on es projectava. La crítica destacava que el veritable esperit d'en Disney havia tornat amb aquell llargmetratge del petit elefant amb les orelles tan grosses.

En Walt havia aconseguit el seu propòsit: *Dumbo* estava cridada a ser un èxit financer. Havia costat 813.000 dòlars i s'havia produït en nou mesos, un temps rècord. Un èxit en tots els sentits. I, malgrat tot, aquella pel·lícula va marcar un abans i un després en el món d'en Disney. En Walt s'havia distanciat, definitivament, de molts dels seus artistes. S'havia trencat la sensació de ser una gran família.

S'acabava l'època daurada de Walt Disney Studios.

En Babbitt tenia raó; ja res no era igual, pensava sovint la Sophie, mentre la tardor avançava amb monotonia tirànica i ella es deixava subjugar per la lenta caiguda de les fulles dels arbres i se submergia en enyorances salvatges.

L'Art no s'havia equivocat. L'ambient als estudis era irrespirable. Encara no feia ni dos mesos que s'havia acabat la vaga i ja hi havia molts artistes que havien marxat voluntàriament. Altres havien estat acomiadats. Era una realitat irrefutable que tots els implicats a la vaga estaven etiquetats.

En Martin i la Sophie, un cop reincorporats als estudis, havien estat assignats a l'equip de producció de *Bambi*. La Sophie per treballar al Departament d'Art, fent els esbossos d'ambientació, i en Martin en l'equip d'Animació.

La Sophie es va prendre la nova feina com un gran revés. Abans de la vaga havia avançat a passos de gegant; havia assolit el que cap altra dona havia aconseguit abans a Disney. Potser a cap estudi; si més no, a Los Angeles. Però no havia pogut acabar la feina. En aquell precís moment havia hagut de triar entre aferrar-se a aquella oportunitat que li podia obrir definitivament les portes al món de l'animació o fer cas de la seva consciència i posar-se al costat de les reivindicacions laborals que estaven a punt de parar els estudis. Havia triat la segona opció i, per això, ara es passava la jornada laboral dibuixant plantes, flors i cels blaus. Encara que aquesta feina al Departament d'Art li hauria semblat meravellosa uns anys enrere, i no era objectivament una mala feina, no tenia res a veure amb el que havia estat fent a *Dumbo*. Sabia que havia deixat passar la seva oportunitat. Se sentia castigada. Perquè ella era una sindicalista, una vaguista. I això no ho oblidava ningú.

És clar que el càstig més gran l'havia rebut l'Art Babbitt. A ell, l'havien deixat caure. Li havien girat l'esquena fins i tot amics íntims com el director d'animació Hal Adelquist, que havia estat el seu padrí de noces amb la Marge. Ara en Hal li negava seqüències, com ho feien també els altres directors. L'Art Babbitt era un problema als estudis. Posar-se al seu costat era enemistar-se amb en Disney. Perquè en Walt Disney també havia canviat. I molt. L'idealista geni de l'animació que el 1928 havia fundat un petit estudi amb set empleats era ara un empresari autoritari i ressentit amb la classe obrera. L'home apolític que havia estat havia mutat en un furiós i actiu anticomunista defensor dels valors de l'Amèrica més conservadora i tradicionalista. Estava ferit. Dolgut. I no perdonava a en Babbitt haver-se aixecat contra ell.

Amb l'argument que en Babbitt no tenia escenes, va arribar el segon acomiadament. I la demanda que ell, amb el suport de l'SCG, va interposar contra els estudis i contra molts dels directors d'animació amb qui havia treballat durant anys.

No. Ja res li semblava igual a la Sophie. Ni als estudis, ni a la seva vida amorosa. Perquè aquella relació secreta i estimulant que havia tingut amb en Martin s'havia convertit en una lluita constant que, sovint, la deixava exhausta. Reconeixia que la causa del canvi havia estat el seu orgull, que, alçant-se ferit, havia embolcallat l'amor que sentia cap a en Martin en una capa de duresa i d'exigències rígides. I també la ràbia. Aquella ràbia que l'envaïa sovint i que feia que, quan estava amb ell, es tensés com les cordes d'un violí, enyorant tot el que no tenia. El que la vida li negava.

Que potser no es mereixia, ella, refer la seva vida com l'havia refet en Jules? Havia de conformar-se amb el paper d'amant secreta? Havia de callar sempre? Havia d'estimar segons el que marcava el rellotge? Li estaven prohibides les explicacions? Les preguntes? S'havia d'empassar la ràbia? Havia de viure eternament amb l'enyor dolorós de tot el que perdia?

Preguntes.

Preguntes.

Les preguntes havien ocupat el lloc de les certeses. Tothora la Sophie es feia preguntes que la torturaven, i de tant buscar respostes no sentia la tempesta que li rugia dins. Perquè ella no se n'adonava, o potser sí, però una foscor molt densa s'allotjava dins seu i li tornava el caràcter ombrívol.

Havia exigit a en Martin una solució a aquella situació que no era bona per a cap dels dos. O, millor dit, per a cap dels tres, perquè de ben segur que tampoc ho era per a l'Alice. I ell sempre li demanava temps. El temps que necessitava per explicar-li a la dona amb qui s'havia casat feia menys d'un any que s'havia equivocat. Que ella no era realment la dona de la seva vida. Que no sabia per què ho havia fet.

—Com l'hi explico, això, a l'Alice?

—No ho sé. Trobaràs la manera, Martin. O creus que és millor per a ella viure enganyada?

I ell no deia res. I ella hi insistia. L'enuig, com una aranya que teixia a l'ombra, omplia de teranyines la seva relació. I el temps que abans gastaven estimant-se, el passaven ara intentant trobar una sortida a les seves vides, mentre els cors se'ls fonien dins dels pits.

Així va anar passant aquell mes de novembre del 1941, i va arribar un desembre ventós. I la Sophie, embolcallada en una malenconia negra a través de la qual tot ho veia confusament, només tenia al cap passar el Nadal a casa, a Nova York, i fugir de tot. Descansar. Abraçar la seva família. Tornar a viure aquelles tardes d'hivern de la seva adolescència, quan seia hores i hores al sofà de davant de la galeria amb el cap enfonsat en el quadern on acabava l'últim dibuix, mentre ja n'imaginava mil més.

Però no era època per a la seguretat. Potser tampoc per a la felicitat. El diumenge 7 de desembre del 1941 el cor dels americans es va parar. El Japó havia atacat les forces navals a Pearl Harbor. L'atac va deixar més de dos mil cinc-cents morts.

El dilluns 8 de desembre, la Sophie va anar a treballar amb normalitat. Però ja res no era normal. Als estudis no es parlava d'altra cosa que de l'atac japonès. Tothom estava més atent a les notícies que arribaven amb comptagotes que a la feina. Tothom, també, semblava que sabia el que passaria a continuació, però ningú no en sabia res. I, malgrat tot, una paraula saltava de boca en boca i cada vegada es feia més grossa, més amenaçadora i més temible:

GUERRA.

La Sophie va arribar a casa que ja vesprejava; es va desfer de les sabates, de l'abric i del barret, i descalça va engegar l'aparell de ràdio. No va haver d'esperar gaire per poder sentir la veu del president Roosevelt en un dels discursos que més marcarien la nació:

> Senyor vicepresident, senyor president de la Cambra de Representants, membres del Senat i de la Cambra de Representants: ahir, 7 de desembre de 1941, una data que quedarà en la infàmia, els Estats Units d'Amèrica van ser atacats per forces navals i aèries de l'Imperi japonès, sobtadament i de manera deliberada.

[...]

La nostra nació recordarà per sempre el caràcter de l'atac en contra nostra. Tant és quant de temps ens costi superar aquesta invasió premeditada; el poble americà, amb la força honrada que sempre l'ha caracteritzat, triomfarà fins a la victòria absoluta.

[...]

Amb la confiança que tenim en les nostres forces armades, amb la il·limitada determinació del nostre poble, obtindrem el triomf inevitable, amb l'ajuda de Déu.

Demano que el Congrés declari l'estat de guerra entre els Estats Units i l'Imperi japonès des de l'atac no provocat i menyspreable del Japó el 7 de desembre de 1941.

GUERRA!
GUERRA!
GUERRA!

No calia esperar res més. No hi havia motiu per esperar res. En aquell mateix moment, la Sophie va prendre una decisió. La tranquil·litat, l'esperança i el futur quedaven enterrats, convertits en simples paraules buides de sentit. Mai com aleshores s'havia sentit tan sola, tan perduda i indefensa a la ciutat que l'havia acollida.

Havia de tornar a casa.

Amb la seva família.
A Nova York.
I ho va fer.
No es va acomiadar de ningú.

Capítol 23

La carta

Nova York, octubre del 1945

L'home va arribar davant del 112 West del 72 Street, a tocar de la Columbus Avenue. Es va quedar mirant l'edifici regi i, de seguida, va notar una sensació d'ofec, com si un puny de ferro li oprimís el pit. La por li va paralitzar el cervell. Era una sensació que l'acompanyava sovint i que s'havia fet més present des que havia tornat a Nova York.

Va travessar el carrer i va buscar el refugi d'un arbre, des d'on poder observar sense ser vist. No sabia quant de temps hauria d'esperar. Ni si l'espera obtindria resultats. No tenia cap certesa. Feia molt de temps que un buit se li havia instal·lat al bell mig del pit i se li havia endut totes les certeses. Necessitava omplir-lo amb alguna cosa, encara que no sabia amb què.

Va encendre un cigarret i va exhalar un núvol de fum. El perfum de la tardor li semblava enganxifós. L'aire agitava amb força les branques dels arbres. Es va arraulir dins de la gavardina i va caminar per la vorera per no agafar fred. Un raig de sol va trencar la cortina de núvols que cobria el cel. Va observar el polsim daurat que surava a l'aire i que ho pintava tot amb tons màgics. Com d'esperança.

A mesura que transcorria la tarda, el sol cedia el seu lloc a una espessa capa de núvols tristos. La Sophie va alçar la mirada cap al cel. El dia es tancava i tot semblava que presagiés tempesta. Va apressar el pas i el nen que duia agafat de la mà va haver de córrer amb aquelles cametes curtes per seguir-li el ritme. En arribar a la cantonada de Columbus amb la 72, tots dos corrien. Però, aleshores, el nen es va aturar en sec i va començar a marranejar. La Sophie el va agafar a coll. Li va parlar a cau d'orella i li va omplir la cara de petons dolços. Però el nen continuava plorant la seva indignació amb la boca molt oberta. Ella va començar a trotar i el petit se li va arrapar encara més fort al coll; semblava com si anés a cavallet. Aviat, els plors van mudar en riallades.

Tot rient van arribar enriolats davant de l'edifici d'apartaments. Van travessar la porta, i l'edifici els va engolir.

L'home de la gavardina s'havia arrecerat en un portal. No sabia quant de temps feia que esperava. Mirava, sense veure-la, la gent que anava amunt i avall, arrossegant les seves històries. Va arribar a pensar que l'havien enganyat, que la Sophie no vivia allà, al 112 West del 72 Street. I, aleshores, va veure aparèixer davant dels seus ulls astorats la imatge somiada, borrosa de tan recordada. Era ella! Sí que ho era! Més prima i més menuda que com la recordava (i la recordava a cada segon del dia), vestida amb una jaqueta de color verdós amb espatlleres, amb una faldilla negra arran de genolls i amb els cabells llargs, recollits amb dos passadors damunt de les orelles i amb una mica de tupè al davant.

La tenia allà, aquella dona, una més entre tantes que omplien els carrers de Nova York. Dones que acabaven de viure una guerra, uniformades amb l'austeritat imposada. Vestides de fosc. Pentinades totes igual.

Una dona entre tantes. Una dona que tornava a casa a la tarda amb un nen a coll.

Un nen.

Un fill.

Una mare.

Va estar mastegant aquella paraula, sense poder empassar-se-la. De mica en mica li va baixar per la gola com si fos un ferro roent.

No podia treure els ulls de la porta per on havia desaparegut la Sophie amb el nen. Va notar que li faltava l'aire. Es va treure el barret i es va passar els dits oberts pels cabells, que duia molt curts. Va sortir de nou al carrer i es va tornar a apuntalar a l'arbre que li havia servit de refugi. Els cops de botzina dels cotxes se li van fer insuportables.

Va mirar cap al cel. El dia començava a declinar per un horitzó encapotat i trist.

La Sophie va obrir la porta de l'apartament amb una mà. El nen se li arrapava al coll i no volia baixar a terra de cap de les maneres. Carregant-lo, va travessar la sala, petita i sòbria, amb aquell gran finestral que donava al carrer i sota el qual hi havia un festejador ple de coixins. Havia aprofitat les parets laterals de la finestra per posar-hi lleixes plenes de llibres. I davant hi havia col·locat un preciós escriptori, un caprici que havia convertit en el seu lloc de treball. Va entrar a la cuina i va deixar el petit en una de les cadires del racó que feia de menjador. Abans que tingués ocasió de protestar, li va dir:

—Que potser té gana, el meu petit? Tinc aquelles galetes que t'agraden tant i també tinc cereals.

El nen va obrir molt els ulls, va tancar la boca i es va quedar a l'expectativa.

La Sophie va aprofitar la treva per engegar l'aparell de ràdio, córrer a l'habitació per treure's la jaqueta, canviar-se les sabates per unes sabatilles còmodes i tornar a la cuina.

—A veure, doncs, som-hi! —va exclamar mentre obria i tancava armaris, agafava cereals i galetes, i treia la llet de la nevera sota la mirada vigilant del petit.

Després del berenar, va arribar l'hora del conte, que no l'hi perdonava mai. Van estar una bona estona desgranant històries al sofà, fins que la Sophie es va adonar que el nen havia tancat els ulls.

—Pobret! Està rebentat.

El va tapar amb una manta i va anar a la cuina a fer-se un cafè. Amb la tassa a la mà, va tornar a la sala. Va observar com dormia amb la tranquil·litat dolça de la innocència. Li va apartar el serrell del front. Li va acaronar els cabells, que eren com un núvol groc, amb cura de no despertar-lo. El va besar. Va anar a seure al festejador i va mirar cap al carrer. El dia agonitzava sense presses. Els núvols s'inflaven i s'enfosquien, però no es decidia a ploure.

Va fer un glop de la tassa i es va quedar mirant la sala, que, de mica en mica, sucumbia a la penombra. Li va venir al cap el dia que va descobrir al diari l'anunci de lloguer d'un apartament en aquell edifici, el Gallery del 112 West del 72 Street. Era l'octubre del 1942. Ho recordava perfectament perquè acabava de fer-ne tres anys. En tornar a Nova York s'havia instal·lat a casa de la seva germana i el seu cunyat, molt a prop d'allà, a la mateixa Columbus Avenue amb la 70. S'hi havien traslladat des del petit apartament de solter d'en Damien així que en Joseph havia aconseguit vendre's la casa. No era gaire gran, però sí confortable, i en Damien hi tenia un còmode despatx on passava consulta. La Sophie els va agrair molt que li fessin un racó. No podia anar enlloc més. No tenia estalvis. Ni feina. Però sabia que allò era només una solució provisional, i que no podia quedar-s'hi gaire temps.

—Elionor, et prometo que així que trobi una feina em buscaré la vida. Llogaré una habitació, el que sigui. No us molestaré gaire temps més.

Les dues germanes parlaven a la cuina mentre preparaven el sopar.

—Jo de tu no tindria gaire pressa a marxar.

La Sophie va alçar la mirada del puré de patates que estava preparant i la va clavar en la seva germana. Es va adonar que l'Elionor resplendia.

—Què vols dir? De cap manera! Soc una molèstia.

—No t'ho creguis. Has arribat en el moment oportú, germana.

—No t'entenc.

L'Elionor es va girar cap a la Sophie, li va agafar les dues mans i les hi va col·locar a la panxa.

—Estic embarassada, Sophie. Enyoro la mamà més que mai, però la vida té aquestes coses. T'ha enviat a tu quan més ho necessito. I no saps com em tranquil·litza saber que ets aquí.

Aquella nit la Sophie no va poder dormir. Estava trasbalsada. Encara que en rebre la notícia de l'embaràs de l'Elionor s'havia mostrat contenta i feliç, ara, en la soledat de la petita habitació que ocupava, no sabia si se n'alegrava o no. Perquè, era realment motiu de felicitat dur un nen a un món en guerra? Pensava que no. Que, fins i tot, era una irresponsabilitat fer-ho. Quina mena d'infantesa tindrien els nens de la guerra? Com més hi pensava, més notava que li faltava l'aire. Que s'ofegava. Perquè la Sophie sabia prou bé que aquella no era la pregunta que s'havia de fer. El que realment l'angoixava era una altra qüestió. Una qüestió que no podria explicar mai a ningú, ni a ella mateixa sense sentir-se un monstre. I, malgrat tot, no podia deixar de pensar-hi. Perquè, què passaria quan l'Elionor tingués el seu fill? Ho suportaria, ella? Podria mirar aquell nadó? Podria tocar-lo, abraçar-lo? Podria aspirar-ne l'olor sense pensar en la seva Eve? Podria estimar-lo? Podria no retreure-li que visqués?

Durant setmanes, la Sophie va viure amb aquestes pors enganxades a la pell. I, a més, havia d'amagar-les darrere de somriures que li sortien tibats i distants. I es va refugiar a l'únic lloc segur que coneixia, en els seus dibuixos. El seu autèntic espai de llibertat.

Així que va reprendre els dibuixos de l'Eve, que, en els últims temps a Los Angeles, havia abandonat una mica. I va començar a escriure textos curts, a donar-los forma d'història. I, aleshores, li van venir al cap les paraules que en Babbitt li havia dit en veure'ls: «És un treball meravellós que hauria d'arribar a la gent».

Es va posar a treballar en aquell projecte amb entusiasme i, alhora, amb desesperació. Mentre el ventre de la seva germana s'inflava amb aquella nova vida que duia a dins, la història de l'Eve, la nena que no va créixer, anava agafant cos. Quan li va semblar que tenia prou material, el va presentar a l'editorial Simon & Schuster. Els editors van quedar complaguts amb aquelles històries plenes de sensibilitat i il·lustrades magistralment, i les van incloure a la seva col·lecció de llibres infantils d'èxit: Little Golden Books.

La rebuda va ser bona, però no es va quedar asseguda esperant l'èxit. La guerra ho feia tot més difícil. Es venien pocs llibres. La subsistència era dura. Així que va començar a acceptar alguna feina dins del camp del disseny gràfic. Els seus dibuixos havien agradat a la gran empresa publicitària J. Walter Thompson, i la guerra havia canviat les coses al sector. Ara la publicitat es feia amb finalitats bèl·liques. Des de l'agència, la Sophie va treballar en campanyes que animaven les dones a ocupar els llocs vacants que deixaven els homes que anaven al front. Una feina en portava una altra. Va començar a col·laborar amb el War Advertising Council, que cooperava amb el Govern per ajudar a mobilitzar el país cap a la victòria. Treballava molt, així que aviat va poder tenir uns ingressos que, encara que discrets, li permetien defensar-se sola i no dependre de la família. La Sophie va començar a gaudir d'una certa tranquil·litat d'esperit. Se li obrien nous camins i la vida se li feia una mica més amable. Sempre pensava que, quan acabés la guerra, seria el moment de reprendre els seus somnis. De buscar feina als estudis d'animació de Nova York, la producció dels quals estava gairebé paralitzada a causa del conflicte. Tot arribaria. Ara havia de subsistir.

I, aleshores, va néixer en Louis. Era un nen preciós. En veure'l, en agafar-lo en braços per primera vegada, la Sophie va sentir com si l'escalfor d'un raig de sol hagués perforat les tenebres de les seves pors. La tebior d'aquell cos perfecte, l'olor de la vida a l'inici, li dugueren a la memòria sensacions ja viscudes. Però, al contrari del que s'havia imaginat, els records no li van fer mal, sinó que va descobrir que hi havia prou espai al seu cor per estimar en Louis sense deixar d'estimar l'Eve. I, d'aquesta manera, des del primer minut de vida d'en Louis va exercir de ple el paper de tieta abnegada i amorosa.

Dos mesos després de l'arribada al món d'en Louis, la Sophie va llegir aquell anunci a la premsa. Hi havia un apartament per llogar a l'edifici Gallery, al 72 Street.

—L'aniré a veure —va comentar un diumenge, mentre tota la família esmorzava.

—No deu ser gaire econòmic —va puntualitzar en Damien—. El Gallery és un edifici d'apartaments força luxosos.

—Potser la Sophie es pot permetre un lloguer així. No para de treballar —va dir el seu pare, amb un deix d'orgull a la veu.

—No, papà, és veritat que no paro de treballar, però em costarà pagar un lloguer encara que sigui en un edifici molt més modest.

—No tinguis pressa, Sophie. No saps com agraeixo que siguis aquí amb nosaltres. En Louis és tan petit... Em dona tanta feina...

—Però aquests apartaments són aquí mateix. Seríem veïns. Et podria ajudar igual i jo em sentiria millor.

La Sophie no es conformava a deixar escapar aquella ocasió, i malgrat que en Damien i l'Elionor l'havien previngut davant d'una decepció, va anar a veure'l aquella mateixa setmana. Quan va arribar davant del Gallery, el cor se li va eixamplar. Era un edifici magnífic, d'estil parisenc, amb sostre amb mansarda i galeries del segon pis al sisè. Es va preguntar si es podia permetre somiar de viure en un edifici com aquell, tan ben situat a la ciutat i on potser podria tornar a gaudir d'una galeria com la que havia il·luminat la seva infantesa.

Va entrar a l'edifici que les cames li tremolaven d'emoció i d'incertesa. El porter la va rebre amb amabilitat i es va disposar a ensenyar-li l'apartament que es llogava.

—El que es lloga, senyoreta, és un dels de l'últim pis.

—Sense galeria?

Va preguntar la Sophie, decebuda, mentre les seves il·lusions es començaven a desfer com sucre fos.

—Sense galeria ni balcó. Però, això sí, amb un gran finestral al carrer. Els de dalt són els més petits, només tenen una habitació. Per això el preu és força més assequible que els de la resta.

L'home devia veure la decepció als ulls de la jove, perquè es va afanyar a afegir:

—Però també li he de dir que estan molt ben arreglats. L'apartament que li ensenyaré disposa de cuina independent i és lluminós. Ideal per a una persona sola.

La Sophie no ho va dubtar. Se'l va quedar. Podia pagar-ne el preu i independitzar-se mentre continuava vivint ben a prop de la família. L'espai era petit, però agradable, encara que aviat va poder comprovar que l'habitatge era una nevera a l'hivern i un forn a l'estiu.

El timbre de la porta va interrompre el flux de records de la Sophie i va despertar en Louis.

—Elionor...

—Perdona, perdona... No saps quina tarda que hem tingut a la consulta. En Damien ha hagut de sortir per una urgència a l'hospital. Sort que el papà ens dona un cop de mà en aquestes ocasions. Ha acabat de passar visita. Però, és clar, l'harpia de la senyora Brown...

—Mami...!

—Com està el meu petitó...? —va fer l'Elionor corrent per abraçar el seu fill.

—Està cansat. S'ha adormit mentre li llegia contes.

—Quin greu que em sap. I tu deus tenir una feinada esperant-te, oi, estimada?

La Sophie va somriure mentre ajudava la seva germana a abrigar en Louis.

—Au, petit, anem cap a casa —va dir, estirant en Louis del bracet, que ploriquejava i no es volia separar de la Sophie.

Quan l'Elionor va sortir al carrer amb el nen a coll havia començat a ploure. Se sentia el petarreig de les gotes d'aigua contra el terra. Es va treure l'abric i va embolicar-hi el nen. Es va allunyar amb passes apressades.

A la vorera del davant, l'home de la gavardina s'havia fet fonedís.

En Martin va tornar a Brooklyn, a casa de la seva mare, on s'allotjava des que havia aterrat a Nova York. Es va tancar a l'habitació, la que havia contemplat la seva infantesa i la seva adolescència, sense fer cas dels records que el sotjaven des de les ombres de les parets.

Es va treure la gavardina i el barret mullats, i els va llançar de qualsevol manera damunt del llit.

Va obrir un calaix del petit escriptori. En va treure uns quants folis i una ploma.

Va seure.

Va provar de desfer aquell nus que tenia al fons de la gola sense èxit.

Va començar a escriure.

Estimadíssima Sophie,

He cregut necessari escriure't aquesta carta com a comiat. Com el comiat que mai vam tenir.

Soc a Nova York. No sé si saps que em vaig allistar a la Marina així que te'n vas anar. Potser t'ho va dir l'Art. Ell també ho va fer pocs mesos després. Potser no va gosar explicar-t'ho perquè no vas voler saber res més de nosaltres. Te'n vas anar sense acomiadar-te. Vas voler trencar amb tot i amb tothom. No ho vaig entendre llavors. Després, durant aquests anys he après a respectar-ho...

En Martin va notar que un núvol de records li envaïa la memòria. Es va quedar uns instants amb la mirada clavada en l'infinit, amb l'expressió buida, sense paraules. Va repassar el que havia escrit i es va adonar que escrivia amb el cor, i que allunyava de la seva ment qualsevol pensament que l'impulsés a corregir, a ratllar el que havia escrit. Era millor així. Si s'aturava, si n'esborrava res, corria el perill de no acabar mai aquella carta.

L'Art i jo hem servit a l'exèrcit, però no hi hem coincidit mai. De fet, sí que vaig topar altres membres de l'estudi, perquè molts dels qui treballàvem a Hollywood vam acabar en alguna de les diverses bases que produïen pel·lícules d'entrenament militar. He de dir que l'Art ha fet més carrera que no pas jo. Ha estat treballant per a la Intel·ligència, ha arribat a sergent de la Infanteria de Marina i ha utilitzat el seu talent per il·lustrar el terreny enemic i facilitar els atacs aeris. Ha estat llicenciat amb honors. Però potser ja ho saps, tot això.

Jo, estimada (no t'enfadis, deixa que et digui així perquè no he deixat d'estimar-te mai), he utilitzat el meu talent per a altres coses. Podríem dir que m'he passat la guerra dibuixant còmics i caricatures. De fet, un dels motius de la meva tornada a Nova York, un dels més insignificants, tot sigui dit, ha estat intentar obrir-me pas en el món del còmic a través d'aquest material que resumeix els tres anys més foscos de la meva vida.

En Martin va rellegir l'últim paràgraf i va sospirar. Va semblar que en aquell sospir se n'hi anava mitja vida. Va obrir la finestra per poder sentir la cançó de la pluja que queia amb suavitat uniforme. La va deixar ajustada i es va disposar a continuar escrivint. Se sentia cansat. La pena li mossegava l'ànima. Però encara tenia moltes coses per dir. I volia dir-les.

No saps quantes vegades he lamentat haver fet les coses tan malament, Sophie. Perquè mira que les vaig fer malament. Tenia tanta por de fer mal a l'Alice, que no vaig veure el mal que et feia a tu. A totes dues. Quan te'n vas anar, incapaç encara d'enfrontar-me a la veritat, de parlar amb l'Alice ni de venir a buscar-te, vaig optar per fugir. Es pot dir que, sortosament, algú m'havia posat una guerra al davant, una excusa perfecta. Però vaig necessitar molt poca guerra per començar a veure les coses d'una altra manera. Vaig aprofitar el primer permís per demanar-li el divorci. L'hi vaig explicar tot. No se'n va sorprendre.

Però la guerra em mantenia lluny de tu. No et pots imaginar, estimada, com arriba a ser de tallant la soledat en una situació com aquella. Sembla que caminis sempre damunt de vidres trencats. Vaig intentar escriure't a l'única adreça que tenia de tu a Nova York. Va ser inútil. I, malgrat tot, la teva imatge, el teu somriure i la teva veu han estat la meva única companyia durant aquests anys. Creu-me, Sophie. Creu-me.

No fa ni un mes que m'he llicenciat de l'exèrcit. El primer que he fet és venir a Nova York. Hi tinc la mare, és cert. Però sabia, per l'Art, que tu també hi eres. Un cop aquí, no m'ha estat gens difícil aconseguir la teva adreça actual. Avui dia, els veterans tenim molts avantatges. Se'ns obren moltes portes pel simple fet d'haver lluitat per la pàtria. Sabia que havies publicat a Simon & Schuster. T'he seguit de prop. Quan els vaig trucar i els vaig dir que havia treballat amb tu i que et volia veure després d'aquests anys de guerra, tot van ser facilitats. Amb la teva adreça a la mà, em vaig plantar al 112 West de la 72. Et volia veure. Volia parlar amb tu. No sabia què em trobaria, però pagava la pena fer el pas. Em vaig trobar amb l'única imatge que no m'havia passat pel cap. Et vaig veure, Sophie. A tu i al teu fillet.

Quan l'Elionor va marxar amb el nen, la Sophie es va posar a treballar. Havia d'acabar uns esbossos que corrien pressa. També havia de repassar les galerades de l'última entrega dels contes de l'Eve. La feina se li acumulava i no es podia permetre el luxe de perdre-la.

No es va recordar ni de sopar. Va treballar hores i hores amb la remor suau i apaivagadora de la pluja de fons.

Tampoc no va saber ni quan ni com havia arribat al sofà. Però era allà, dormint vestida del tot i tapada amb una manta quan la van despertar uns cops forts a la porta. Es va alçar com si l'acabessin de punxar. Un filet de saliva li queia per la barbeta. Li va costar situar-se, però qui trucava no semblava que tingués gaire paciència. Va anar a obrir fent ziga-zagues per la sala.

—Bon dia, senyora Beck.

—Bon dia, Jimmy —va contestar, en veure el porter dret a l'altra banda de la porta—. Es crema l'edifici?

—De moment, no. Ha arribat una carta per a vostè.

—Una carta per a mi? Això sí que és tot un esdeveniment.

La Sophie va tancar la porta i amb la carta a la mà va anar cap a la cuina. Era un fet extraordinari que el porter li pugés una carta a aquelles hores del matí. Normalment repartia el correu a la tarda. A més, des que vivia a Nova York, només rebia correspondència de la Lissette, que continuava vivint a Mèxic i li escrivia sovint per explicar-li les novetats de la seva vida, i per demanar-li que l'anés a veure i que hi passés una temporada. L'enyor de l'amiga era punxant, però no es podia permetre aquell viatge.

També l'Art Babbitt li havia escrit a Nova York. La primera carta la va rebre a casa de la seva germana. No va saber mai com l'Art havia aconseguit saber on s'estava, però tampoc li estranyava gaire. Per a en Babbitt no hi havia impossibles. En aquella primera carta li retreia la seva fugida, li parlava de com anaven les coses als estudis i, com de passada, li explicava que en Martin s'havia allistat a la Marina.

A la segona carta, li anunciava la seva pròpia incorporació al cos de la Marina. A partir d'aleshores, va rebre algunes cartes més del seu amic, que ja no va poder respondre perquè arribaven des de llocs diferents i sorprenents. El to de les cartes de l'Art canviava a mesura que la guerra avançava. En aquelles cartes que parlaven de soledat —sovint amagada entre la sornegueria amb què s'expressava sempre—, la Sophie hi llegia la por davant la proximitat de la mort.

En recordava fragments sencers:

Hi ha coses que no puc dir-te, estimada; les posaré al paper més endavant, però ara mateix no puc parlar-ne, d'acord?

Parlem del retorn d'Iwo-Jima. Ja t'he comentat alguna cosa dels pilots de caça, un grup d'adolescents sonats que esvaloten l'illa com un eixam de mosquits després d'una missió triomfant. Un dels misteris més destacables de la vida és com evitar que s'esclafin entre ells.

Parlem del retorn a Guam, el nom de la base on soc. El meu primer deure de neteja era treure una gruixuda capa de pols, de com a mínim un centímetre de profunditat. Aquesta pols s'hi havia acumulat mentre jo era fora en una missió nefasta per al Cos de la Marina. Es podria mesurar la durada de la meva absència pel gruix de la pols de sobre el meu catre i pel luxós creixement de floridura verda sobre tot el que hi he deixat.

La pols provenia dels aeròdroms de Guam, on el B-29 va enlairar els seus bombarders cap al Japó. Més bombarders, simultàniament, es dirigien des de Tinian cap al nord.

Tot això que et dic no té sentit cronològic, però ho resoldré més endavant. En aquests moments, pateixo un atac de mala memòria. Però ho explicaré, i algun dia ja ho ordenaré bé, si continuo per...

La carta no duia ni remitent ni segells. Només el nom escrit al davant amb una lletra que no era la de la Lissette. Ni la de l'Art. Era una lletra que coneixia molt bé. Una lletra que li va fer sentir vivament, i de nou, la punxada d'una absència que no havia oblidat mai.

Tremolant, es va deixar caure al sofà amb la carta que ara tenia a les mans. La va obrir i en va treure tres fulls de paper. Va buscar la signatura al darrer full. Les seves sospites es van convertir en certesa.

Sempre teu,
Martin

El cor li va fer un salt dolorós al pit.

Li va retornar als llavis el sabor de besos no oblidats.

Se li va remoure l'ànima.
Va començar a llegir.

No sabia què em trobaria, però pagava la pena fer el pas. Em vaig trobar amb l'única imatge que no m'havia passat pel cap. Et vaig veure, Sophie. A tu i al teu fillet.

No podia ser veritat. La Sophie es va passar una mà pel front en un gest mut de desesperació.

Quines coses, oi, estimada? Com ens tracta la vida. Tu i jo no hem estat més que fulles arrossegades pel vent: ni hem decidit cap on anar ni on aterrar. No, m'equivoco. Tu sí que ho has decidit. Tu has refet la teva vida. Deus haver trobat algú que, segurament, t'ha tractat millor que no pas jo. Tens un fill preciós. Quina edat té? Dos? Tres anys?

El meu amor per tu ha estat sempre, des que et vaig conèixer, ardent. Però també ha estat massa silenciós i covard. T'estimo i t'estimaré, però com que t'estimo, he de marxar. Ja n'hi ha prou d'aquest volar sense repòs, sense rumb. He de deixar que visquis la teva vida i que siguis feliç. I si mai penses en mi, m'agradaria que ho fessis sense rancúnia.

Me'n vaig. No podria viure a Nova York ara que sé que t'he perdut per sempre. Que ja no puc esperar res. Després de fer-te arribar aquesta carta pujaré a un tren i desapareixeré de la teva vida. No et molestaré mai més.

Sigues feliç.

Sempre teu,

Martin

La carta li va caure de les mans. Tots els silencis que s'havia autoimposat aquells anys es tornaven crits. Eren fulles a la deriva, li deia ell. No. No ho serien mai més. No si ella podia evitar-ho.

Va mirar el rellotge. Dos quarts de nou.

Va entrar a l'habitació i es va vestir amb el primer que va trobar. Es va cobrir el cap amb un mocador i va agafar la bossa de mà.

Va sortir corrents de l'apartament.

No es va adonar que a fora plovia amb força.

Va arribar a l'Estació Central xopa de cap a peus. Al carrer, mentre corria desesperada, la pluja se li havia barrejat amb les llàgrimes. Havia corregut i corregut, decidida a posar fi a tantes esperances escapçades.

Encara que en Martin no ho deia a la carta, la Sophie estava segura que tornava cap a Los Angeles. Era on havia viscut gairebé sempre. On podria reincorporar-se a la feina dels estudis. El coneixia i sabia que intentaria refer la seva vida allà on l'havia deixat.

Va consultar els horaris dels trens. N'hi havia un que anava a la costa Oest i que sortia al cap de vint minuts. Els nervis li van tenallar la gola.

Va preguntar.

Va baixar a les andanes.

Es va intentar orientar.

Va buscar.

El va trobar.

El tren, com tots els que feien aquell recorregut que coneixia tan bé, era llarguíssim; tenia molts vagons. Una desfilada de formigues li va recórrer l'estómac. Com ho faria per trobar-lo entre tanta gent? I això suposant que, realment, hagués decidit tornar a Los Angeles amb aquell tren. El dubte li va omplir el cor de dolor.

Tot allò era una bogeria.

Va començar a caminar per l'andana, amb pas ferm per no relliscar, mirant els vagons, la gent que hi seia de cara a la finestra, amb poca esperança. Prestant atenció també als viatgers que li passaven pel costat caminant en totes direccions. El rellotge no s'aturava, i va començar a sentir una esgarrapada al ventre. Tots els fracassos anteriors, les desavinences i la gelosia la perseguien com ombres estranyament vives. No el trobaria. L'havia perdut. Una altra vegada.

Es va quedar quieta, deixant que els que anaven amunt i avall xoquessin contra ella.

—Martin...

Va xiuxiuejar amb la veu trencada.

Havia arribat a l'altura de la màquina sense trobar ni rastre d'en Martin. Per la megafonia de l'estació una veu metàl·lica va anunciar que faltaven cinc minuts perquè el tren sortís. No tenia cap sentit pujar als vagons per seguir-lo buscant.

Li va venir un calfred. L'estrèpit de l'estació es va convertir en silenci. En un silenci que li xiulava a les orelles i que caminava al seu costat com una ombra mentre desfeia el camí arrambada encara als vagons d'aquell tren que, al cap de pocs minuts, partiria cap a Los Angeles. Va pensar que l'única solució que li quedava era tornar a Califòrnia. Hauria de deixar-ho tot. La feina, la seva família. En Louis. Podria?

Li va semblar sentir uns cops.

Va alçar el cap.

—Martin!

A l'altra banda de la finestrella d'un dels vagons, en Martin picava al vidre per cridar-li l'atenció. Les llàgrimes es van desbordar dels ulls de la Sophie sense que intentés retenir-les.

Es va dur les mans al cor i va tancar els ulls. «T'estimo», van dir els llavis.

La màquina va xiular i el tren va començar a despertar de la letargia en què dormia.

La Sophie va obrir els ulls lentament.

«Massa tard», va pensar.

I, aleshores, va sentir damunt seu el contacte d'unes mans que s'havia negat a oblidar.

—Sophie!

Tremolosos i incrèduls, en Martin i la Sophie es van unir en una abraçada càlida, una abraçada capaç de fondre el glaç d'aquell llarg hivern de les seves vides.

Darrere seu, el tren que anava cap a Los Angeles agafava velocitat i es convertia en l'aire que deixava en marxar.

Agraïments

Un llibre no és obra d'una persona sola. Neix de l'esforç i de l'entusiasme de molta gent. I això cal agrair-ho.

En primer lloc, vull donar les gràcies a la meva filla Clàudia per haver plantat en mi la llavor d'aquesta història. Va ser ella qui em va parlar de la lluita de les dones per fer-se un lloc en el món del cinema d'animació, un món d'homes. I és que ella, il·lustradora i animadora, tenia clar que dones com Retta Scott o Mary Blair havien obert camins impensables en aquells primers anys del cinema d'animació.

Gràcies, sobretot, Clàudia, per fer-me entendre el difícil procés d'animar en aquella època pionera.

A la Glòria Gasch, la meva editora, per la seva passió i cura en l'edició d'aquest llibre.

Gràcies als meus amics i amigues *escrividors* i patidors que m'han aguantat en moments de desànim i que s'han convertit en el coixí de lamentacions i impaciències.

Gràcies molt especials a les lectores i lectors que em llegiu i em traspasseu dia a dia el vostre entusiasme per la literatura i per les meves novel·les, malgrat tots els seus defectes. Espero no decebre-us.

I gràcies a la vida, que em permet escriure. Escriure. Escriure.

Sant Esteve Sesrovires,
febrer del 2020